禁断の魔術

ガリレオ 8

東野圭吾

文藝春秋

禁断の魔術　ガリレオ8・目次 contents

この作品は書下ろしです。

禁断の魔術

ガリレオ8

装画　塩谷博明
装丁　石崎健太郎

第一章

透視す

みとおす

1

これからもう一軒どうだと誘ってみると、無表情で食後の茶を啜っていた湯川《ゆかわ》の目が、ほんの少し光ったように見えた。

「いい店を見つけたんだ」草薙《くさなぎ》はグラスを傾ける仕草をした。「面白い店といったほうがいいかな。どうしてもおまえを連れていきたくてさ」

「どういう店だ」

「それは行ってからのお楽しみ。期待していいぞ。美人が揃っている」

湯川の眉がぴくりと動いた。「まあ、どうしてもというのなら構わないが……」

「今日は接待だ。日頃捜査に協力してもらっているからな。遠慮する必要はないぞ」

行こうぜ、といって草薙は腰を上げた。

その店は『ハープ』といい、銀座にあった。きらびやかな外装が施されたビルの七階だ。エレベータを降りると、すぐに入り口があった。黒服に身を包んだ男が、さっと近づいてきて挨拶した。何度か来ているので草薙の顔は覚えているようだ。

「コートをお預かりいたします」黒服がいった。

草薙はベージュのトレンチコートを、湯川は高級そうな黒のレザーコートを預けた。

店はテーブル席が三十組以上ある大箱だ。その席の七割ほどが埋まっていた。草薙たちはコーナーにあるテーブルに案内された。

席につくとすぐに、草薙を担当しているレイカというホステスがやってきた。背が高くて細身だが、胸は大きい。その胸の谷間を強調したロングドレスがよく似合っている。

「いらっしゃいませ」頭を下げ、草薙の隣に座った。

「こいつは俺の大学時代の友人だ。だけど、まだ名前は紹介しない」草薙はレイカにいい、湯川のほうを向いた。「おまえも名乗るんじゃないぞ」

湯川は怪訝《けげん》そうな顔をした。「どういうことだ」

「そのうちにわかる。――あの子、来てるんだろう?」草薙はレイカに訊いた。

レイカは、にっこりと微笑んだ。

「アイちゃんね。来てますよ。呼びましょうか」

「ああ、頼む」

レイカは黒服を呼び、耳打ちしている。湯川は不審そうに彼等を見ていた。

「おまえ、超能力は信じないんだったな」草薙はいった。

「信じないのではなく、信じるに足る証拠の存在を知らない」

「まどろっこしいことをいうな。そんなおまえに会わせたい子がいるんだ」

やがて和服姿の小柄な女がやってきた。顔が小さいので、ぱっちりとした目が一層大きく見える。こんばんは、と挨拶してきた。

「おう、アイちゃん、よく来た。こいつの隣に座ってやってくれ」

彼女は湯川の横に腰を下ろし、「初めまして、アイです」と自己紹介した。

湯川は戸惑った顔を草薙に向けてきた。

「会わせたいというのは、この子だ。——アイちゃん、例のやつを頼む」

はい、と答え、アイは湯川のほうを向いた。

「お名刺はお持ちですか」

「名刺？　そりゃあ持っているけど」湯川はスーツの内ポケットに手を入れた。

「まだ出さないでください」アイは手で制し、膝に置いた巾着袋を開いた。そこから出してきたのは、光沢のある黒くて小さな封筒だ。それを湯川の前に置いた。「名刺をあたしに見せないように、この中に入れていただけますか」

「ここに？」湯川は、それを手にした。

「お願いします。入れたら、声をかけてください」彼女は湯川とは反対のほうに顔を向け、さらに手のひらで目元を覆った。

湯川が怪訝そうな目を草薙に向けてきた。

「とにかく、彼女のいう通りにしてやれ」

湯川は得心のいかない顔つきで、名刺を封筒に入れた。「入れたよ」

アイが顔を戻した。

「ではこれをお借りして」湯川から封筒を受け取ると、向かい側のレイカを見た。「レイカさん、素敵な胸元を貸していただけます?」

「いいわよ。こんなものでよければ」レイカは、ぐいと胸を前に出した。

失礼します、といってアイはレイカの胸元に封筒を押し込んだ。

「一体何が始まるんだ」湯川が不満そうに訊く。

「まあまあ、見せ場はこれからだ」草薙はいった。

アイは再び巾着袋を開け、今度は数珠《じゅず》を出してきた。それに両手を通し、合掌した。

「それでは始めます。皆さん、レイカさんの胸元に御注目を」

湯川の目が泳ぎ始めた。草薙は笑いを堪えきれない。

「素敵な胸の谷間を堂々と見られるんだから遠慮するな。俺だって見させてもらうぞ」

「ちょっと、草薙さんの視線、熱すぎ」レイカが笑った。

はい、といってアイが顔を上げた。「見えました」

「見えた? 何が?」湯川が訊く。

しかしアイは答えず、レイカの胸元から封筒を回収すると、湯川のほうに差し出した。

「名刺を取り出して、元のところにしまってください」そういうとまた反対側を向き、手で目隠しをした。

湯川は肩をすくめ、いわれた通りにした。「しまったよ」

アイがくるりと振り向き、彼に笑いかけた。「初めまして、湯川さん」

物理学者の目が、一瞬見開かれた。さらに口が半開きになるのを見て、草薙はテーブルを叩いた。

「お見事っ。こいつは傑作だ。湯川がおろおろしてやがる。よーし、乾杯だ」水割りのグラスを掲げた。

だが湯川はグラスに手を伸ばそうとしない。「どうしてわかったんだ?」

アイは意味ありげに笑い、さあ、と首を傾げている。

「どうして? おいおい、そういうことを考えるのがおまえたちの仕事じゃないのか。いっておくが、俺は共犯じゃないぜ。おまえの名前も、今夜おまえを連れてくることも、この店の誰にもいってない」

草薙の挑発にも湯川は眉間に皺を寄せただけで答えない。何を思ったか、レイカの胸を凝視し始めた。

「ここに仕掛けはありません」レイカが両手で胸を隠した。

「あっ、失礼」湯川はあわてて目をそらした。こんなふうに狼狽する友人を、草薙はめったに見たことがない。

「じつはあたし、透視だけじゃなくて、その人の過去を見ることもできるんです」アイがいった。

「過去?」湯川の顔がますます不安げに曇った。「どんなふうに?」

たとえば、といってアイは湯川の肩に手を置き、瞼《まぶた》を閉じた。

「今日、こちらへいらっしゃる時にはコートをお召しでしたね。黒色のレザー……イタリア製でしょうか」そういってから目を開け、いかが、と尋ねるように微笑みかけた。

「おっ、これまたお見事」草薙は横から声をかけた。

湯川は沈痛そうにさえ見える表情で考え込んでいたが、やがて何かに気づいたように、顎を上げた。「そうか、コートだ」上着の前を開け、内側を指した。「僕のコートの内側には名前を刺繍してある。このテーブルに来る前に、あれを見たんだな」

「ピンポーン」アイは人差し指を軽く振った。「正解です」

湯川は、ふうーっと息を吐き、ようやく水割りのグラスを手にした。「そういうことか。すっかり騙された」

「単純な仕掛けでごめんなさい」アイは頭を下げた。

「いや、トリックは単純なほど騙されやすい。種を聞いてみれば、なあーんだ、というのがね。科学の世界でも同じだ。一見すると複雑そうに見える問題ほど、その構造はシンプルだったりする。問題を複雑化させていたのは、じつは人間の頭の固さが原因だったということが、過去にもいくつかある」

たとえば、と例によって湯川の科学講釈が始まった。透視の謎が解けて、リラックスしてきたようだ。そんな友人の様子を見て、草薙はほくそ笑んだ。連れてきてよかった、と思った。

一時間ほど酒を飲んだところで引きあげることにした。「本当に遠慮しなくていいんだな」と心配する湯川を手で制し、草薙が会計を済ませた。

レイカとアイが出口まで送ってくれた。二人は黒服からコートを受け取った。後ろから草薙たちに着せてくれようとする。

「いや、結構。自分で着るよ」湯川はアイから黒のコートを受け取り、羽織った。

アイが一歩前に出た。「一つ、湯川さんに質問させてもらってもいいですか」

「構わないが」

「下のお名前は、マナブさん、でいいんですよね。ガクさんではなく」

「ああ、そうだけど……」湯川は、はっとしたような顔になり、コートの前を開いた。内側に刺繍されているのは、湯川、という名字だけだ。

物理学者の顔から血の気が引いたように見えた。店にいる間、湯川学というフルネームを口にした覚えがなかったからだろう。

「こいつは傑作だ。おまえのそんな顔を初めて見たぞ」草薙は、思わずはしゃいだ。

アイは悪戯《いたずら》っぽく笑い、「またのお越しをお待ちしております。帝都大学の湯川准教授」といって頭を下げた。もちろん、そんな身分も明かしていない。

湯川は呆然とした様子で立っていた。

2

草薙が相本美香と再会したのは、湯川を銀座のクラブ『ハープ』に連れていってから四か月ほどが経った日のことだった。といっても最初に見た時には、それが彼女だとは気がつかなかった。あれ以来、あの店には行っていなかったせいもあるが、それ以上に、あまりにも変わり果てた姿だったからだ。

遺体は荒川沿いの草むらで発見された。すぐ近くに扇大橋があり、上には首都高速中央環状線が走っている。見つけたのは、朝のジョギングをしていた元会社員だった。

服装は、黒のワンピースにグレーのジャケットというものだった。アップにした髪型や化粧の具合などから、水商売ではないかと草薙は踏んだ。派手なネイルアートを施した爪も、ふつうのＯＬでは許されそうになかった。おまけにカルティエの腕時計をつけていた。

バッグや財布、その他身元を示すものは見当たらなかった。犯人が持ち去ったと考えるのが妥当だった。

死因は明らかに他殺だった。首に絞められた跡がある。しかも扼殺《やくさつ》、つまり紐などではなく素手で絞められていた。

遺体は司法解剖に回されることになったが、その前に鑑識が写真を何枚か撮った。その中に、顔をアップにした写真もあった。草薙が遺体の身元に気づいたのは、その写真を所轄の警察署で目にした時だった。

「ホステス？　おまえの行きつけの店か」間宮《まみや》が写真と草薙の顔を交互に見た。

「行きつけってほどじゃありませんけど、何度か行ったことがあります。『ハープ』という店です。そこで働いている、アイっていう子だと思います」

「夜遊びが役に立つこともあるってわけか。よし、確認してくれ」

「わかりました」

草薙はレイカの携帯電話にかけた。まだ寝ているかなと思ったが繋がった。これまでに一度も電話をかけたことがなかったので、意外そうだった。

アイの連絡先を教えてくれというと、へええ、と呆れたような声を出された。

「草薙さん、アイちゃんのことがお気に入りだったんですか？　全然知らなかった」

「そうじゃない。仕事だ」

草薙は自分の職業について、地方公務員としか話していなかった。『ハープ』で出した名刺も、そのようにしか印刷されていないものだった。だから警察の捜査だというと、レイカは、「うっそー」と声をあげた。「今度、手帳を見せてくださいね」

「チャンスがあればな。それよりアイちゃんの連絡先を。あと、彼女の住所が知りたい」

「ケータイしかわかりません。住所ならマネージャーが知ってるはずです。マネージャーのケータイを教えましょうか」

「それでいい」

レイカは二人の番号をいった後、「ねえ、何があったんですか？　アイちゃん、どうかしたの？」と訊いてきた。ようやく事態の深刻さを感じたらしい。

「昨夜、彼女は出勤したか」

「ええ、来ましたけど」

「君と同じテーブルになったことは？」

「あります。アフターも一緒に行きました」

よし、と草薙は答えた。「後で会おう。たぶん店に出向くことになる」

「あっそうですか、ではお待ちしております」声が妙に明るくなった。

「営業用の声を出さなくていい。飲みに行くわけじゃない」そういって電話を切った。

数時間後、草薙は『ハープ』のカウンター席に座っていた。開店直後なので、まだ客は一組も入っていない。

「思い当たることなんて、全くありません。昨日だって、いつも通りに元気そうだったし」黒縁眼鏡をかけたマネージャーは何度も瞬きしながらいった。事件のことが、まだ信じられない様子だった。

遺体がアイ――相本美香だということは、すでに確認されていた。携帯電話は繋がらず、自宅は留守だった。さらに何点かの私物から採取した指紋を照合したところ、本人に間違いないと判明したのだ。

「彼女、付き合ってる男性はいる様子でしたか」草薙は訊いた。

いやあ、とマネージャーは首を捻った。「いなかったんじゃないかなあ。私は聞いたことがありません」

「何か悩んでたとか、嫌な客につきまとわれてたといったことは？」

「そういうことがあれば、私にいってくれたと思うのですが……」

マネージャーによれば、アイが入店したのは三年前で、銀座に来る前は六本木で働いていたらしい。贔屓《ひいき》にしていた客は何人かいるが、深い関係になったという話は聞いていない、ホステス仲間ともうまくやっていたように思う、とのことだった。

草薙は、ふと思いついたことがあった。

「彼女、面白いパフォーマンスをやりましたよね。透視のマジック。あれは、彼女が考えたものなんですか」

マネージャーは頷いた。

「そうです。うちに来た時から、たまにやっていました。あれを面白がるお客さんが多くて、うちとしても喜んでいたんですが……」

「マジック全般が得意だったんですか」

「いやあ、どうなのかな。やるのは透視だけです。ほかのマジックをやってるのは見たことがありません」

「あのマジックの種は、もちろん御存じなんですよね」

「私がですか？　いえいえ」マネージャーは顔の前で手を振った。「知りません。教えてくれって何度か頼んだんですけど、大事な商売道具だからといって、とうとう教えてもらえませんでした。たぶん誰も知らないいんじゃないかなあ。あのマジックが事件に関係しているんですか」

いや、と今度は草薙が手を横に振った。「気になっていたので、尋ねてみただけです」

「そうですか。見事なものでしたからね。先日も、新ネタを披露していましたよ」

「新ネタ？」

「彼女、いつもは名刺を透視していたでしょ。でもその日はお客さんの鞄の中を透視したんです。中身を次々と的中させるものだから、そのお客さん、驚くのを通り越して気味悪がってましたよ」

それはそうだろうな、と草薙は思った。一体どういうからくりなのか。もはや本人から聞き出せないのは、本当に残念だ。

レイカからも話を聞くことにした。彼女は最初から目が真っ赤だった。アイのことを知り、泣いていたようだ。

悪い夢を見ているみたいだ、と彼女はいった。

「昨日だって、やる気満々で、すごく元気だったんですよ。初めてのお客さんがいなかったので、マジックをするチャンスはなかったけど、いつものように明るく話してたし……ほんとに信じられない」

「アフターに行ったということだったね」

「はい。常連さんお二人とです。遅くまでやっている焼肉屋さんがあって、そこへ連れていってもらいました」

焼肉屋でも特にトラブルはなく、終始和やかに食事をしていた、店を出たのは午前三時半頃で、アイは帰る方向が同じ客にタクシーで送ってもらったはずだという。

「この店で、彼女と一番親しくしていたのは誰？　やっぱり、君かな」

「だと思ってましたけど……」レイカは、やや自信なさそうに答えた。事件について心当たりがないことを、自分でも歯痒《はがゆ》く感じているのかもしれない。

アイの男性関係を尋ねたところ、今はそういう人はいないはずだ、という答えが返ってきた。

「ただ、高校の同級生とは時々会っていたみたいです」

「同級生？　それは男性？」

「そうです。でもアイちゃんの話では、恋人とかではなくて、単なる友人だってことでしたけど」

「その人の名前はわかるかな」

「ごめんなさい。そこまでは……」レイカは申し訳なさそうな顔をした。

草薙は彼女にも、例の透視マジックの種を知っているかどうかを訊いてみた。

「知らないです。だってアイちゃん、あれだけは誰にも教えなかったから」レイカはマネージャーと同じことをいった。

「最近は鞄の中も透視したそうだね」

「そうなんです。ニシハタさんと同伴した時です。あたしも見てましたけど、びっくりしました」

「ニシハタさん？」

「うちのお客さんです。その日、アイちゃんと一緒に映画を見て、食事してから来てくださったんです」

「映画に食事か。まるでデートだね。その人とアイちゃんの関係はどうなの？」

草薙の問いに、レイカは微苦笑して首を振った。

「何もないと思います。アイちゃんのほうが映画に誘ったみたいです。でも別に彼女がニシハタさんを好きとかじゃなくて、一緒に映画に行ってくれるんなら誰でもよかったんだと思います。よくほかのお客さんのことも誘っていましたから。最近、映画にはまっているとかいっていました」

「映画ねえ……」

「いい子だったけど、何を考えているのかよくわからないところもありました。草薙さんも御存じだと思いますけど」

「まあ、そうだったね」

「もしかしたら彼女、本当に何か不思議な力を持っていたのかも。どう思います？」

さあね、と草薙は首を捻るしかなかった。

銀座から警察署に戻ると、「ちょうどよかった」と間宮にいわれた。「被害者の御両親が到着されたところだ。応接室で待ってもらっている。話を聞いてみてくれ」

「わかりました」

「ところでどうだった、高級クラブのほうは？　何か摑めたか」

「いやあ、これといったことは……」草薙は首を捻った。

「ホステスなんだから、男絡みの揉め事が一つや二つはあるんじゃないのか」

「そんなことを大声でいってたら、職業蔑視による偏見だって訴えられますよ。それより、そっちはどうです。何か手がかりは出てきてないんですか」

途端に間宮は渋面になった。

「目下のところ、犯人の遺留品も目撃者も見当たらずだ。鑑識さんからも、大した情報は上がってきてないしな」ため息まじりに資料を放り出した。添付された写真には、被害者の足が写っている。

「それは何ですか」

「足の指の間に、紙巻き煙草の葉っぱらしきものが挟まっていたらしい。別に不思議な話じゃない。飲み屋なんだから、煙草を吸う客も多いだろう。本人が吸っていたかもしれないしな。吸い殻の葉っぱが、何かの拍子で足に付着するってこともあり得る。数ミリ程度のものだから、歩いていても違和感はなかっただろう」

間宮の話には妥当性がある。だが草薙は、そうですね、とすぐには同意できなかった。何かが頭に引っかかっている。

やがて、その理由に気づいた。彼は顔を上げ、上司を見返した。

どうした、と間宮が尋ねてきた。

「彼女、和服じゃなかったのかな」

「和服？」

「店ではドレスではなく、和服を着ていることが多かったんです。ちょっと待ってください。確認してみます」

草薙は携帯電話を出して『ハープ』にかけ、レイカを呼び出してもらった。昨夜の相本美香の服装を尋ねると、やはり和服で、店を出る前に更衣室で洋服に着替えたらしい。

電話を切り、そのことを間宮に伝えた。だが上司は、それがどうした、という顔だ。

「和服だと足は着物で隠されています。おまけに足袋を履いている。煙草の葉が付着することはないんじゃないですか」

おっ、というように間宮の口が丸くなった。

「すると、いつ付いたのかな」

「アフターに行ったということですから、その店にいる時に付いたのかもしれません。でももしそうでないとすれば……」草薙は人差し指を立てた。「被害者は扼殺されています。おそらく抵抗したでしょう。弾みで靴が脱げた可能性は高い。その時、そこに落ちていた煙草の葉が足に付着したんじゃ」

「犯人が死体を遺棄する時、そのまま靴を履かせた、というわけか」

「仮説として強引でしょうか」

「いや、あり得るな。とりあえず鑑識に頼んで、煙草の銘柄を特定してもらおう」

「その煙草を吸ったのが犯人だとはかぎらないし、ありきたりの銘柄じゃあ、手がかりにはならんでしょうがね」過度の期待は禁物だ。予防線を張ってから、草薙は応接室に向かった。

部屋で彼を待っていたのは、茶色のスーツを着た六十歳ぐらいの痩せた男性と、白いブラウスの上に紫色のカーディガンを羽織った女性だった。同席していた所轄の刑事から相本美香の両親だと紹介され、草薙は少し戸惑った。父親のほうはともかく、母親が若過ぎるように思ったからだ。せいぜい四十歳といったところか。おまけに垢抜けていて、顔立ちも整っている。

父親の名は勝茂といった。青果店を営んでいるらしい。よく日に焼けた彼は、草薙が型通りの悔やみをいい終えないうちに、「どういうことなんでしょうか。一体、何があったんですか」と尋ねてきた。

「まだ何もわかりません」草薙は背筋を伸ばして答えた。「捜査は始まったばかりです。わかっているのは、お嬢さんが何者かに殺害されたということだけです。だからお二人にも、いろいろと教えていただきたいのです。最近、美香さんと話をされましたか」

この質問に相本夫妻は気まずそうに顔を見合わせた。

「あまり連絡を取ってなかったのですか」草薙は二人を交互に見た。

おずおずと勝茂が口を開いた。

「たまに……といっても年に一度か二度ですが、私のほうから電話をかけることはありました。どうしてるんだとか、いつ帰ってくるんだとか、まあそんなことです。最後に話したのは、去年の暮れだったと思います」

半年以上前だ。今回の事件に関わるような会話が交わされたとは思えない。

「お住まいは長野県長野市だそうですね。美香さんが帰省されることは？」

勝茂は首を振り、「高校を出てから、一度も帰ってきません」と弱々しくいった。

彼によれば、美香は地元の高校を卒業した後、芸能関係の仕事をしたいといって上京し、そのまま戻ってこないのだという。仕送りもいらないといい、実際これまでに一円たりとも送ったことはないそうだ。

生前は銀座のクラブで働いており、その前は六本木のキャバクラにいたようだと草薙が話すと、

「やっぱりそういうことでしたか」と勝茂は深いため息をついた。彼の隣では妻の恵里子が、うちひしがれた様子で項垂《うなだ》れている。

「奥さんも、お嬢さんが水商売をしていることは御存じなかったんですか」草薙は念のために訊いた。

「私は……美香さんが家を出た後は、一度も話をしていません」恵里子は俯いたままで答えた。

「一度も？」

「いや、あの……」勝茂が口を挟んできた。「恵里子は後妻で、美香の実の母親ではないんです」

「あ、なるほど」

「すみません。説明が遅れまして」

いえ、と草薙は手を振った。どうりで若いはずだと納得した。

美香の東京での生活について、彼等は殆ど何も知らない様子で、当然のことながら事件に関しても思い当たることは何もないということだった。むしろ勝茂などは、変な男に騙されていたの

ではないか、と草薙に質問してきた。

「美香さんが親しくしていた人物の中に高校の同級生がいたようなのですが、御存じありませんか。男性らしいのですが」

「さあ……」勝茂は口を半開きにし、首を傾げた。

だがここで顔を上げたのは恵里子だった。

「それはたぶん、フジサワ君だと思います」小さい声だが、口調ははっきりとしていた。

「フジサワさん……連絡先はわかりますか」

「自宅の連絡先ならわかると思います。美香さんと部活で一緒だったんです。部活の名簿が、家にあると思いますので」

「では、判明し次第教えていただけますか」

「承知しました」

お願いしますといいながら、後妻とはいえ、この女性のほうが父親よりも役に立つかもしれないなと草薙は思った。

3

死体発見の翌日、草薙は数名の捜査員と共に改めて相本美香の部屋を調べることにした。人間関係を明らかにするのが主な目的だ。

間取りは広めの1LDKで、壁に沿ってずらりとブティックハンガーが並べられ、洋服がぎっしりと吊るされていた。アクセサリーやバッグの数も半端ではない。クロゼットの棚の大部分が、それらの品々で占拠されていた。

だが勉強家でもあったようだ。小さいながらも書棚があり、題名を見ただけでは草薙には内容が類推できない本が収められている。

「おい、内海《うつみ》」草薙は後輩の女性刑事を呼んだ。「おまえ、コールド・リーディングって知ってるか」

「コールド……何ですか」内海薫がやってきた。

これだ、と草薙は書棚を指した。そこに、『コールド・リーディングの極意』という題名の本が入っている。

「あっ、それ、何かで読んだことがあります」内海薫が眉間に皺を寄せた。「たしか、手品か何かのトリックだと思うんですけど」

「手品？　本当か」勢い込んだ。

「催眠術だったかな」

「おい、どっちだ」

「とにかく、その手の不思議なテクニックに関するものだと思います」

「そうか。よし、じゃあ、とりあえずこれは持っていこう」草薙は、その本を近くの段ボール箱に入れた。

「私からも相談があるんですけど、これは何だと思いますか」内海薫が一枚の写真を出してきた。

それは殆ど真っ暗といっていい写真だった。だがかすかに文字のようなものが見える。何かを書いた紙を暗闇で撮影したのか。

「最初の字は、『い』だな。その次は『つ』か。その後は、よくわかんねえな。これは『も』で、これは『て』かな。何だ、これ。どこで見つけたんだ」

「ベッドの枕元の棚に入っていました。大事なものなのかなと思ったのですが」

「これがか？」

「どうしましょう」

草薙は少し考えてから、「気になるものは何でも持っていこう」と答えた。

「殺された？　あの女性が？」インスタントコーヒーの入ったマグカップを持ったまま、湯川は動きを止めた。「どうしてまた……」呟き、カップを机に置いた。

「動機は不明。犯人の目星もついていない」草薙はコーヒーを啜り、死体が見つかった時のことなどを話した。

帝都大学物理学科の第十三研究室に来ている。聞き込みのついでに寄ったのだ。

「アフターで一緒に焼肉屋に行った客たちからも話を聞いた。相本美香——アイちゃんをマンションの前で降ろしたのは間違いないようだ。タクシー会社の領収書があったので、運転手にも確認してみた。たしかにそこで降ろしたといっている」

「その後で何があったのか、ということだな」

「彼女のマンションの周辺は、道が細くて人通りが少ない。深夜となれば尚更だ。タクシーが走り去るのを見送り、マンションに入ろうとするところを襲われた、あるいは攫《さら》われたと考えるのが妥当だろうな。遺体が見つかったところまでは、直線距離にして約五キロ。犯人は、まず間違いなく車を使っている」

「なるほど。問題は犯人が顔見知りの人間かどうかということだが……」

「顔見知りだと俺は踏んでいる」草薙は明言した。

湯川が片方の眉を動かした。「その根拠は?」

「被害者は性的暴力を受けていない。したがって暴行が目的じゃない」

「ハンドバッグが盗まれているんだろ?」

「ただの物盗りじゃない。彼女はカルティエの腕時計をつけたままだった。二百万は下らない品だ。金品目当てなら、見逃すはずがない。逆に無差別殺人そのものが目的なら、ハンドバッグを盗む理由がない」

湯川は頷き、「納得した」といってマグカップに手を伸ばした。

「犯人は路上に車を止めて、彼女が帰ってくるのを待っていたはずだ。しかも何時間もな。ふつうなら目撃情報があってもおかしくないんだが……」

「ないのか」

草薙は顔をしかめた。

「何しろそんな時間帯だ。マンション周辺は寝静まっていたらしい」

湯川は肩をすくめた。「焼肉屋を出たのが午前三時半といったな。まあ、無理もないか」

「顔見知りだとすれば、やはり『ハープ』の客が怪しい。彼女を送ったことのある人間なら、マンションの場所を知っていただろうからな。そう思って、アフターの実績がある客を中心に当たっているんだが、どうにも手応えがない。そもそも彼女、人気が今ひとつだったんだよな」

「今ひとつ？　あんな特技があったのに？」湯川が意外そうに目を見開いた。

「いや、そういう意味では人気者だった。場を盛り上げるという意味ではね。ただ、女性としての人気は低かった。一言でいえば、もてなかった。彼女に惚れていた客は殆どいなかったらしい」

ふうん、と湯川は鼻を鳴らした。「少女のような女性だとは思ったが」

「それだ。かわいいんだが童顔。そして華奢。まるでお人形みたいだった。面白いことに、ホステス仲間からは、かわいいかわいいっていわれてた。女性から好まれるビジュアルなんだ。だけど男は違う。男は、もっと平凡で下品な顔が好きだ」

「それは単なる君の好みだろ」

「俺は多数派なんだよ。というわけで彼女は女性的な魅力で客を呼ぶのは難しかった。だからこそ、ああいう特技を身につけたんだろう。あの仕事も、なかなか大変だということだ。とにかく彼女の周囲をどう探ってみても、浮いた話ってものがまるで見当たらない。それでわからなくなった。犯人は客の中にはいないのか」

「ホステスと客の間でも、浮いた話だけがあるわけじゃないだろう。金銭面でのトラブルも多いと聞いたことがあるが」

「それはある。たとえば、客が溜めたツケを担当ホステスが肩代わりするとかな。しかしそれは売上げホステスの場合だ。彼女は、そうじゃなかった。それ以外でも、金の面で問題を起こしたことはなかったようだ。とにかく、誰に聞いても評判がいい。明るく、活発で好奇心旺盛。話題が豊富で人を楽しませることが好き。悪いことをいう人間がいないのは、決して殺されたってことで同情しているからだけではなさそうだ」

「たしかに楽しい女性だった」湯川は思い出す目になっていった。「あの透視のマジック、もう一度見たかったな」

「さすがのおまえでも、まだ見破れないでいるのか」

湯川はしかめっ面を作った。「フェイクに引っ掛かったのが痛かった」

「フェイク？」

「彼女からコートの話を振られて、名前の刺繍を見たんじゃないかと推理した。それを彼女が認めたものだから、一旦は自分の中で決着がついてしまい、それ以後は考えるのをやめてしまった。帰り際に、あの推理が間違っていたことを明かされたわけだが、もう遅い。パフォーマンスの細かいところなんかは忘れてしまっているからね」

「あの手にみんな引っ掛かるんだ。俺もやられた」

草薙の言葉を聞き、湯川は不愉快そうに口をへの字にした。おまえのような理系オンチと一緒にするな、とでもいいたいのかもしれない。

「あの後、コートのポケットなんかを調べたが、僕の名前を示すようなものは入ってなかった。ところが彼女は名前だけでなく、肩書きまでいい当てた。つまり名刺を盗み見したとしか思えない。彼女、手品の心得でもあったのかな」

「これまでの捜査では、そういう事実は見当たらない。ただ、自宅から面白い本が見つかっている。もしかしたらこれが透視のからくりかとも思うんだが」

湯川の眼鏡のレンズが光った。「どういう本だ」

ええと、と草薙は手帳を開いた。

「『コールド・リーディングの極意』というタイトルだ。俺は中身を読んでないんだが、コールド・リーディングというのは、相手の心を読む方法らしいじゃないか」

湯川は怪訝そうに眉間の皺を深くした。

「コールド・リーディング？　それは関係ないだろ」

「どうして？」

「君は今、相手の心を読む方法といったが、実際にはそんなものは存在しない。正確にいうとコールド・リーディングとは、相手の心を読んだかのように話を進めていく話術だ。占い師なんかがよく用いる手法だよ。たとえば、いきなり相談者に、『あなたは人間関係で悩んでいますね』と尋ねたりする。人の悩みの殆どは人間関係に端を発するものなんだけど、いわれたほうは心を読まれたと思う。その後も、誰にでもあてはまりそうな曖昧な質問を続けていきながら、相手の様子を観察し、情報を取得していく。そしてその情報に基づいて、質問を具体化させていく。やがて相手はすべてを見透かされているような気になってくる——これがコールド・リーディングだ」

流暢に話す湯川の顔を、草薙はしげしげと眺めた。一体、こういう雑学をいつ仕入れるのかと不思議になった。

「それは透視とは関係ないと？」

「ないね」湯川は即答した。「コールド・リーディングで相手の考えていることを類推できても、名前はいい当てられない。そもそもあの時、僕と彼女はろくに言葉を交わしていない」

たしかにその通りだ。草薙は頷くしかなかった。

「あのトリックは、そういう心理の盲点をついたタイプの仕掛けではないと思う。とはいえ、データが少ない。ほかに何かヒントがあればな。たとえば、盗み見できるのは名刺だけなのか」湯川が独り言のように呟く。

「いや、名刺だけではないようだぜ。鞄も透視できるようだ」

「鞄？」

草薙は、相本美香が客の鞄の中身を次々と透視したらしい、ということを話した。

「それはどういう鞄だ。紙袋か」

「おまえがそういうだろうと思って、その客に会った時、鞄の写真を撮らせてもらったよ」草薙は携帯電話を出した。

その客の名前は西畑卓治といい、印刷会社の経理部長をしていた。年齢は五十代後半といったところか。顔が大きく、そのせいで肩幅が狭く見えた。ただし腹は年相応に突き出ている。髪もそれなりに薄く、少しちぢれた前髪が額に張り付いていた。

草薙が相本美香との同伴について訊くと、西畑はあわてた様子を見せた。

「何度か送ったことはありますが、同伴したのはあの一回だけです。その前に店で話していて、映画の話で盛り上がったんです。それで今度一緒に見に行こうって話になって。誰に訊いてもらっても結構です。私が彼女と何かあったなんてことは、絶対にありませんから。正直いって、私はさほど乗り気ではなかったんです。酒の勢いで約束しちゃいましたけどね。食事の前に映画を見るってことになれば、早めに職場を抜け出す必要があるし」

事件についても心当たりはなく、あの夜は一人で自宅にいたという。また、車は持っていないらしい。

「今もいいましたように、同伴したのは、あれが最初で最後です。個人的な相談を受けたこともないし、彼女の本名さえ知りません」関わり合いになりたくないという思いが、強い口調に込められているようだった。

最後に草薙が鞄の透視マジックについて訊いてみると、「あれには驚きました」と西畑はいった。「いつもの数珠を出してきて、こうやって両手を合わせて目を閉じたんです。それから、ポケット・ティッシュとか手帳とか眼鏡ケースとか、中身をいい当てていきました。何かからくりがあったんだろうけど、見抜けませんでした」

西畑が見せてくれたのは平凡な書類鞄だった。茶色の革製で、上部にファスナーがついていた。

「この鞄を透視するとなれば、X線装置が必要だな。空港のセキュリティチェックなんかで使うやつだ」湯川が携帯電話の画面を見ていった。

「そんなものが『ハープ』に置いてあると思うか」

「まあ、あり得ないな」

「暇な時にでも考えてみてくれ。とはいえ、事件に関係しているかどうかはわからんがな」草薙は携帯電話をしまい、空になったマグカップを作業台に置いた。「邪魔したな。マジックについて何かわかったら知らせるよ」

4

藤沢智久は、亀戸にある大型ショッピングセンター内のペットショップで働いていた。同じフロアに洋菓子店を兼ねたコーヒーショップがあったので、草薙は、そこで話を聞くことにした。彼の連絡先は、相本恵里子が教えてくれたのだ。

藤沢は少年らしさと朴訥さを残した若者だった。ひょろりと背が高く、なで肩だ。今時の若者には珍しく、髪は真っ黒だった。

彼は事件のことを知っていた。ネットを通じて連絡を取り合っている同級生たちの間で騒ぎになったらしい。

「信じられませんでした。先週、メールのやりとりをしたばかりなんです。俺が付き合ってる彼女のことで相談したら、相本がそれに答えてくれて。本当に良いやつだったのに。どこの誰が、そんなひどいことを……」そういって唇を噛んだ。

「部活で一緒だったそうですね。何の競技ですか」草薙は訊いた。

藤沢は薄く微笑んで首を振った。

「スポーツじゃありません。生物クラブです」

「生物……ああそうか。それでペットショップに」

藤沢は気まずそうな顔で頭を掻いた。

「本当は獣医になりたかったんです。でも大学に受からなくて、結局全然関係のない商学部に進んじゃいました。今のペットショップは、学生時代からバイトで働いていて、卒業後もそのまま居座ってるって感じです。はっきりいって、正式な社員じゃないんです」

「そんなに動物が好きなんだ」

「どうせどこで働いても給料は安いし、それなら犬や猫たちと一緒にいたほうが楽しいと思って」言葉に諦観した響きがあった。一応、就職活動はしたのかもしれない。

「相本さんも動物好きだったんですね」

「はい。でもあいつは少し変わってました。犬や猫のことも好きだったみたいだけど、もっと別の動物を追っかけてたんです」

「別の動物?」

「モモンガです。モモンガのことを詳しく知りたいから、生物クラブに入ったといってました」

「モモンガというと……」咄嗟《とっさ》に頭に浮かんでこなかった。

「リスみたいにかわいくて、木から木へ飛び移る動物です。彼女によると、小さい頃、たまたま納屋に紛れ込んだモモンガがいて、しばらく飼っていたそうです。だから部で県内の動植物の生態調査をやるって話になっても、彼女はモモンガ以外には興味がない様子でした。もっとも女子は一人だけだったので、誰も文句をいったりはしませんでしたけど」そこまで話したところで藤沢は太いため息を漏らし、指先で目尻をぬぐった。昔のことを思い出し、改めて悲しみが襲ってきたようだ。

「上京後も、二人でよく会っておられたんですか」

「よくっていうか、二、三か月に一度ぐらいかな。相本が店に遊びに来るんです。子犬や子猫を眺めながら、近況報告なんかをしました」

「食事に行ったり、お酒を飲みに行ったりすることは？」

「二人だけでですか？」

「はい」

するど藤沢は白けたような笑みを唇の端に滲ませた。

「昔からよく誤解されたんですけど、俺と相本がそういう関係になったことなんて一度もありません。本当にただの友達だったんです。さっきもいいましたように、俺には付き合っている彼女がいるし。ただ、相本といると昔に戻れるみたいで楽しかったのは事実です。見かけは派手になっちゃったけど、あいつは全然変わりません。明るくて、楽しくて、悪戯好きで。俺が慣れない東京暮らしで悩んでいた時だって、いつも彼女に励まされてました。大丈夫だよ、東京なんて田舎者の集まりなんだから、自分たちだってきっとうまくやっていけるよって」

良い励ましの言葉だと草薙も思った。相本美香は、自分自身にもそんなふうにいい聞かせていたのかもしれない。

「相本さんのほうに恋人は……」

「どうかな。たぶんいなかったと思います。そういう相手が出来たら、報告してくれたと思うし」

草薙は頷き、手帳をボールペンの先で軽く叩いた。メモを取るほどの話が出てこない。

あのう、と藤沢が口を開いた。「相本の御両親って、東京に来られましたか」

「御両親？　ええ、遺体が見つかった夜に」

「そうですか……」藤沢は何かいいたそうだ。

「相本さんの御両親がどうかされたんですか」

「いえ、あの」藤沢は眉の横を掻いた。「相本、高校を卒業した後は、実家には帰ってなかったんです。一度も」

「らしいですね。御両親からも、そのように聞きました」

「それ、なんでだと思います?」

「さあ。水商売をしていることを悟られたくなかったからでしょうか」

藤沢は首を振った。

「違います。相本のやつ、御両親とうまくいってなかったんです。高校を卒業する前から。そもそも、あいつが上京することにしたのは、タレントになりたかったからとかじゃなくて、単に親のそばから離れたかっただけだったんです」

強い口調に興味が湧いた。「詳しく話していただけますか」と草薙はいった。

藤沢はコップの水を口に含み、姿勢を正した。

「相本が小学生の時に、実のお母さんが交通事故で亡くなったそうです。あいつ、そのお母さんのことが大好きだったみたいで、編んでもらった毛糸の手袋を、ずっと大切にしていました。小さすぎて手が入らないのに、いつもポケットに入れてたりしたんです。お父さんのことも心配してて、自分がお母さんの代わりをやらなくちゃいけないんだって、よくいってました。食事なんかも、結構作ってたみたいです。部活で帰りが遅くなる時なんか、よく夕食のことを心配していました」

「しっかりした子だったんですね」そういいながら草薙はコーヒーカップに手を伸ばしたが、藤沢の話がどこに向かっているのか、今ひとつ摑めない。

「相本は、ずっとお父さんと二人きりで暮らしていくんだと思い込んでいたみたいです。場合によっては結婚はしないかも、なんてことをいったりしていました。でもそのお父さんが狂っちゃったわけです。彼女が高校二年になる少し前に」

「狂った？」

「女性を好きになったってことです。そのことを相本は、いい歳をして恋に狂ってると馬鹿にしていました」

「その相手というのが……」

「今のお母さんです。あの人、前はホステスだったそうです」

草薙は思わず身を引いた。「そうでしたか」どうりで垢抜けているはずだと思った。

「お父さんが毎日のように夜になると出かけていって、酔っぱらって帰ってくるものだから、おかしいと思っていたと相本はいっていました。そうしたらある時お父さんから会わせたい人がいるといわれて、あの人を紹介されたそうです。おまけにその場で再婚するつもりだって聞かされて、かなりショックを受けたみたいでした」

その状況を想像し、そうだろうな、と草薙は思った。「それで御両親と不仲に？」

いやあ、と藤沢は首を傾げ、唇を舐めた。

「最初はそれほどでもなかったようです。再婚には反対だけど、お父さんの人生だから仕方がない、というようなことをいっていましたから。といっても、なるべく顔を合わせないようにしている、ともいってましたけどね。で、一緒に暮らすようになってしばらくしてから、決定的なことが起きちゃったんです」

「というと？」

「あの人……お父さんの新しい奥さんが、誤って手袋を捨てちゃったんです。相本のお母さんの形見だった手袋を」

ああ、と草薙は口を開けた。「それはたしかにまずい」

「うっかり捨てたって本人はいったそうですけど、相本は信じてませんでした。絶対にわざとやったんだといって泣いて怒ってました。自分があの女に懐かないものだから、嫌がらせでやったんだって。それからです、あいつの反逆が始まったのは」

「反逆……」

「新しいお母さんとは、一切口をきかなくなったらしいです。一緒にいたくないので、夜遅くまで家に帰らないってことも増えたようです。食事を出されても、絶対に食べないといってました。一度お父さんから食べるように怒鳴られたことがあって、その時には料理を全部トイレに流したそうです」

「それは……すごいですね」

「話を聞いていて、女って怖いなと思いました。でもあいつとしては、それぐらい亡くなったお母さんの思い出を大事にしてたってことなんです」

「だから家を出たということですか」

そういう事情なら帰省することはなかったかもしれないな、と草薙は合点した。

「ただ、あの人とのことは、家を出る時に吹っ切ったといってましたけどね」

「どういうことですか」

「これは最近になって初めて聞いた話なんですけど」そう前置きして藤沢が語った話は、次のような内容だった。

上京を翌日に控え、相本美香は自分の部屋にあったものを処分した。庭で焚き火をし、手紙などを燃やした。

そしてその場に継母である恵里子を呼んだ。怪訝そうな恵里子に、美香は紙とサインペンと黒い袋を渡した。

「あたしに対する気持ちを紙に正直に書いて。嘘やごまかしは書かないで。どうせ、あたしは読まないから。書いたら、袋に入れて」

さらに美香は、もう一つの袋を見せた。

「あたしも、あなたに対する気持ちを紙に書いて、この袋に入れてある。袋を交換した後は、中を見ないで、二人で焚き火に放り込むの。それでもう全部おしまい。何もかも忘れる。それでどう?」

恵里子は頷き、わかったと答えた。美香に背中を向け、紙に何かを書き、それを黒い袋に入れた。

その後、袋を交換し、炎の中に投げ入れた。袋は瞬く間に燃え尽きた。

「これでおしまい。じゃあ、元気でね――そういってあの人と別れたんだと彼女はいってました。何か、すごい話ですよね」藤沢は遠い目をしていった。

「たしかに」

「相本に訊いてみたんです。おまえは紙に何て書いたんだって。そうしたら教えてくれました。クソオヤジと二人で死んじまえ、と書いたそうです」

草薙はため息をついた。どう答えていいのかわからない。

「相本は、今のままだと家には帰れないといってました。とても帰る気になれないって。たぶん御両親とは訣別する気だったんだと思います」

「訣別ねえ」

相本夫妻の顔を草薙は思い出した。あの悲嘆に暮れた表情は、単に娘の死を目の当たりにしたからだけではなかったのだ。彼等にしてみれば、娘を失うのは二度目だったのかもしれない。一度目は彼女の心を。そして今回、すべてを失った。

5

相本美香の足に付着していた煙草の銘柄が判明したのは、事件から五日目のことだった。これといった手がかりがなく、捜査本部内に焦りの色が浮かび始めていた。

「こいつがトンネルの出口に繋がってくれるといいんだけどな」間宮が鑑識からの報告書を差し出した。

そこに記されていたのは、外国煙草の銘柄だった。ヘビースモーカーの草薙でも、あまり馴染みのないものだ。ラッキーかもしれない、と期待に胸が少し膨らんだ。

午後八時過ぎ、『ハープ』を訪れた。マネージャーとレイカが草薙を待っていてくれた。「ビールでもどうですか。奢りますよ」とレイカがいったが丁重に辞退した。勤務中だし、ここで一杯奢ってもらったお返しに、この次来た時に何万取られるかわかったものではない。

「あの夜アフターに行ったお客さんのうち、アイちゃんを送った人は煙草を吸いません。もう一人の方は、たしかマイルドセブンを吸っておられました」レイカがいった。

草薙はひとまず安堵した。どちらかが件《くだん》の銘柄を吸っていたのだとしたら、相本美香の足に付着していた煙草の葉はその客のもので、事件とはまるで無関係ということになってしまう。

マネージャーがリストをプリントアウトして持ってきてくれた。そこに並んでいる名前は、問題の銘柄を吸っている客だという。

「当店では、お客様が煙草を所望された時、お名前と銘柄を控えておくんです。この次いらっしゃった時に銘柄をお尋ねしなくてもいいし、どの銘柄の煙草を店内にどれぐらいストックしておけばいいかという参考になりますから。ちなみに草薙さんは、マルボロ・ライト・メンソールでございますね」

「なるほど。さすがは一流クラブだ」

そのリストには八人の名前が並んでいた。会社員の場合は社名も添えられている。草薙は、一人の名前に目を留めた。沼田雅夫という人物だ。

「この人は、よくこの店に来るんですか」

「沼田さんですか。そうですねえ、接待などでよく使っていただいております。ただ、ここ二、三か月はお顔を見ていないように思いますねえ」

草薙はレイカに、相本美香が沼田の席についたことがあるかどうかを訊いた。

どうだったかなあ、と彼女は首を捻った。

「たぶんついてないと思います。その沼田さんって人、別のママのお客さんですし」

「そう」

この店のホステスたちは、複数の雇われママごとに分かれているのだ。レイカたちのママは、現在病気で療養中だった。

リストのコピーを貰い、草薙は店を出た。


沼田雅夫は警戒心に溢れた表情で喫茶店に現れた。警視庁捜査一課の刑事に電話で呼び出されたのだから当然かもしれなかった。四角い顔の体格の良い人物だった。スーツがよく似合っている。

『ハープ』のアイというホステスを知っているかと尋ねると、沼田は心外そうに眉をひそめた。

「やっぱりその事件のことですか。捜査一課だなんていうから、殺人事件の捜査だろうとは思いましたけど」

「警視庁の仕組みをよく御存じですね」

「今時、子供でも知ってますよ、そんなこと。それより、私は知りませんよ、その子なんか。うちの店の子が殺されたそうだっていうメールを、別のホステスから貰って、それで初めて事件を知ったんです」沼田は上着の内ポケットから煙草の箱を出してきた。例の銘柄だった。

「あの店にはよく行かれるんですか」

沼田は煙草に火をつけ、煙を吐いてから肩をすくめた。

「よくってほどではありません。お得意さんの接待に使う程度です。どういうわけか、前任者があの店をお気に入りで、何となく私も使うようになったんです。別にお目当ての女性がいるわけでもありません」

「最近だと、いつ行かれましたか」

「さあ、いつだったかな。三か月ぐらい前じゃなかったかな。店に訊いてもらえればわかると思うんですが」話している途中でも、何度も煙草を口に運ぶ。草薙以上のヘビースモーカーらしい。

草薙は自分の煙草を出した。「私も失礼していいですか」

沼田が不意を衝かれたような顔をし、すぐに表情を和らげた。「あ、どうぞどうぞ」

草薙は使い捨てライターで、煙草に火をつけた。

「助かります。最近は、取調室でも吸えないことが多くて」

「警察でもそうですか。うちの職場なんかもひどいもんです。喫煙者は、すっかり嫌われ者だ」

沼田の口調が、幾分滑らかになっていた。

「珍しい煙草を吸っておられますね」草薙は相手の煙草に目を向けた。

「これでしょう？　以前知り合いからワンカートン貰ったのがきっかけです。ニコチンやタールが軽めなのに、味は深いんです。今は、これ以外は吸いません」

「いつ頃からその煙草を？」

「ええと、そろそろ五年になるかなあ」

「運転中も吸われるんですか」

「そうですね。うちの車の中では吸いません。家内や子供たちがうるさいんですよ。車に臭いがつくといってね。一体誰の金で車を買ったんだって話なんですが、多勢に無勢、白旗を揚げるしかありません」沼田は苦笑を浮かべた。

「仕事で運転されることもあるんですか」

「ありますよ。得意先を回る時には営業車を使います。もっとも運転は、若い奴にやらせることが多いですが」

「その車の中では煙草を?」

「吸いますね、遠慮なく。営業部長が乗った後はすぐにわかるって、よく嫌味をいわれますよ。灰皿がいっぱいになっているからでしょう」さほど罪悪感はないらしく、沼田はにこやかに笑った。だがふと何かを思い出したように真顔に戻った。「あの、刑事さん、私に何を訊きたいんですか」

「その営業車というのは、ほかの方もお使いになるんですね」

「使いますよ。会社の車ですから。それが何か?」

草薙は灰皿の中で煙草の火を消した。

「おたくの会社に、西畑さんという方がいらっしゃいますよね。西畑卓治さん」

「ニシハタ? 経理部長のことですか」

「そうです。あの方も、よく『ハープ』を利用しておられるようなのですが、御存じでしたか」

「西畑さんが? ああ、そういえば一度だけ顔を合わせたことがありましたね。へええ、この人もこんな場所で息抜きをしたくなることもあるんだなって、その時は思いました。あの人、そんなに頻繁に通ってるんですか。意外だなあ」

「そういうタイプの人ではないんですか」

「私の知るかぎりではね。堅物でクソ真面目ってことで有名です」そういってから沼田は周囲を見回し、身を乗り出してきた。「あの人がどうかしたんですか」低い声で訊く。

「いえ別に。あの店のお客さん全員について調べているものですから」

自分も調べられている最中だと思い出したらしく、沼田は不愉快そうな表情に戻った。

「とにかく、あの事件について私は何も知りません。あのホステスのことも知らない。全く無関係です」

「そうですか。よくわかりました」草薙は伝票に手を伸ばした。

沼田が無関係だということは最初からわかっていた。彼に会いに来たのは、西畑卓治と同じ会社だという理由からだった。

6

事件発生から十日目の午後、西畑卓治が逮捕された。決め手は、彼等の会社が所有する営業車の助手席から相本美香のものと思われるヘアピンと髪の毛が見つかったこと、さらには営業車を保管してある駐車場の防犯カメラに西畑と思われる人物が映っていたことだった。この二つの物証を本人に突きつけて追及したところ、あっさりと犯行を認めた。

その供述内容を要約すると、以下のようになる。

西畑卓治が会社の金を着服するようになったのは、約五年前だった。ギャンブルを一切やらず、派手な生活とも無縁だった彼だが、あることをきっかけに商品先物取引という罠に嵌《は》まってしまった。

そのあることとは妻の病死だった。元々心臓が弱かったのだが、殆ど何の前触れもないまま、ある日突然倒れ、そのまま息を引き取った。

子供もおらず、孤独な日々が始まった。先のことを考えると不安になった。容姿に自信がないので、再婚にも前向きになれない。

そんな時、一本の電話がかかってきた。先物取引の会社からだった。相手の男の口調は極めて丁寧で、とにかく会って話だけでも聞いてほしい、と食い下がってきた。

結局、会社の帰りに会うことになった。それが間違いのもとだった。その外務員は西畑が思っていた以上に粘り強かった。簡単には引き下がってくれないのだ。しかもその口から出てくる話は、それなりに魅力的で、おまけに説得力があった。聞いているうちに、これなら儲かるかもしれないな、少しぐらいは話に乗ってもいいかな、という気になってくるのだ。さらにはこんなこともいった。

「失礼ながら、西畑さんは現在独り身ですよね。五十歳を過ぎて、新しい相手を見つけるのは簡単ではありません。でもお金を持っていたら話は別です。今の女性はドライですから、若くても貧乏な男より、少々年配でも金持ちのほうがいいっていう人が多いんです。だから西畑さん、ここは一つチャレンジしてみませんか」

この台詞には心を動かされた。考えさせてくれといってその日は別れたが、すでに相手の術中に嵌まっていたといえるだろう。その外務員と三回目に会った時には、三百万円の自己資金で先物取引を始めることになっていた。

　その元手が消えるのに、半年とかからなかった。取り戻すためには、さらに資金を投入する必要があるとそそのかされ、金をかき集めた。会社の金に手をつけたのは、先物取引を始めてから一年後だ。

　ちょうどその頃、別の先物会社から電話がかかってきた。投資をするなら、いくつかの会社に分けたほうがリスクが少ない——もっともらしい説明に、ころりと騙された。現実はまるで逆だった。損失は雪ダルマ式に膨らんでいき、数千万円に達した。

　その穴を埋めるのは、自力では到底不可能だった。いけないと思いつつ、会社の金を流用するしかなかった。幸い、経理担当は二人しかおらず、もう一人は部下だった。西畑が会社印鑑の使用等、経理業務を実質的に一人で管理していたといっていい。銀行残高証明や決算書類を改ざんすれば、横領が発覚することはなかった。

　そんなことを何年にもわたって繰り返した。着服した金額は数億円に上るだろう。やがて西畑は正常な感覚をなくしていった。会社の金を引き出すことに、ためらいも罪悪感も抱かなくなっていた。同時に警戒心も——。

　あの日の朝、誰よりも早く出勤した西畑は、「いつものように」小切手を偽造した。印鑑を管理しているのは彼だ。五分もあれば作業が終わる。それを封筒に入れ、自分の鞄にしまった。まさか鞄を盗み見る人間がいるとは思わなかった。会社の中の誰一人として、経理に不正が生じていることに気づいていない。

その鞄を抱え、午後三時になると早退の手続きをして会社を出た。有楽町で『ハープ』のアイと会う約束をしていたからだ。偽造小切手を持っているという緊張感などなかった。いつものことなのだ。

アイに対して、特別な感情はない。ただし、『ハープ』についてなら話は別だ。

営業部などから回ってくる伝票を見て、いつも気になっていた。銀座のクラブとはどういうところなのか。たとえばこの『ハープ』という店に行けば、どんな素晴らしいことがあるのだろうか。何もないわけがない。それならこんなに高い金額を請求しないだろう。

西畑には縁のない場所だった。自腹では到底行けない。

しかし今は状況が違う。金などいくらでもある。必要なだけ、会社の口座から引き出せるのだ。長年の好奇心を満たしたいという思いはあった。とはいえ、足を向ける勇気はない。ところがそんな彼の背中を押してくれる出来事があった。

西畑の通っている歯医者が『ハープ』の常連だったのだ。治療中に世間話をしていて、たまたま判明した。彼が興味を示すと、歯医者は、「だったら一度行ってみたらどうですか。僕の紹介だといえばいい」と気さくにいってくれたのだ。

ある夜、かなりの現金を懐に忍ばせて銀座に向かった。歯医者が紹介してくれたのがほかの店なら、たぶん気後れしていただろう。経理の手続きで店名をよく目にしていたから、積極的になれたのだ。

『ハープ』で西畑は歓待を受けた。終始、気持ちよく酒を飲めた。女性たちとの会話は楽しく、自分が何段階もランクの高い人間になったような気がした。なるほどこれなら接待に使われるはずだと納得できた。

彼が常連客になるのに時間は要しなかった。家に帰っても、誰も待ってはいない。将来のこと、そして何より不正経理のことを考えると気持ちが落ち込んだ。それらのことを忘れさせてくれるのが、『ハープ』での時間だった。

ただ特定の女性に恋愛感情を抱くということはなかった。彼はここが仮想空間であることを理解していた。嘘の世界だからこそ、じつはセレブでも何でもない自分でも、気持ちよく座っていられるのだとわかっていた。

アイと映画を見る約束をしたことにも深い理由はない。違う楽しみ方をしてみたい。ただそれだけのことだ。無論、若い女性から誘われ、悪い気はしなかった。

二人で映画館に入り、並んで座った。鞄の置き場に困っていると、「隣の席が空いているから、こっちに置いてあげる」とアイがいった。遠慮なく、その言葉に甘えた。

映画は、可もなく不可もなし、といった出来だった。どうしてアイがこんな映画を見たがったのか、よくわからなかった。

映画を見ている間、特に変わったことはなかった。場内が明るくなると、西畑はアイから鞄を受け取り、腰を上げた。

和食の店で食事をし、そのままクラブに行った。入り口のところで鞄を預けようとしたら、アイに止められた。預けるのは後にしてくれという。奇妙だなと思いつつ、いわれた通りにした。

そして席についてしばらくしてから、アイによる例の透視術が始まったのだ。

以前、名刺を透視され、驚いたことがある。だが衝撃は、その時以上だった。彼女は鞄の中のものを次々といい当てていった。宅配便の伝票が紛れ込んでいたことなど、西畑自身も知らなかった。

やがてアイは、彼が恐れていることを口にした。封筒が見える、といったのだ。さらに、「何だかとても危険な香りがする」といって、意味ありげに笑った。

心臓が大きくはね、冷や汗が噴き出した。ほかでもない。その封筒とは、偽造小切手を入れたものだ。

西畑は懸命に平静を装い、封筒の中身も見えるのか、と尋ねてみた。するとアイは、さあ、と首を傾げた。だがもう一人のホステスが席を立ち、二人きりになると、彼女は西畑の耳元で囁《ささや》いた。

「あれはまずいですよ。見つからないようにね」

ぎくりとしてアイの顔を見返した。彼女は企みに満ちた顔で続けた。

「見たのがあたしでよかったですね。大丈夫、誰にもいいませんから」

西畑は自分の顔がひきつるのがわかった。つい、こんなことを口走っていた。「いくらほしいんだ?」

彼女は、くすくす笑った。

「さあ、いくらにしようかな。考えておきます。何だか楽しくなってきちゃった」

天真爛漫にいうアイを見ていると、殺意が湧いてきた。この女は偽造小切手に気づいている。それを会社の人間にしゃべられたら、自分は破滅だ。

アイが別の席に移った後も、西畑は彼女のことが気になって仕方がなかった。目で追っていると、時折視線がぶつかった。そのたびに彼女は不気味な笑みを西畑に送ってくるのだった。

猶予はないと思った。アイは金銭を要求する気かもしれないが、支払ったからといって、永久に黙っていてくれるとはかぎらない。金に困ったら、きっとまた強請《ゆす》ってくるだろう。

店を出る時、アイが見送ってくれた。その目は明らかに何かを語りかけてきた。彼女に背中を向ける時には決心していた。殺すしかない――。

そしてあの夜、決行したのだ。

深夜、会社のそばの駐車場から営業車を盗み出した。予備のキーがナンバープレートの裏に貼り付けられていることは知っていた。車を運転し、アイのマンションに向かった。何度か送ったことがあるので、場所はわかっていた。細い道に面した古いマンションだ。深夜は人も車も殆ど通らない。

マンションの入り口から十メートルほど離れた路上に車を止め、彼女が帰ってくるのを待った。時計の針は午前一時半を少し過ぎたあたりを指している。店が終わるのは午前一時だ。客に付き合わされたり、ホステス仲間と寄り道する可能性もあるから、何時に帰ってくるかはわからない。しかし待つしかないと思った。ほかに解決策はないのだ。

寂しい通りだが、まれにタクシーが止まった。そのたびに息を呑んで様子を窺ったが、降りてくるのはアイではなかった。

午前二時になっても、午前三時を過ぎても、アイは帰ってこなかった。西畑は焦った。もしかしたら今夜は店を休んでいて、すでに部屋で眠っているのではないか、という想像が働いた。考えてみれば、その可能性だって少なくない。予め店に電話をかけ、彼女が出勤しているかどうかを確認しておくべきだったのだ。この局面になって気がついた自分に腹を立てた。

だが間もなく四時になろうかという時、一台のタクシーがマンションの前で止まった。後部ドアが開き、降りてきたのは、まさしくアイだった。ミニのワンピースの上から、ジャケットを羽織っていた。

どうやら客に送ってもらったらしく、彼女は道の脇に立ち、タクシーに向かって手を振っていた。タクシーが走り去るまで、ずっとそこにいた。

西畑は車から外に出た。見送りを終えたアイがマンションの玄関に向かって歩きだしたところだった。急いで駆け寄り、後ろから声をかけた。「アイちゃん」

ぎくりとしたように足を止め、彼女は振り返った。大きな目が、より一層見開かれた。

「えっ、西畑さん……どうしてここに？」

「待ってたんだよ、君を。話したいことがあって。例の封筒のことだ」

ああ、とアイは得心したように頷いた。「あれは重大ですもんね。でも安心してください。誰にもいってませんから」

「ありがとう。それで君に相談したいことがあるんだ」

「あたしに？　そのためにわざわざ待ってたんですか」

「その必要があると思ったからだ。君だって、俺と取引する気なんだろ」

アイは、じっと西畑を見つめてから頷いた。

「そうですね。何しろ、あれだけのネタですから」

「だから話し合いたい。車で来ているから、どこかのファミレスにでも行こう」

アイは全く怪しんではいなかった。あっさりと助手席に乗り込んできた。西畑に人を殺すほどの度胸はないと踏んでいたのかもしれない。もしそうなら、彼にしてみれば、わかってないなというほかない。人が殺人を犯すのは、ほかに選択肢がないからだ。度胸のあるなしは関係がない。

犯行場所は決めてあった。荒川沿いの道路脇だ。サイドブレーキを引いた時、アイは怪訝そうな顔をした。どうしてこんなところに止めるの、と訊きたそうだった。だがその暇を与えなかった。西畑はシートベルトを外すなり、彼女に襲いかかった。運転をする前に革の手袋を嵌めていた。その手で細い首を絞めた。

小柄なアイは抵抗する力も弱かった。身体が動かなくなるまで、さほど時間はかからなかった。車の中で脱げたハイヒールを履かせ、死体を近くの草むらに隠した。物盗りの仕業に見せかけるため、ハンドバッグは別の場所まで移動してから川に投げ込んだ。

すべてをやり遂げ、会社に向かって車を走らせたが、安堵する気持ちはどこにもなかった。ただし、アイ殺しで逮捕されることを恐れていたわけではない。それは何とかなるだろうと楽観していた。

西畑の頭の中にあるのは、会社の帳簿に存在する、巨大な穴のことだけだ。

何人殺そうが、あの穴は埋まらないよなあ、と考えながらハンドルを握っていた。

7

室内を見渡すと、湯川は盛大にため息をついた。

「まるで整理下手な人間の部屋を見るようだな。統一性や脈絡といったものが全く感じられない」

そういわれても草薙としては反論できなかった。たしかにその通りなのだ。参考資料として相本美香の部屋から持ち出してきたものを、片っ端から会議机の上に並べただけだった。化粧道具一式の隣に例のコールド・リーディングの本が置かれているが、特に意味はない。段ボール箱から出した順に置いただけだ。

「このほうが先入観を持たなくていいだろ」苦し紛れに草薙はいった。

「で、これらを眺めて推理しろというわけか。透視の謎を」

「無茶なことを頼んでるとは思うよ。だけどほかに当てがなくてさ」

湯川はもう一度ため息をつき、コールド・リーディングの本を手にした。「マジシャンたちには当たってみたのか」

「何人かにはな。だけど全員から同じことをいわれた。透視の手品はいろいろあるが、実際の演技を見てみないことには、どういう種が使われているのかはわからないってさ」

「ふん、まあそうかもしれないな」

「関係者の中でアイちゃんのマジックを見たのはおまえだけだ。だから、おまえに頼るしかないんだ」

「なぜ僕が関係者なんだ。事件とは何の関係もないぞ」

「俺の関係者という意味だ」

草薙の答えに、湯川は呆れたように肩をすくめた。

二人は捜査本部が置かれている警察署の会議室にいた。西畑卓治の自供を取れたことで、相本美香殺害事件は決着に向かっている。だが動機に関連して、一つだけ解決していない問題があった。それはほかでもない。相本美香はどうやって西畑の鞄の中身を透視したのか、ということだった。それればかりは西畑もわからないという。

頭を抱えた間宮は草薙を呼んだ。そして例によって、「ガリレオ先生の知恵を借りろ」と命じてきたのだった。

「うん？　この写真は何だ」湯川が一枚の写真を手に取った。「不気味な文字のようなものが写っているが」

内海薫が見つけた写真だ。ベッドの枕元の棚に大切そうにしまってあったということだった。草薙はそのように説明し、「何の写真かはわからん」といった。

「わからないのに持ってきたのか」

「わからないから持ってきたんだ」

湯川は下唇を突き出し、写真を元の場所に置いた。

「犯人は鞄を抱え続けていたわけじゃないんだろう？　映画を見ている間に、アイちゃんに中を覗かれた可能性はないのか」

「そんなことをしていたらわかったはずだと西畑はいっている。それに映画館の中は真っ暗だぜ。覗いたとしても見えないだろ」

「たしかにそうだ」湯川は、あっさりと引き下がった。次に手にしたのは一冊のファイルだった。

「これは何だろう」

「客のリストだ。名前と連絡先を記してある」

中を見ていた湯川の目が見開かれた。

「驚いたな。僕の名前がある。大学の連絡先まで、完璧に名刺の通りだ」

「あの時に透視されたんだろ」

湯川は首を振った。「信じられない」

「そう思うなら謎を解いてくれ」

「いわれなくても考えている。だがそれにしても、すごいリストだ。彼女、仕事熱心だったんだな」湯川はファイルを戻した。

「ホステスにとって顧客情報は命綱だ。店を移った時なんか、それだけが頼みだからな」

「そこなんだが、彼女、どうしてホステスになったのかな。いやもちろん、あれも立派な職業だとは思うが」

「芸能界に憧れた娘の落ち着き先としてはよくある話だと思うぜ。それに彼女の場合、父親へのあてつけっていう意味もあったかもしれない」

「父親？」

「おまえにはまだ話してなかったな」

草薙は、相本美香と両親との確執について、藤沢智久から聞いたままを伝えた。

「父親は水商売の女性を後妻にした。だから自分が水商売の道に進んだって、父親には文句をいえないだろう――そういう思いがあったんじゃないか」

「ふうん、わからないでもないが、それならなぜホステスをしていたことを黙っていたんだろう」

「黙っていたんじゃなく、連絡を取っていないから話す機会もなかっただけだろ」

しかし湯川は釈然としない様子で、ゆっくりと歩きながら相本美香の遺品を眺めている。

その足が止まった。彼が手にしたのは、『動物医学百科』という本だった。

「なぜこんな本を？　ペットでも飼っていたのか」

「いや、彼女は飼っていない。たぶんその本は、高校時代に使っていたものだろう。生物クラブに入ってたという話だ。モモンガが好きだったらしい。生態を熱心に調べてたそうだぜ」

「モモンガ？　あの空を飛ぶ？」

「ほかにどういうモモンガがいる」

だが草薙の軽口には応じず、湯川は俯いたままで歩き回り始めた。何やらぶつぶつと呟いている。

やがて彼は立ち止まり、くすくすと笑い始めた。

「何だ、どうした？」草薙は訊いた。「何がおかしい？」

「いや、すまない。だけど喜んでくれ。どうやら謎が解けそうだ」

「本当か？　どういうトリックだ」草薙は勢い込んだ。

「焦るなよ。話しても、たぶんわからない。百聞は一見にしかず、だ」物理学者は指先で眼鏡を押し上げた。

8

草薙が運転するスカイラインは、湯川が待つ帝都大学に向かっていた。彼の実験を見せてもらうためだ。そして助手席には相本恵里子が座っている。湯川が、どうしても立ち会ってもらいたいと希望したからだ。その理由を草薙は聞かされていなかった。

恵里子は明らかに緊張していた。「美香さんについて知っておいてもらいたいことがあるので」といわれて上京してきたわけだが、なぜ実の父親ではなく自分が呼ばれたのだろうと訝《いぶか》しんでいるに違いない。

やがて帝都大学に到着した。駐車場に車を止めると、草薙は恵里子を連れて物理学科第十三研究室を目指した。

「こんなに大きい大学の中を歩くのなんて初めてです」恵里子は興味深そうに、きょろきょろと周りを見ていた。「素敵な大学ですね。大学祭なんかも楽しそう」

「まあ、結構派手にやっていますね」

恵里子は立ち止まると吐息をつき、寂しげな眼差しを遠くに向けた。

「美香さんも、本当は大学に進みたかったはずなんです。でも進学するとなれば、親に頼らざるをえないでしょう？　それが嫌で、口には出さなかったんだと思います」

「話し合うことはできなかったんですか」

「あの時は無理だと思いました。でも、何とかして話し合うべきでした。ぶつかり合うことを恐れていたんです。それがすべての間違いだったと思います」恵里子は目を伏せ、首を振った。

「今さらいっても仕方のないことですけど」

「亡くなったお母さんの、手編みの手袋を捨ててしまわれたとか」

恵里子は辛そうに顔を歪めた。

「本当に大変な失敗でした。謝ったんですけど、許してもらえなくて。今でも思い出すと胸が痛みます」

「美香さんは、あなたがわざとやったと思っていたようです」

「そうでしょうね。だけど無理もありません。私が悪いんです。許してもらえるまで、いつまでも待っているしかないと思っていました」

彼女の言葉に草薙は胸が熱くなった。口先だけの嘘には聞こえなかった。

研究室では湯川が白衣姿で待っていた。心なしか、室内がいつもより片付いているようだ。女性客が来るので、彼なりに気を遣ったらしい。

どこからか、レイカが現れた。「すごーい。研究室って、こんなふうなんだ」複雑そうな計測機器が並ぶ棚に近づき、嬉しそうな声を出している。今日はシャツにジーンズという出で立ちで、化粧も薄いので学生に見えた。

「どうして君がここにいるんだ」草薙は訊いた。

「僕が呼んだんだ。彼女はアイちゃんの透視を何度も目撃している。証人として最適だ」

湯川の説明に、なるほど、と草薙は納得した。

「草薙さん、あたしもう、びっくりすることばっかり。アイちゃんが殺されたこともそうだけど、まさか犯人があの人だったなんて。どうなっちゃうのかなあ、うちの店。きっと週刊誌とかに書かれちゃうんでしょうね。困ったなあ」レイカは顔をしかめた。

「ほかの店に移ったらどうだ？」

「そう簡単にはいきません。こう見えても、義理堅いんですから。店のイメージ回復のためにがんばるだけです。草薙さんも、お時間のある時には来てくださいね」

「ああ。金が余っている時には顔を出すよ」

草薙は恵里子を湯川たちに紹介した。相本美香の母親と聞き、レイカは少し驚いた様子だ。若いからだろう。それを察したか恵里子自身が、「継母です」と補足した。

「ようこそ第十三研究室へ。コーヒーでも飲まれますか？」湯川が女性たちに訊いた。

「いえ、私は結構です」恵里子が辞退した。

「あたしもいいです」レイカもいう。「それより、透視のトリックを早く知りたいんですけど」

「俺もそうだ。コーヒーは後でいい」草薙も同調した。

「わかった。では早速始めよう。まず君たちは、そこの椅子に座ってくれ」

湯川にいわれ、草薙とレイカは作業台の手前にある二つの椅子に並んで座った。

「あなたは彼等の後ろで見ていてください」湯川は恵里子にいった。

彼女が二人の後ろに立つのを確認してから、「例のものは持ってきてくれたか」と湯川が草薙に訊いてきた。

「名刺だろ。ちゃんと用意してある」

「結構。では、僕が後ろを向いている間に、それをここに入れてくれ」湯川は白衣のポケットから、光沢のある黒い封筒を出してきた。それには草薙も見覚えがあった。

「この封筒、アイちゃんが使っていたものに似ているな」

だが湯川はにやりと笑っただけで何もいわず、くるりと背中を向けた。

草薙は内ポケットから一枚の名刺を出し、黒い封筒に入れた。「入れたぞ」

湯川が草薙のほうに向き直った。手を伸ばしてきたので、黒い封筒を渡した。

「あの夜はたしか、アイちゃんは君の胸元にこれを押し込んだ」封筒を手にしたままで湯川はレイカにいった。「しかしさすがにそれは僕にはできない。済まないが、自分で入れてくれないか」

「別にあたしは構わないんですけど、先生が気を遣われるんじゃ仕方がないですね」レイカはにっこり笑って封筒を受け取り、シャツの胸元に入れた。

「さて、あの夜アイちゃんは、この後どうしたかな」湯川が草薙たちに訊いてきた。

少し考えてから草薙は答えた。「数珠を出してきた」

「そう、数珠を使って透視の儀式をするんです」レイカもいった。

「うん、たしかにそうだった」湯川は、そばに置いてあったコンビニの袋を取り、作業台の向こう側に座った。「じゃあ、数珠の代わりにこれを使おう」そういって袋から出してきたのは、金属製の鎖だった。

「何だよ、それ」

「学生から借りた。自転車の盗難防止用チェーンだ。数珠が身近になかったものでね。さあ、あの夜と同じようにやるぞ」湯川は鎖を手に巻き付け、合掌した。「草薙、レイカさんの胸元に注目だ」

「マジかよ。勘弁してくれ」

湯川はふっと唇を綻《ほころ》ばせ、鎖を置いた。じっと草薙を見つめていった。「おたくの間宮係長、慎太郎というのか」

草薙は、はっとした。思わずレイカの胸元を凝視していた。

彼女は黒い封筒を取り出し、中の名刺を引き抜いた。それをしげしげと眺めてから、作業台に置いた。中央に『間宮慎太郎』の文字が印刷されている。

「どうやった?」草薙は訊いた。

湯川はゆっくりと右手を出してきた。手の甲を上にしている。腕を伸ばしきったところで、裏返した。手のひらの中に、使い捨てライターほどの大きさの黒い箱があった。何かの装置のようだ。

「超小型赤外線カメラと赤外線ランプを組み合わせたものだ。スイッチを入れるとランプから赤外線が照射され、撮影が始まる。夜間の防犯カメラと同じだ」

「赤外線……」

「あっ、それ、聞いたことがあります」レイカがいった。「赤外線カメラを使って撮影したら、水着とか透けちゃうんですよね。海水浴場とかで盗撮する人が続出したんでしょ」

「よく知っているね。その通りだ。太陽光には赤外線が含まれているので、条件次第では透けることもある。そこで最近の水着は、赤外線を透過しない素材が使われるようになっている」

「それを聞いて安心……えっ、でも」レイカは胸に手を当てた。「もしかして、この服とかも透けてるんですか」

湯川は苦笑して首を振った。

「今もいっただろ、条件次第ではってね。水着が透ける場合があるのは、太陽光という強烈な光源があるからだ。室内では、ふつうの状態なら透けるなんてことはあり得ない。たとえ室外でも、水着のように肌に密着したものを着ていないかぎり、まず大丈夫だ」

「そうなんですか。よかった」

「じゃあ、それはどうやって使うんだ」草薙はカメラを指した。

湯川は意味深な笑みを浮かべ、黒い封筒を手に取った。

「秘密はこの封筒にある。これは黒いセロハンかビニールで出来ているように見えるが、じつは赤外線フィルターだ。赤外線は透過するが、可視光は通さない。だから——」湯川は封筒に名刺を入れた。「このように中に名刺を入れてしまうと、全く見えなくなる。我々の目は可視光にしか反応しないからね。ところがこうやって赤外線を当ててやると」先程の小さな装置を近づけ、スイッチを入れた。

「やっぱり何も見えねえぞ」黒い封筒を見つめ、草薙はいった。

「何度もいわせるな。人間の目は可視光にしか反応しないといっただろ。ただし、カメラのセンサーは違う。特に赤外線カメラの場合は」湯川は装置を置くと、先程のビニール袋を引き寄せた。中から出してきたのは、手のひらほどの大きさの液晶モニターだ。それを草薙の前に置いた。

わあ、と声を上げたのはレイカだった。逆に草薙は声を失った。

液晶画面に映っているのは、紛れもなく間宮の名刺だった。やや薄暗いが、印刷されている文字はしっかりと判読できる。

「そのカメラで撮影した映像がこれなのか」草薙は訊いた。

「そうだ。このカメラには赤外線を照射し、撮影する以外に、その映像データを無線で送るという機能も付いている。おそらくアイちゃんは、客から黒い封筒を受け取り、レイカさんに渡す時、手のひらの中に隠し持ったカメラで撮影していたのだと思う」

「でも、いつモニターを見るんだ。そんな暇はなかったと思うけどな」

「だから数珠が必要なんだ。あの時のことを思い出すといい。彼女は膝に置いた巾着袋の中から数珠を出してきた。たぶんあの巾着袋にはモニターが入っていたのだと思う。数珠を出すふりをして、画像を確認したんだ」

草薙は低く唸り、隣のレイカを見た。「そういえば、そうだったかな」

「そうかも」彼女は頷いた。「あの手品は何度も見ていますけど、いつも膝の上に巾着袋とか小さなバッグを置いていました。で、そこから数珠を出してきたんです」

ふうーっと草薙は息を吐いた。

「決まりか。だけどそんな機械、どこで手に入れるんだ」

「さほど特殊なものじゃない。通信販売でも入手可能な品に、多少手を加えればいいだけのことだ。やり方はネットで調べればわかる」

「そういうものか。しかし、よくそこまで見抜いたな」

「君の話がヒントになった。高校時代は生物クラブで、モモンガの生態を熱心に調べていたといっただろ。それでぴんときた。モモンガは夜行性だ。生態を観察しようとすれば、赤外線カメラに頼らざるをえない。アイちゃんは昔から、その手の技術に長じていたんじゃないかと思ったわけだ」

「なるほど。じゃあ、あっちはどうなんだ。西畑の鞄の中身をいい当てたトリックは。あれはふつうの鞄だ。透視なんてできないんじゃないか」

「その通りだ。だが透視なんてする必要はない。要は鞄の中を確認すればいいんだ」

「どうやって？　西畑は、中を見るチャンスなんてなかったといってる」

湯川は椅子にもたれ、腕組みをした。

「二人は映画を見たんだったな。その間、鞄はどこにあった？」

「だから映画館の中は真っ暗だと」そこまでいった直後、草薙の頭に閃《ひらめ》いたものがあった。「そうか、赤外線カメラだから……」

「どうやら気がついたようだな。映画を見ている途中で、こっそりと鞄を開け、カメラで中を撮影すればいい。前を向いたまま、カメラを持った手で中を探るだけだ。さほど難しくはない。後は映画館を出てから、ゆっくりとモニターを確認するというわけだ」

「そういう仕掛けか」

「彼女、いろいろなお客さんを映画に誘っていたそうだね」湯川はレイカに訊いた。

「はい。どんな映画でもいいからっていってました」

「おそらく、それを新しい芸にしようとしていたんじゃないかな。あの名刺のマジックは、初めて来たお客さんにしか使えないからね」

レイカは表情を沈ませた。「あの子、仕事熱心だったから……。自分目当てで来てくれるお客さんが少ないことを気にしてたし」

やはり辛い仕事なんだなと草薙は改めて思った。

「待てよ。そうするとアイちゃんは、鞄の中の封筒は見たけれど、その中身までは……」

「おそらく見ていないだろうな」湯川は冷静な口調でいった。

「だけど彼女は西畑にいってるんだ。封筒から何だか危険な香りがするとか、見つかったらまずいとか。それはどうなる」

湯川は人差し指を立てた。「それこそまさに、コールド・リーディングだ」

「コールド……あれがここで出てくるのか」

「彼女は封筒の中身が何かは知らなかった。だけど相手が過敏に反応したのを見て、これはきっと訳ありの手紙か何かじゃないかと気づいたんじゃないか。そこで曖昧な、聞きようによってはどうとでも解釈できる質問を繰り返すことで、それが何かをいい当てようとした。勉強したコールド・リーディングの技術を生かそうとしたわけだ」

「その結果、西畑は封筒の中身を見られたと思った」

湯川は神妙な顔つきで顎を引いた。「ある意味、うまくいきすぎたんだ」

草薙は、ゆらゆらと頭を振った。

「なんてことだ。彼女は余計なことをやっちまったってことか」

「アイちゃんは、そういう子だったんです」レイカがいった。「サービス精神が旺盛で悪戯好き。いつもいってました。もっともっとお客さんを楽しませたい、どうやったら喜んでくれるのかを知りたい、お客さんの心の中を覗きたいって」話すうちにこみあげてくるものがあったのか、彼女はバッグからハンカチを出し、目頭を押さえた。

湯川の目が草薙たちの後方に向けられた。

「彼女がホステスの仕事をがんばっていたのは、あなたの影響だと思いますよ」

恵里子が、すっと息を吸う気配があった。「どういうことでしょうか」

「やはり父親へのあてつけだというのか」草薙が訊いた。

「そうじゃない」湯川は恵里子を見つめたままいった。「彼女が上京する前日、黒い袋にお互いの本音を書いた紙を入れ、焚き火で燃やしたそうですね」

恵里子は瞬きした。「なぜそれを？」

「藤沢さんから聞いたんです」草薙はいった。「藤沢智久さんから」

ああ、と納得したように恵里子は顎を引いた。「おっしゃる通りです。そんなことがありました」

「その時にあなたが紙に書いた文章は」湯川がいった。『いつまでも待っています』ではありませんか」

恵里子は大きく目を見開き、口元を両手で覆った。「どうして……」

「その通りなんですか」

草薙が訊くと、彼女は二度首を上下させた。言葉をなくしているようだ。

「どういうことだ、湯川」

湯川は口元を緩めた。

「名刺のトリックと同じだ。その時に燃やした黒い袋も赤外線フィルターだったんだ。それを炎の中に放り込むとどうなるか。炎からも赤外線が発せられているから、カメラで撮影すれば、中の文字を撮影できたはずだ。ふつうのカメラでも、ある程度の赤外線撮影は可能だからね。——黒い袋を燃やしている間、彼女は携帯電話のカメラで撮影していたんじゃありませんか」恵里子に訊いた。

「そうだった……かもしれません。私は焚き火のほうばかり見ていたんですけど」

湯川は白衣のポケットから一枚の写真を出してきて、草薙の前に置いた。

「この写真は、おそらくその時に撮影した画像をプリントアウトしたものだ。これでは判読しにくいが、液晶画面でなら文字を読めたんじゃないかな」それは例の謎の文字が写った写真だった。「コンピュータで濃淡を解析し、ほかの文字も判読してみた。その結果、『いつまでも待っています』と書いてあることがわかった。当然、美香さんも読んでいたと思われる」

「彼女も、それを読んでいた……」草薙は、はっとした。「そうかっ。そういうことだったのか」

「僕が何がいいたいのか、君にもわかったようだな」

草薙は深く頷き、恵里子のほうに向き直った。

「上京する前に、美香さんはあなたの本心を知っておきたいと思ったんです。それで、そんなトリックを仕掛けた。どうせ自分に対する悪口を書くに違いないと思いながらね。だから後であなたが書いた文字を目にした時、驚いたはずです。あれだけひどいことをしたにもかかわらず、あの人は自分を憎んでいない、と。同時に恥じたのではないでしょうか。自分は何と心の狭い人間だったのかと。藤沢さんから聞きました。美香さんは、今のままだと家には帰れないといっていたそうです。とても帰る気になれないと。それはおそらく御両親とは訣別する気だったからじゃないか、と藤沢さんはいっていました。俺もそうかもしれないと思いました。だけど違ったんです。彼女が実家に帰らなかったのは、両親に会いたくなかったからではなく、おそらく、あなたに合わせる顔がなかったからなんです。もっと自分を磨き、堂々とあなたと向き合える日までは帰らないと決めていたのだと思います。その証拠が、この写真です。あなたからのメッセージは、彼女にとって宝物だったんです。湯川のいう通りです。彼女がホステスをしていたのは、きっとあなたの生き方を手本にしていたからだと思います」

　恵里子は震える手を写真に伸ばした。

「あの時、私が書いた文字が美香さんには見えていた……」

「そうです。彼女はあなたの思いを、ちゃんと見通していたんです」

　恵里子は写真を見つめ、もう一方の手で口元を押さえた。

「だとすれば……やっぱり、もっと早く、話し合えばよかった」深く項垂れた。

　湯川が立ち上がった。「温かいコーヒーでも淹れよう」

　恵里子の背中が細かく震えた。口元を覆った指の隙間から嗚咽《おえつ》が漏れた。

第二章

曲球る

まがる

1

雨が間断なく降り続いていた。十月に入ってから、天気がすっきりしない。秋の長雨というやつかなと男は呟いた。

もうすぐ目的地に着くという時になって携帯電話が鳴りだした。男は舌打ちをしつつ、手探りで電話を取った。前を向き、片手でハンドルを操作しながら電話に出た。「はい」

「あっ、あたしだけど」妻の声が聞こえた。

「何だよ、仕事中だぞ」

前の信号が赤だった。男はブレーキを踏んだ。

「わかってるけど、急用なの。仙台の伯母さんから電話があって、やっぱり通夜には出てほしいって。だからあたし、行ってくるね。今夜は泊まってくるから」

男は口元を歪めた。「メシはどうするんだよ」

「だからそれは何とかしてよ。店屋物でもいいし」

「子供たちの弁当は？」

信号が青に変わった。ブレーキから足を上げ、アクセルを踏んだ。

「それは大丈夫。お金を渡しておけば、あの子たち自分で何とかするから」

「何とかって？　コンビニ弁当か」

「それでもいいし、パンでもいいでしょ。心配しなくても、適当に何か買って食べるわよ」妻は面倒臭そうにいった。

目的地に到着した。駐車場への矢印が目に入った。男は車の速度を落とし、ハンドルを切った。

「いつまで仙台にいるんだ」

妻は、うーんと唸った。

「明日帰るつもりだけど、もしかしたらもう一泊するかもしれない。お葬式の後片付けとか手伝わなきゃいけないし」

「何だよ、それ。何とかならないのかよ」

地下駐車場への入り口が見えた。何度も来ているから勝手はわかっている。

ふっと頭によぎったことがあった。事務所を出る時、上司から何かを注意された。何だったか。

「だってお婆ちゃんには散々世話になったもの。無視できないよ」

「しょうがねえな。わかったよ」

話を終え、男は携帯電話を助手席に放り出した。

女は呑気でいいな、と思った。こっちは一円でも多く稼ぐことで頭がいっぱいだ。今日だって、本当なら休みのはずだった。ところが同僚が病気で倒れたということなので、急遽自分が呼び出されたのだ。もちろん断ることもできた。しかし特別手当を見逃せるほど裕福ではない。

それにしても乗り馴れてない車というのは、どうも勝手が違う。他人の家にいるような居心地の悪さがある。灰皿に禁煙と書いたシールが貼ってあるのも面白くない。

駐車場の入り口が迫ってきた。早いところ荷物の搬入を済ませ、煙草を吸おう。

入り口をくぐろうとしたその時――。

衝撃と共に男の身体は前につんのめった。シートベルトが肩にくいこむ。

えっ、なんだ、どういうことだ。男はわけがわからなかった。

次の瞬間、白いものが降ってきた。それはあっという間にフロントガラスを包み込んだ。

上司から注意された内容を思い出した。トラックの車高についてだ。駐車場の入り口に掲げてある『高さ制限』の文字が頭に浮かんだのは、その直後のことだった。

2

この大きさじゃ機械式のパーキングには入らないだろうな、と草薙は銀色の車体を眺めながら思った。欧州車のセダンだ。全長は五メートルを超えているし、全幅も一メートル八十以上ある。だから平面の駐車スペースに止めるしかないわけだが、残念ながら数が少ない。

「そこで特権階級の力を使ったというわけか」草薙は腕組みをしていった。セダンが止まっている駐車スペースの前には、関係車両以外使用禁止の文字が記されている。

「そういう言い方は被害者に気の毒ですよ」横で窘《たしな》めるようにいったのは後輩刑事の内海薫だ。

「ここを使ってくれといったのは、スポーツクラブ側らしいですから」

「そうなんだろうけどさ、相手が有名人だからそうなるわけだろ？　庶民が相手だと、そんなことはいわないんじゃないか」

「庶民でも、このスポーツクラブでＶＩＰ会員になっていれば、そのように扱ってもらえると思いますけど」

「そんなことができる人間のことを庶民とはいわねえんだよ」草薙がそう吐き捨てた時、携帯電話が着信を告げた。上司の間宮からだった。

「現場は見たか」

「今、内海と見ていたところです。スポーツクラブの人間からも少し話を聞きました」

「そうか。どう思う？」

「どう思うって……」草薙は目尻の横を掻いた。「何ともいえませんね。ただ、被害者がこの場所に車を止めたのは偶然ではなさそうです。だから、それを知っていた人間の計画的犯行っていう可能性はあります」

「そうか。よし、詳しいことは後で聞こう。おまえらも署に来てくれ。被害者の御主人が間もなく到着するらしい」

「御主人というと……」

電話の向こうで間宮が鼻息を吹きかけてきた。

「決まってるだろ。東京エンジェルスの柳沢投手だ。急げよ」そういって電話を切った。

内海薫が運転する車で所轄の警察署に向かった。フロントガラスの前をワイパーが往復している。今日は朝から雨だ。そういえば被害者の車も濡れていた。

「こんなことをいったら不謹慎ですけど、エンジェルスがプレーオフに進まなくてよかったですよね。もし進んでたら、大混乱になってたかも」内海薫がいった。

プロ野球は長いシーズンの締めくくりを迎えようとしていた。来週から上位チームによるプレーオフが始まるのだ。だが今シーズンの東京エンジェルスは下位に低迷し、すでにオフに入っている。

「選手たちは動揺しただろうな。だけどシーズン中に同僚の家族が死ぬなんてことはしょっちゅうある。そんなことがいちいちプレーに影響しているようじゃあ、プロは務まらないんじゃないか」

「でも本人は別でしょう。病気なら前々から覚悟しておくことも可能かもしれませんけど、突発的な……しかも他殺なんて。きっと試合どころじゃないですよ」

「そりゃそうだろう。ただ、柳沢投手の場合は関係なかっただろうと思うわけだ。たぶん出番がなかった」

「そうなんですか」

「もう四十手前で、力が落ちてきている。今年も後半は二軍暮らしだったんじゃないかな。たしか、つい先日戦力外通告を受けたはずだ」

内海薫はため息をついた。「そんな時に奥さんがこんなことになるなんて……ひどいタイミングですね」

「殺しに、いいタイミングなんてねえよ」草薙は頷く。口の中に苦いものが広がった。

スポーツクラブの駐車場で女性が頭から血を流して倒れている、という通報があったのは、今日の午後五時半頃だった。通報したのは駐車場の警備員だった。

一一九番にも通報されていたので救急隊員も駆けつけた。女性は運転席側のドアの脇で倒れていた。ワンピースの上に薄手のコートを羽織っていたが、そのコートの背中が半分近く血で染まっていた。

救急隊員が女性の死亡を確認した頃、所轄の警察官も到着した。

頭部を鈍器で複数回殴られた形跡があったらしい。隣の車の下に、血に染まったダンベルが転がっていたという。おそらく被害者が所持していたはずだと思われるバッグの類いは見つかっていない。

所轄の捜査員や機動捜査隊員が初動捜査に当たった。その間に、草薙たちにも招集がかけられた。遺体はすでに運び出されているが、被害者のものと思われる車は残っており、鑑識が活動を続けていた。それらの様子を見ながら、スポーツクラブの人間から話を聞いたりして情報を整理した。

ハンドバッグがないので免許証なども見つかっていないが、特殊な駐車スペースに車を止めていたことなどから、遺体の身元はすぐに判明した。

氏名は柳沢妙子といい、このスポーツクラブのＶＩＰ会員だった。この日はエステティックが目的で訪れたらしく、事前に予約が入っていた。そういう日には地下駐車場の特別エリアに駐車してもらうことになっていた、というのがエステティック担当者の話だった。

柳沢妙子の個人情報については、ある程度のことがクラブのデータベースに入っていた。彼女が家族会員であり、夫がプロ野球東京エンジェルスの柳沢忠正だということも、それによって判明したのだった。

やがて警察署に着いた。すでに柳沢忠正は到着していて、遺体の確認も済ませているということだった。別室で間宮が話を聞くらしいので、ほかの捜査員らと共に草薙と内海薫も同席することにした。

柳沢はがっしりとした体格をしていたが、想像していたほどには身体が大きくはなかった。スーツで身を固めたなら会社員に見えるかもしれない。顔立ちも、知的だった。

「何もありません」柳沢は青ざめた表情でいった。事件について何か心当たりはあるか、という間宮の質問に対する答えだった。「今日の四時半頃にメールをもらいました。これからエステに行くっていう内容でした。いつも通りです」

「そのエステですが、奥様が通われていることは、どの程度の方が御存じでしたか」

さあ、と柳沢は首を傾げる。

「わかりません。俺は誰にもいわなかったと思いますけど、あいつは友達とかにはしゃべってたんじゃないですか」

「では奥様がエステに行かれた時、嫌な思いをしたとか、変なことがあったとか、そういうことはおっしゃってませんでしたか」

柳沢は煩わしそうに大きな手を横に振った。

「だから、そんなことはありません。聞いたことないです。ふだんあいつがどんなふうにしてるかなんて、よく知らないんです」

苛立ったような声を傍らで聞きながら、おそらくそうだろうな、と草薙は合点していた。プロ野球選手は、生活の殆どを野球に注ぎ込むと聞いている。そうでなければ生き残れないとも。家のことはすべて妻に任せきりだから野球に専念できるのだ。その妻が家で何をしているかなど、気にしているわけがない。

では、といって間宮は傍らに置いてあったビニール袋をテーブルに載せた。袋の中には四角い包みが入っている。包装紙は有名デパートのものだ。

「これに見覚えはありますか」間宮が訊いた。

「何ですか、これ」

「車の助手席に置いてあったものです。やはりデパートの紙袋に入っていました」

柳沢は当惑した顔で首を振った。「知りません」

「見たところ、どなたかにプレゼントするつもりだった品のように思われるのですが、そういった話を奥様からお聞きになったことは？」

「ありません。聞いてません」

「すると中身についても心当たりはないわけですね」

「ええ、もちろん」

「では、しばらくお預かりしても構いませんか。場合によっては、X線を使って中身を確認させていただくかもしれませんが」

柳沢は殆ど関心がない様子で、どうぞ、とぶっきらぼうに答えた。突然の妻の死に、細かいことを考える精神状態でないことは明らかだった。

その後、間宮はいくつか質問をしたが、捜査に有効と思われる回答が柳沢の口から出ることはなかった。

間宮は草薙に、柳沢を自宅まで送るよう命じてきた。顔つなぎをしておけ、ということだろう。遺族が扱いの難しい人間の場合、間宮はその後の連絡役を草薙に押しつけることが多い。

内海薫に運転させ、柳沢を送ることにした。草薙は助手席に乗った。

車が走りだして間もなく、柳沢はどこかに電話をかけ始めた。ぼそぼそと話している。通夜や葬儀といった言葉が聞こえた。

あのう、と途中で柳沢が声をかけてきた。「遺体は、いつ頃戻ってくるんでしょうか」

草薙は少し考えて、「早くて明日の夕方ですね。司法解剖がありますから」と答えた。

「……そうですか」

柳沢は相手と二言三言話し、電話を切った。ふっと吐息をつくのが聞こえた。

十月だというのに、やけに蒸し暑かった。草薙はエアコンのスイッチを入れた。するとしばらくして、「すみません、エアコンを緩めてもらえませんか」と柳沢がいった。「あまり身体を冷やしたくないので」

はっとして草薙はあわててエアコンを止めた。「申し訳ありません。気が利かなくて。ピッチャーは肩を冷やしちゃいけないんでしたよね」

「いえ……まあ、もうそれほど大切にするほどの肩でもないんですけどね」柳沢は投げやりな口調でいった。

3

犯人が逮捕されたのは、事件発生から五日目のことだった。二十七歳の男で、数日前に勤めていた会社を解雇されていた。備品を勝手に持ち出し、ネットオークションで売っていたことがばれたためだった。

男は某アイドルグループに夢中で、事件があった翌日には彼女たちのコンサートに行く予定を立てていた。コンサート会場では特別なオリジナルグッズが発売されることになっている。当然男は大量に買い漁るつもりだったが、先立つものが不足していた。何とか金を工面しなくてはと悩んだ末、車上荒らしを思いついた。かつて警備員のバイトをしたことがある高級スポーツクラブの駐車場を思い出した。ＶＩＰ用のスペースに止めてある車なら高級な品物が積んである可能性が高い。それを質屋で売ればいいと考えた。

だがドアロックの解除については自信がなかった。簡単らしいがやったことはない。それに最近の車の中には、不正にドアロックを解除しようとした場合には警報音が鳴るタイプもあるらしい。

そこでガラスを割ることにした。部屋に二キロのダンベルがあった。それを紙袋に入れ、持ち出した。

防犯カメラに気をつけながら駐車場に行ってみると、ＶＩＰ用のスペースには二台の車が止められていた。だがどちらも高級車ではなかった。どうしようかと迷っていたら、さらに一台が入ってきた。こちらは明らかに高級外車だった。

男は隣の車の脇に立ち、外車がバックで入ってくるのを眺めた。乗っているのは女性一人だ。身なりのいいことは外からでもわかった。

不意に閃いた。ガラスを割る必要などない。女性が降りてきたところを襲い、気絶させればいいのだ。財布を持っているだろうから、質屋に行かなくてもよくなる。

男はダンベルを手に、後方から近づいた。

運転席側のドアが開き、女性が降りてきた。ショルダーバッグを肩にかけ、ドアを閉めた。

次の瞬間、男は女性の後頭部にダンベルを振り下ろした。ごつん、という石がぶつかり合うような鈍い音がした。

呻き声を漏らし、女性は倒れた。顔をしかめている。だが気を失ってはいなかった。手足を動かそうとしている。

もう一度ダンベルを振り下ろした。今度は頭が割れ、血が流れた。それでもまだ女性は動いていた。だからもう一度ダンベルを振った。すると動かなくなった。

ショルダーバッグをむしり取り、その場を離れた。ダンベルをどうしたかは覚えていなかった。

手袋を嵌めていたから指紋はついていないはずだった。

部屋に戻ってからショルダーバッグの中身を確認した。財布には十万円以上の現金が入っていた。これで思う存分グッズが買える、と思った。

捜査陣が目をつけたのは防犯カメラの映像だった。駐車場内には何箇所かに防犯カメラが設置されていたが、それらの殆どに男の姿は映っていなかったのだ。そのことが却って不自然だった。

カメラの位置を把握していて、巧妙に死角を利用していたと思われた。

ところが、たった一台のカメラだけは男の姿を捉えていた。しかもそのカメラは、昨年設置されたばかりのものだった。

過去に、このスポーツクラブで働いていて、そのカメラが設置される以前に辞めている者が怪しいのではないか——当然、そういう推論が出てきた。

防犯カメラの映像は鮮明ではなかったが、捜査陣が男に辿り着くのは難しいことではなかった。

4

リリースした瞬間、いやもっと厳密にいうならば指先からボールが離れる直前に、ああ違うなと感じた。これではうまく力を伝えられない、そう感じながら腕を振る。当然、良いボールが行くわけもない。理想とはかけ離れた軌道を描き、白球は宗田のミットに収まった。心なしか、音まで悪い。

宗田は何もいわずにボールを投げ返してきた。柳沢が個人的に雇っているトレーナーで、野球理論にも詳しい。付き合いは五年以上になり、柳沢のことは誰よりもよく知っている。言葉を交わさなくてもお互いの気持ちはわかる。

「あと五球かな」柳沢はいった。

宗田は黙って頷くだけだ。それぐらいにしておいたほうがいい、と彼も思っているのだろう。切れのない球をいくら投げようと練習にはならない。

屋内練習場にいるのは柳沢たちだけだった。若手は高知県で秋季キャンプを行っている。それ以外の選手はそろそろ身体のオーバーホールに入っているはずだ。上位チームの選手たちはプレーオフで戦っているが、リーグ五位だと一足先にシーズンオフだ。

戦力外通告を受けた身だが、球団は薄情ではない。現役を続行するつもりだから練習場を使わせてほしいと頼んだところ、二つ返事で了承してもらえた。

現時点で柳沢に声をかけてくれそうな球団はない。今のままでは引退するしかない。残されたチャンスは一つだけ。合同トライアウトだ。戦力外になった選手たちが実力を披露する場で、そこでどこかの球団の目に留まることを期待するしかない。

だがトライアウトまで、あまり時間はなかった。一回目は来月早々に行われるし、二回目にしても来月末だ。一か月と少しの間に調子を上げなければならない。

そんなことができるのか——自問しながらも、その答えを頭の片隅に用意している。できるわけがない、というものだ。そんなに甘いものじゃない。これは単なる気休めだ。

柳沢は速球投手ではなかった。コントロールと配球、変化球の切れで勝負するタイプだ。だが命綱である変化球が通用しなくなっていた。イメージする通りにボールが曲がってくれないのだ。どこに原因があるのか、自分でもわからなかった。これが体力の衰えということなのか、と考えるしかなかった。

目の端に人影が入った。お愛想に顔を出す馴染みの記者なら、全員引きあげたはずだ。誰だろうと思って見ると、警視庁の刑事だった。草薙といった。事件の後、柳沢のところへ何度かやってきた。彼は妙子が顔見知りの人間に殺された可能性を探っているようだったが、そんなわけはないと柳沢は思っていた。妙子を知っている人間なら、どんな理由があろうとも彼女を殺したりはしない。

先日、犯人が捕まった。案の定、単なる金目当ての犯行だったらしい。柳沢はひどく後悔した。スポーツクラブのＶＩＰ会員になんかならなければよかったと思った。

残りの五球を投げ込んだ。満足のいく球は一つもなかった。苦笑いしつつ宗田に近づく。

「今の俺の球じゃ、宗さんでも打てるな」

「体調が万全じゃないからだ。シーズンの疲れが溜まってるし、あんなことがあって、しばらくまともな練習をできなかったし」

あんなこと、とは事件のことだろう。

「関係ないと思うけどな」柳沢は肩をすくめた。

草薙のところへ行った。刑事はベンチに座り、スポーツの専門誌を読んでいるところだった。宗田が持ってきたものだ。理論家の宗田は読書家でもある。

草薙は雑誌を置き、腰を上げた。

「すみません、練習中に。お預かりしていたものを返しに来ました」

そういって差し出してきたのは紙袋だった。中には包装された四角い箱が入っていた。見覚えがある。事件直後に警察で見せられたものだ。

「これについて、何かわかりましたか」

柳沢の問いに草薙は首を振った。

「奥様のお知り合いにも尋ねたのですが、御存じの方はいらっしゃいませんでした。何人かの方が、旦那さんへのプレゼントではないのか、とおっしゃいましたが」

「そんなはずないです。何の記念日でもない。中身は時計でしたよね」

「X線で調べたところ、置き時計だと判明しています」

「だったら、尚更おかしい。俺にそんなものを贈ってどうするんですか」

「そうですね」

「まあ、いいです。そのうちにわかるでしょう」柳沢は紙袋をベンチに置いた。

ところで、と草薙はさっきまで読んでいたスポーツ専門誌を手に取った。「これは柳沢さんのものですか」

柳沢はタイトルに目を向けた。野球とは別の競技名が記されている。草薙が妙に思ったのも当然だ。

「違います。それは宗さんのものです」

「ムネさん？」

そこへちょうど宗田がやってきた。柳沢は草薙に彼を紹介した。

「その雑誌が何か？」宗田が訊いた。

「いや、少し気になったものですから。だってこれ、バドミントンの専門誌でしょ。どうして野球の人が読むのかなと思って」

宗田は口元を緩め、ちょっと失礼といって本を手にした。ぱらぱらとめくり、あるページを開いたところで草薙に示した。

「気になる記事があったんです。野球に応用できないかと思いましてね」

すると草薙はそのページを一瞥し、微笑んで頷いた。

「やっぱりそうでしたか。そうじゃないかなと思ったんです。ほかの記事は、どう考えても野球とは無関係ですから」

柳沢は横から覗き込んだ。今日の昼間、宗田から見せられた記事だ。『流体力学から見たシャトルコックの連続運動に関する研究』と題されたもので、変化球の研究に役立つのではないかと宗田はいうのだが、殆ど興味を持てなかった。

「これが何か?」柳沢は訊いた。

ええじつは、と草薙は少し胸を張るようにしてから答えた。「この記事を書いた帝都大学の物理学者というのは、大学の同級生なんです」


練習後、柳沢はタクシーで自宅に向かった。事件以後、車は駐車場に止めたままだ。帰る間際の宗田の言葉が耳に残っていた。

「騙されたと思って、一度話を聞きに行こう。何かの参考になるかもしれないじゃないか」

何を馬鹿なことを、と柳沢は一蹴した。物理学者だか何だか知らないが、バドミントンのことを書いた人間に野球のことを相談しに行ってどうなるというのか。

窓の外を流れる夜景を眺め、ふっと息を吐いた。やっぱりそろそろ引き際かな、と心の中で呟いた。あの世にいる妙子に尋ねてみたのだ。

もういいんじゃない、大体予定通りよ——戦力外通告を受けたことを報告した夜、彼女はあっさりとした口調でこういった。

「来年は三十九歳。ここで無理したところで仕方ないと思う。今年は二勝三敗。後半は出番がなかった。どこかの球団が拾ってくれたって、使ってもらえるかどうかはわかんない。結局、何もしないままで一年間を過ごすぐらいなら、すぱっとやめて、次の道に進んだほうがいいよ。結婚する時も、そういう約束だったし」

それは事実だった。結婚前に妙子が出した条件は、現役にしがみつかないこと、だったのだ。

「人によっていろいろな美学があると思う。ぼろぼろになるまで挑戦し続けることにも価値はあるかもしれない。だけど私は共感できない。しがみつくことで、きっと多くの人に気を遣わせるし、迷惑だってかける。その事に本人が気づかないわけがない。それでも貫くというのは、なんだかんだいっても結局は甘えなんだと思う。よく、自分には野球しかないからっていう人がいるよね。それはおかしいと思う。野球で食べていけるのはせいぜい四十歳まで。人生の半分しか行ってない。残りはどうする気なのって訊きたい」

いい返せなかった。その通りだと思った。だから約束した。わかった俺は現役にはしがみつかないよ、と。

だから戦力外通告のことを報告した夜も、妙子にはこういったのだ。

「次は何をやろうかな。野球しかやってこなかったから、一から勉強だな」努めて明るい声を出した。

「焦ることないよ。のんびりやろう。少し休んで、それからまた考えればいいよ」励ましてくれる妙子の声は弾んでいた。

それから悩ましい日々が始まった。本当にこのまま野球をやめてしまっていいものだろうか。

だが彼女との約束もある——。

後から考えてみれば、あんな悩みは大したものではなかった。所詮スポーツ、所詮職業の話だった。何とでもなることだったのだ。

妙子の死は、柳沢からすべてを奪い去った。悩みさえも消えてしまった。最早、彼が野球を続けようとすることに反対する者はいない。しかし、それが何だというのか。

今シーズンは、ずっと中継ぎだった。前半こそ勝ち試合で投げさせてもらえることが多かったが、チームが低迷し、上位進出が望み薄となると、首脳陣は若手育成に比重を置き始めた。柳沢の出番は大量点差で勝負の行方が決まってからばかりだった。観客席はまばらになり、誰も真剣に見ていない。

だがそんな中でも、相手打者をうまく抑えられた時には嬉しかった。

納得の行く結果を出せた時には、晩酌の酒が旨かった。ただしそれは妙子がいたからだ。

無事にどこかの球団に雇ってもらえたとして、敗戦処理をして帰った夜、俺は誰を相手に自慢話をすればいいのだろうと思った。

5

風格のある建物を見上げ、柳沢は首をすくめた。

「敷居が高いっていうのは、こういう感じをいうんだな。まさか自分が帝都大学の門をくぐるとは思わなかった」

宗田が笑った。「受験しに来たわけじゃないんだから、緊張する必要はないだろ」

「相性の問題だ。こういう場所は苦手なんだよなあ」

気が進まなかったが、どうしてもと宗田がいうので、その物理学者の話を一度だけ聞いてみることにした。先方には草薙刑事が連絡をしてくれたらしい。

物理学科第十三研究室というのが柳沢たちの訪問先だった。そこで待っていた湯川という准教授は、白衣姿の長身の男性だった。年齢は柳沢より少し上ぐらいだろうか。引き締まった体格をしており、柳沢が思い浮かべる学者のイメージとはずいぶん違っていた。

「草薙から大体の話は伺っています。僕の論文を読み、変化球の研究に応用できないかと考えておられるとか」湯川がいい、金縁眼鏡の中央を少し押し上げた。

「難しいでしょうか」宗田が訊く。

湯川はノートパソコンを開き、画面を柳沢たちのほうに向けた。

「理論的には可能だと思います。あの研究では特殊なセンサーを埋め込んだシャトルコックで選手にプレーしてもらい、同時にその様子をデジタル映像に記録しました。選手の動きを画像解析し、どのように打てばシャトルがどう変化するのかを分析したわけです」

画面は真ん中で二分割され、左側には選手の動きが、右側にはシャトルコックの動きが、それぞれCGで再現されている。

「バドミントンでも変化球というのがあるんですか」柳沢は素朴な疑問を口にした。

「あります。というより、すべてが変化球です」湯川は机の下から実物のシャトルコックを出してきた。「このように鳥の羽が円錐状に並べられているわけですが、ショットした瞬間は、空気の抵抗を受けるためにこれらの羽がすぼまります。しかし速度が落ち、受ける風の力が弱まりますと羽は広がります。すると一気に空気抵抗が大きくなり、さらに、しかも急激に速度が低下します。真っ直ぐに打った場合でも、そういう変化が起きるのがバドミントンの特徴でもあるんです」

なるほど、と宗田が即座に同意した。

「でもそれをいえば野球も同じです。ボールは完全な球体じゃなくて縫い目が付いています。完全なストレートボールは存在しない。そもそも重力が働きますし」

「全く同感です。だから野球にも応用が可能なはずだと申し上げたのです」

湯川が再び机の下から何かを出してきた。それは野球のボールだった。いや、正確にいうと野球のボールに似たプラスチック製の球体だった。

「草薙から話を聞き、お二人に御説明するために作っておいたものです。中にセンサーを埋め込んだボールです。急ごしらえなのでお粗末な出来で申し訳ないのですが、意図は理解していただけると思います」そういいながら柳沢のほうに差し出した。

「これをどうするんですか」

「キャッチボールの用意はしてきていただいたでしょうか」

大丈夫です、と宗田がスポーツバッグを叩いた。

「では、ちょっと廊下に出ましょう」

湯川に促され、部屋を出た。

「ここで何球かキャッチボールをしてみてください」ノートパソコンを操作しながら物理学者は

いった。

「ここで？」柳沢は薄暗い廊下を見渡した。「いいんですか」

「学生たちが遊びでやっていたら叱りつけますけどね。これは物理の実験です。それにお二人は素人じゃない。問題はありません」

「やってみよう」宗田が上着を脱ぎ始めた。

「直球だけじゃなく、変化球も交えてください」湯川がいった。「球種を適当に変えてくださって結構です」

おかしなことになってきたぞと思いながら、柳沢は軽く肩を回した。センサーが仕込まれたボールは手触りが本物とはまるで違うが、大きさや重さはほぼ同じだ。急ごしらえとはいったが、それなりに工夫したのだろう。つまり遊び半分ではないということだ。妙な科学者だと思いながらも悪い気はしなかった。

軽くウォーミングアップをした後、本格的にピッチングを始めることにした。腰を下ろした宗田のミットめがけ、まずは直球を投げ込んだ。甲高い音が廊下に響いた。

ちらほらと人が集まってきた。誰も注意してこないのは、そばに湯川がいるからだろう。

直球の後は、いくつかの変化球を投げた。柳沢の持ち玉は七種類ほどある。ただし実戦で使えるのはせいぜい四種類だ。

オーケーです、と湯川がいったのは、柳沢が十球目を投げ終えた時だった。

部屋に戻ってから、「これを見てください」といって湯川がパソコンの画面を見せた。

そこには野球のボールが描かれていた。ゆっくりと回転している。その軸は水平よりも少し傾いているようだ。

「柳沢さんの一球目です」湯川がいった。「回転数は一秒間に三十二・三回。回転軸は水平よりも右に八・七度傾いています。二球目は回転軸が垂直に近く、それよりも九・二度傾いています。回転数は一秒間に十三・五回。これは変化球ですね」

「スライダーです」柳沢はいった。「驚いたな。投げただけで、そこまでわかるんですか」

「それだけのことなら高速カメラを使えば観測は可能です。センサーを使うメリットは、投げ出される際の加速度、ボールに加えられる力の方向などもわかる点です。それに柳沢さんのフォームを画像解析したデータを合わせれば、フォームとボールの動きとの相関関係を明らかにすることができます」

「するとたとえば」宗田が身を乗り出した。「調子が良かった頃のフォームと比較して、何がどういけないのかをはっきりさせることも可能なわけですか」

「可能なはずです」

「そんな――」柳沢は失笑した。「そんな簡単にはいかないと思いますよ。調子が良かった頃のビデオなんて、飽きるほど見ている。どこがどう違うのかもわかっている。それを修正してもだめだから困っているんです」

するとと湯川は白い歯を覗かせ、小さく顎を引いた。

「僕は理論と方法を紹介しただけです。トライするかどうかはあなたの自由です。プロフェッショナルの感覚というのは、常人には理解できないものだと思いますしね。ただ、その大切な感覚自体に狂いが生じているのだとしたら、科学という客観的手法に賭けるのも一つの手だとは思います」

柳沢は言葉が出なかった。感覚自体に狂いが生じている——まさにその通りだったからだ。

6

練習場から小気味いい音が聞こえてきた。続いて男性の声。おそらく宗田だろう。

草薙はドアを開け、中に入った。柳沢が投球練習をしている。受けているのが宗田というのは以前と同じだが、今日は協力者がもう一人いた。そばに机を置き、湯川がパソコンを操作している。よく見ると、何台かのカメラで撮影もしているようだ。

湯川が気づき、小さく頷きかけてきた。草薙も目で応じた。

間もなく投球練習が終わった。柳沢は草薙に会釈した後、「着替えてくる」と宗田にいい、練習場を出ていった。

「紹介した手前、どんな状況なのか気になりましてね」そういいながら草薙は宗田に紙袋を差し出した。「これ、よかったらどうぞ。差し入れです」中身はどら焼きだった。

「ありがとうございます。——正直、湯川先生に協力してもらって以来、毎日が驚きの連続です。柳沢のフォームが、こんなに崩れていたとは思わなかった。少し修正しただけで、ずいぶんとよくなったように思います。とても勉強になります。関節の角速度、なんていう言葉、初めて使いました」宗田の言葉はお世辞には聞こえなかった。

「へえ、それなら紹介した甲斐があったというものです。——すごいじゃないか」後の台詞は湯川に向けたものだ。

　だが湯川は浮かない顔つきで首を傾げた。

「僕は野球に関しては素人だ。柳沢投手の好調時のデータと比較して、その違いを数値化しているにすぎない。単にロボットの動作を確認しているようなものだ。だけど人間はロボットじゃない。数値通りにできないこともたくさんある」

「何だよ、ずいぶんとテンションが低いな」

「いや、それはですね」宗田が口を挟んできた。「フォーム自体はいい感じになってきているんです。でもそれがなかなかボールに現れてこないんです。全盛期の切れが蘇らない。特に決め球のスライダーがだめです。その原因が、じつに微妙な動きの違いにあることは湯川先生のおかげで判明しているのですが、それをどうすれば矯正できるのかがわからず、悩んでいるところでして」

「難しいものなんですね」

「私は精神的なことも大きいと思っているんです。奥さんのことがあるんだろうと」

　ああ、と草薙は合点して頷いた。

「やはり事件のショックを引きずっているんですね」

「それもあるんでしょうけど、どこか引っ掛かるものがあるんじゃないかと思います。というのは、奥さんは彼が現役を続けることには反対だったようなんです」

「あ、そうなんですか」

「いつまでも過去にしがみつくのではなく、前向きに生きてほしいという考え方だったみたいです。私なんかは、現役に拘《こだわ》ることが後ろ向きだとは思いませんが、奥さんはそういう女性だったんです。それで彼も引退すると約束していたらしいのですが」

「その奥さんが亡くなり、状況が変わったと」

「そういうことです。反対する人がいなくなったので現役続行に方針転換したわけです。彼としては、野球に没頭することで、事件のことを忘れたいという気持ちもあるんだと思います。だけど内心では揺れてるんですよ。本当に野球を続けていいのか、と。天国の奥さんを裏切ってるんじゃないかってね」

柳沢が戻ってくるのが見えた。宗田は唇に人差し指を当て、「今のことは彼には内緒にしてください」と小声でいった。

湯川が支度を終えたようなので、二人で練習場を後にした。そのまま居酒屋に寄り、夕食を摂ることになった。

「プロのスポーツ選手は大変だな。まだ四十前だというのに、もう進退を考えなきゃいけない」

生ビールのジョッキを傾け、草薙は小さく頭を振った。

「殺人事件については、もうすべて片付いたのか」

「事件に関してはな。送検したし、もう俺たちのすることはない」枝豆を口に放り込んだ。

「事件に関しては、とはどういうことだ。片付いてないこともあるという意味か」

「それほど大したことじゃない。犯人がわかるまでは重大な証拠かもしれないってことで気になってたけど、結局は何もなかった」そう前置きし、柳沢妙子が殺された時、車に置いてあった紙包みのことを話した。

「たしかに奇妙な話だな。その時計を誰かにプレゼントするつもりだったなら、当然その相手と会う約束をしていたはずだ。そういう人間は見つかってないのか」

「いろいろと当たってみたが見つからなかった。携帯電話の通話履歴に残っている個人には、すべて問い合わせた。それでも無駄だった」

「気にかかる点というのは、その謎のプレゼントだけか」

「いや、じつはもう一つある」草薙は声を落とした。「被害者の自宅付近の聞き込みをしていた捜査員が、少々気になるネタを拾ってきた」

「どんなネタだ」

「先月あたりから、被害者はちょくちょく車で出かけていたらしい。結構めかしこんでいて、近所へ買い物に行くような感じではなかったという話だ。大体いつも二時間ぐらいで帰ってきたそうだ」

湯川はジョッキを持ったまま、顔をしかめた。

「近所の目というのは侮《あなど》れないな。どこで誰が見ているかわかったものじゃない。で、そのことを柳沢投手には確認したのか」

「奥さんの昼間の行動についてどれぐらい知っているのかを確かめてみた。予想通り、彼は何も知らなかった。ずっと家にいると思っていたようだ」

「奥さんが出かけていたことを教えたのか」

「まさか」草薙は口の端を曲げた。「教えたところでしょうがない。そんなことを聞いたら、きっとあれこれ疑うだろ」

ふむ、と湯川は考え込む顔つきになった。「浮気とか、か」

「主婦がめかしこんで昼間に出かけていき、しかもそのことを旦那には話していない。誰が聞いたって怪しいと思うよな。そんな余計なことは教えないほうがいいと思わないか」

「まあ、同感だな」

「いろいろと謎は残ったが、事件と関係のないことは伏せたままにしておくのが俺のやり方だ。あとは一日も早く柳沢さんが立ち直るのを願うだけだ。そのためにも湯川、よろしく頼むよ」

だが物理学者は指先で眼鏡を押し上げ、「僕にできるのは柳沢投手のピッチングを科学的に分析することだけだ。精神面まではタッチできない」と冷徹な口調でいった。

7

グラウンドを出ると足早に駐車場に向かった。しかし途中で顔見知りの記者に捕まった。柳沢が戦力外通告を受けた時、引退するのは早いという主旨の記事を書いてくれた男だ。無視するわけにはいかないので、歩みを遅くした。

トライアウトの手応えはどうだったか、と記者は尋ねてきた。

「あんなものだろ。今の力だと」やや下を向き、歩きながら柳沢は答えた。

「気持ちよさそうに投げているように見えたけどね。ストレートの走りも、シーズン中よりよくなったんじゃないかって、みんないってた」

「だけど打たれちゃ仕方がない」

「あれは打ったほうがうまかった。奴も必死だからね。でも三振を奪った球は切れてた」

「あれは逆にバッターのほうがへぼすぎた」

「謙虚だね。何か景気のいいことをいってくれると助かるんだけどな」

「廃車寸前のポンコツに、景気のいい台詞なんていえるわけないだろ」柳沢は左手を上げた。これ以上はついてくるな、という意味だ。

駐車場に行くと、車のトランクを開け、荷物を放り込んだ。ばたんとトランクを閉めた時、車のボディの一部から錆が浮き出ていることに気づいた。何だこれは、と訝った。買って八年になるが、大事に乗ってきたつもりだ。洗車の際にはワックスだってかけている。

よく見ると、同じように変質しているところが何箇所かあった。いずれもよく見ないとわからない程度だが、面白い話ではない。

舌打ちをし、車に乗り込んだ。廃車寸前なのは持ち主だけではないらしい。エンジンをかけてみると、こちらのほうはスムーズに動きだした。

今日、一回目のトライアウトがあった。戦力外を宣告された各球団の選手たちが集まり、現時点での実力を披露するわけだ。どこかの球団の目に留まれば再雇用の道が開けるが、可能性は極めて低い。

柳沢は三人のバッターと対戦した。実戦形式で、ランナー一塁という設定、牽制を挟みつつセット・ポジションから投げるという内容だった。

一人目からはうまく三振を奪えた。二人目も打ち損なってくれた。しかし三人目のバッターには初球を痛打された。最初から振ってこないだろうと簡単にストライクを取りにいったのが裏目に出た。

もっとも、そんなに甘い球ではなかったはずだ、という思いもあった。記者は、打ったほうがうまかったといったが、そうではないと柳沢はわかっている。今の自分のボールには威圧感がないのだ。だからバッターたちは少しも怖がらない。

妙子のいう通りかもな——フロントガラス越しに空を見上げた。悔しいほどに良い天気だった。

駐車場を出て、グラウンドの脇の道をゆっくりと走った。トライアウトは、まだ行われている。一体何人が息を吹き返すのだろうか。どこかの球団から自分に電話がかかってくることを想像してみたが、夢物語のようにしか思えなかった。

グラウンドに沿った歩道上を一人の男性が歩いていた。その後ろ姿に見覚えがあった。スピードを落とし、横顔を見た。間違いなかった。急いでブレーキを踏んだ。

車は左ハンドルだ。急いでパワーウインドウを下ろし、声を掛けた。「湯川先生」

何か考え事でもしているのか、湯川は俯いたまま歩き続けている。湯川先生っ、ともう一度声をあげた。

ようやく気づいたのか、物理学者は立ち止まった。きょろきょろと周りを見回した後で柳沢に気づいた。「やあ、これは」白い歯を見せた。

湯川を助手席に乗せ、喫茶店を探した。ファミリーレストランがあったので、入ることにした。

「わざわざ見に来ていただいたとは驚きです。ありがとうございます」柳沢はコーヒーカップに手を伸ばす前に頭を下げた。

「たまたま、この近くに用があったものですから」湯川は見え透いた嘘をいった。「トライアウトを見たのは初めてです。なかなか見応えがありました。いつもの野球とは違うスポーツに思えました」

「実際、別物です。三人の打者と対戦するにしても、試合という流れの中で投げるのと、いきなりお膳立てされた中で投げるのとでは、感覚がまるで違います。だけど、文句はいえない。こっちは試されている立場ですからね。物理のテストだってそうでしょう？　問題が悪いといって不満をいっても始まらない」

「それはそうです」湯川は笑った。「で、納得のいく投球はできましたか」

「今の力は出せたと思います」

「それは何より」

「力は出しきりました。だから……」柳沢はコーヒーカップを置き、真っ直ぐに湯川を見つめた。「もう、ここまでにしておこうかなと思います」

湯川は目をそらさず、ぴんと背筋を伸ばした。「引退を決意されたのですか」

柳沢は顎を引いた。

「ボールを投げながら思ったんです。俺は一体何をしているんだろう、この場所にしがみついて、何をやろうとしているんだろうってね。この世界に入った時から、引退までのカウントダウンは始まっていた。その数が残り少なくなったってだけのこと。それを認めず、無駄な抵抗をしているだけじゃないかって」

「あなたがいう抵抗は、僕には立派な努力に見えます。努力することに無駄はないというのが僕の考えです。たとえ野球では結果が出なくても、今後必ず生きてくるでしょう」

「ありがとうございます。とにかく野球から身を引く以上、もう先生たちに迷惑をかけるわけにはいきません」柳沢は両手を膝に置き、もう一度深く頭を下げた。「いろいろとありがとうございました。カムバックすることで恩返ししようと思っていたのですが、それは無理なようなので、何か別の形で改めてお礼をさせていただきます」

「礼などは結構ですが……本当におやめになる気なのですか。今日のトライアウトを見て、どこかの球団が声をかけてくる可能性もあるのではないですか」

柳沢は力なく苦笑し、手を振った。

「自分のことは自分が一番よくわかっています。あんな球しか投げられないピッチャーをプロの球団は欲しがりません。残念ですが、それが現実なんです」

「そうですか。決心されたのなら、もう何もいいません」

「せっかくお力を貸してくださったのに、結果を出せずに申し訳ありませんでした」

「いえ、新たな世界で活躍されることを祈っています」

コーヒー代は自分が払うつもりだったが、湯川に先に伝票を奪われてしまった。

「ここは僕が払います。その代わり、駅まで乗せていってもらえますか」

「御自宅まで送りますよ」

「いえ、駅までで結構です」

店を出て、車に近づいた。ドアに手をかけた湯川が怪訝そうに眉をひそめた。

「どうかしましたか」

「いや、塗装が奇妙な具合に剝げていると思いまして」

柳沢は助手席側に回ってみた。湯川のいう通りだった。窓枠の少し下の塗装が剝げ、錆が広がりかけている。

「ここもそうだ。ここにもある」湯川がボンネットの表面を指先で触った。「こんなふうになっているのは見たことがない。こういっては失礼ですが、皮膚病のようだ。何かあったのですか」

「俺も、ついさっき気がついたんです。どういうことかなと思って。この間ガソリンスタンドで洗車した時には、こんなことはなかったはずなんですけど」

「その間、この車でどこかにお出かけになりましたか」

「いや、じつをいうと運転するのは久しぶりなんです。その洗車をした時以来、乗ってないと思います。あの後すぐに例の事件があったんです」

「事件のあった日、奥さんは車で出かけられたんでしたよね」

「そうです。スポーツクラブの駐車場で襲われたんです」振り返りたくない過去だ。

湯川の目つきが心なしか鋭くなった。じっと車体の表面を睨んでいる。

「どうかされましたか。たしかに変な錆び方ですけど、走る分には問題ないと思います。そろそろ買い替え時だと思ってたから、ちょうどいいですよ」

物理学者は我に返った顔になった。

「そうですか。いや、少し気になったものですから。こういう金属の腐食は、あまり見たことがなくて」

「やっぱり科学者というのは、いろいろなところに目を向けているものなんですね」そういって柳沢は運転席に乗り込んだ。

「ありましたよ、草薙さん。これじゃないでしょうか」内海薫がパソコンの画面を見ながらいった。

8

草薙は隣から画面を覗き込んだ。「ホテルの駐車場か……」

「あの日だと、この事故以外には、そんなことは起きてないようなんですけど」

うん、と草薙は曖昧に頷き、腕組みをした。

湯川から奇妙な問い合わせを受けたのは、昨日の夜のことだ。柳沢妙子が殺された日、都内のどこかで薬剤が撒き散らされるような事故は起きなかったか、というのだった。

「おそらく強アルカリ性の薬剤だ。消火剤なんかが怪しい」湯川は早口でいった。

どういうことかと草薙が問うと、湯川は柳沢の車のことを話した。塗装の傷み方が不自然なのだという。

「単なる経年劣化じゃない。何か特殊な環境に置かれたとしか思えない。柳沢投手には心当たりがないそうだから、奥さんが乗っていた時に何かあったと考えられる」

それが柳沢妙子の不可解な行動と関係があるのではないか、と湯川はいうのだった。

今回の事件の捜査はすべて完了している。だが草薙としても、柳沢妙子の生前の行動については気になっていた。そこで内海薫に調べさせてみたのだった。

ホテルで起きた事故とは、交通事故だった。地下駐車場への入り口に大型トラックがぶつかったのだ。高さ制限を無視するという、基本的なミスだった。ふだんそのトラックを運転しているのは別の人間で、その日の運転手は、いつも自分が乗っているトラックと高さが違うことを忘れていたのだ。

建物に大きな損傷はなかったが、自動消火装置が作動した。入り口付近に向け、大量の消火剤が噴射されたのだ。気づいた警備員がスイッチを切ったが、約三分間、消火剤は放出され続けていたという。

草薙は湯川に電話をかけ、事故のことを話した。

それだ、と湯川はいった。

「たぶん間違いない。できればホテルに行って消火剤の成分を知りたいが、部外者に果たして教えてくれるかどうか……」

草薙は吐息をついた。

「わかった、付き合おう。柳沢さんにおまえを紹介したのは俺だしな」

三十分後にホテルのロビーで会うことにし、電話を切った。

「もしその時の消火剤によって車のボディが傷んだのだとしたら、柳沢妙子さんは、あの日、そのホテルにいたということになりますね」隣で話を聞いていたらしく、内海薫がいった。「スポーツクラブに行く前です。で、そのことを旦那さんには隠している」

「昼間から主婦がシティホテルに出入りか。ますます不倫の香りが濃くなってきたな」草薙は鼻の上に皺を寄せ、立ち上がった。

ホテルに行くと、すでに湯川は来ていた。二人で地下の駐車場に向かった。警備員室は自動精算機の隣にあった。

六十歳過ぎと思われる白髪頭の男性が草薙たちの応対をしてくれた。事故があった日も、勤務していたらしい。

「驚きましたよ。あんなことは初めてです。突然、辺り一面が泡だらけになりましたからね」男性は目を丸くしていった。

「ほかの車に影響はなかったのですか」草薙は訊いた。

「消火剤が撒かれたのは出入り口付近だけなので、駐車していた車には影響ありませんでした。ただ、その間に何台かの車が通過していまして、それらについては何ともいえません。防犯カメラに映ってはいるんですが、消火剤のせいでナンバーまでは読み取れず、連絡の取りようもないんです」

「その映像を見せていただけますか」

「いいですよ」

男性は慣れた手つきでレコーダーを操作した。液晶画面に駐車場の出入り口が映った。大型トラックがバックしている。ぶつかったことに気づいたのだろう。すでに出入り口の上部からは、白い泡が噴出している。

何台かの車が、その中をくぐり抜けていった。単なる泡だから大したことはないと思っていたのかもしれない。

あっ、と湯川が声を発した。「今の車じゃないか」

映像を巻き戻してみた。シルバーグレーの車が通過していった。ナンバーは確認できないが、柳沢の車に酷似していた。

「間違いなさそうだな」草薙はいった。

「消火剤の種類はわかりますか」湯川が警備員に訊いた。

「詳しいことはわからないのですが……」そういって警備員はパンフレットを出してきた。

「やはり水成膜泡消火薬剤か」パンフレットを見て、湯川は呟いた。「塗装が万全なら問題ないが、細かい傷があったりすると、そこから腐食が進む可能性は高い。すぐに洗い流せばよかったのだろうが」

「あの日は雨が降っていた。車体に泡がついたとしても、雨で流れただろうから、気にならなかったんじゃないか」

湯川は首を振った。「雨で流した程度じゃだめだ」

「ぶつかった大型トラックは運送会社のものだったんです」警備員がいった。「会社のほうでは、消火剤を浴びた車については、状態を確認した上で賠償するといっています。その方に、こちらに連絡するよう伝えていただけますか」

「わかりました。伝えておきましょう」そういってから礼を述べ、草薙は湯川と共に警備員室を出た。

「柳沢投手の奥さんが、事件当日にこのホテルに来たことは確かなようだな」歩きながら湯川がいった。「問題は、ホテルのどこにいたかだ」

「とりあえずフロントを当たってみるか」

「たぶん無駄だろう。逢瀬が目的なら、人妻がフロントに顔を出すことは考えにくい。男性が先にチェックインしていて、その部屋に直接向かっただろう」

「それもそうだな」

「しかしホテルに来たからといって、部屋に行ったとはかぎらない。奥さんはプレゼントらしき包みを持っていたんだろ？　それを渡すつもりでホテル内のどこかで誰かと待ち合わせをしていた、と考えるのが妥当じゃないか。ところが結局相手は現れず、プレゼントを持ち帰ることになった、というのはどうだ」

「なるほど。それはありそうだ」

エレベータホールで館内の施設を確認した。ティーラウンジが一階にあるようだ。

店に入り、コーヒーを注文するついでにウェイトレスに柳沢妙子の写真を見せてみた。

「あっ、この方なら……」

「知ってるんですか」

「何度かお見えになりました。ハーブティーを注文されることが多かったと思います」

ビンゴだな、と湯川がいった。

「一人でしたか」

「いえ、いつも男性が一緒でした」

草薙は湯川と顔を見合わせた後、ウェイトレスに視線を戻した。

「どんな男性でしたか」

「大柄の年配の男性だったと思います」

「最近では、いつ頃来ましたか」

さあ、とウェイトレスは首を捻った。

「このところは、お見かけしておりません。たぶん一番最後は三週間ほど前だと思います」

彼女の記憶は正しい。事件があったのは二十日前だ。

「その時も男性が一緒でしたか」

「そうだったと思います。――あっ、そうだ」ウェイトレスが何かを思い出した顔になった。「ケーキを注文されたんです。ショートケーキを。その時に、ローソクはありませんか、と訊かれました」

「ローソク？」

「そうしたら一緒にいた男性が、それは結構ですと笑いながらおっしゃいました」

「男性が……」

「それで誕生日なのかなと思ったんですけど……あの、もうよろしいでしょうか」

「ああ、いいです。ありがとう」

ウェイトレスが立ち去ってから、「どう思う？」と湯川に訊いた。

「彼女の推測通りだろう。あの日は相手の男性の誕生日だった。そこでケーキを注文し、ローソクを立てて祝おうとした。男性はローソクは辞退したようだが」

「だったら、あのプレゼントの包みはどうなる？　なぜ渡さなかったんだ。それともあの包みと男性の誕生日は無関係なのか」

「あるいは、渡すつもりだったが、渡せない事情が発生したのか」そういった直後、湯川の目が一瞬大きく見開かれた。「中身は時計だといったな。そうか。そういう可能性もある……」

「何だ。どういうことだ」

するとと湯川が真っ直ぐに草薙を見つめてきた。

「草薙刑事、今度は僕から頼み事をしたい。ある人物を探し出してくれ」

9

指定された店は、繁華街からは少し離れた場所にあった。幅の狭い道路に面した、小さな中華料理店だった。柳沢が入り口のドアを開けると、すぐに草薙の姿が見えた。隣には湯川もいる。二人はテーブルについていたが、立ち上がって迎えてくれた。

「急に呼び出したりしてすみません」草薙が謝った。

「それは構わないのですが、一体何ですか、重大な話というのは」

「まあとにかく座ってください。食事をしながら、ゆっくり話しましょう。この店は海鮮料理がお勧めなんだそうです」

柳沢が座ると、二人も席についた。女性従業員が飲み物を訊きに来たのでビールを注文した。

「車のボディは、その後どうされましたか?」湯川が尋ねてきた。

「あのままです。あまり乗らないのですが、見るたびにひどくなっているような気がします。一体どういうことなんでしょうね」

「そのことですが、原因がわかりました」

「えっ、そうなんですか」

「やはり特殊な状況に曝《さら》されていたのです」

湯川は説明を始めた。その内容は柳沢にとっては想像もしないものだった。彼のマンションにも地下駐車場はあるが、あの入り口にトラックがぶつかったら同じようになるのだろうかと考えた。

「海辺の近くで使用される車の寿命が、通常よりも短くなることはよく知られています。海水の塩分によって金属が腐食するからです。海水とは比較にならない強アルカリの消火剤が付着したままなわけですから、日に日に塗装が剝げ落ちていくのも当然です」

「ホテルのほうに連絡してくれとのことでした」草薙が電話番号を記したメモをテーブルに置いた。「事故を起こした会社が賠償に応じてくれるそうです」

「そうですか。でも妙子のやつ、どうしてそんなところに行ったんだろう……」

料理が次々に運ばれてくる。たしかに旨いが、妙子の不可解な行動が気にかかり、柳沢はゆっくりと味わう気になれなかった。

ぼんやり考えていると、「例の包みは持ってきていただけましたか」と湯川が訊いた。

「あ、はい。持ってきましたけど」柳沢は傍らに置いた紙袋から包みを取り出した。事件の日、妙子が車に置いていたものだ。

「中を見ましたか」

「いえ、開けてませんけど」

「そうですか。ちょっと拝見します」湯川は包みを受け取ると、真剣な眼差しで眺め回した。学者の顔になっている。

「あのう……」柳沢は口を開いた。

「やっぱりそうだ」湯川は大きく頷き、包みを指差した。「シールを貼り直した形跡がある。一度包装を開いた後、もう一度包み直したんだ」

「これですべて辻褄が合ったな」草薙がいう。

柳沢は二人の顔を交互に見た。「どういうことですか。さっぱりわからないんですけど」

「奥さんは、ある男性とホテルのティーラウンジでしばしば会っていたのです。事件の日も、そうでした」

「男性と?」嫌な想像が頭に浮かんだ。

「柳沢さん」草薙が背筋を伸ばし、開口した。「あなたは今年の夏頃から、戦力外になるかもしれないと奥さんにはおっしゃっていたそうですね」

「どうしてそれを……」

「その男性が奥さんから聞いていたのです。奥さんはあなたのことで、その人にいろいろと相談していたようです」

持って回った言い方に、柳沢は苛立ちを覚えた。

「誰ですか、その相手の男性というのは。早く教えてください」

すると草薙は視線を柳沢の後方に向け、小さく頷いた。

えっ、と柳沢は後ろを振り返った。白い料理服を着た体格のいい男が立っていた。年齢は五十歳前後に見えた。

「奥様と会っていたのは私です。ヤンといいます。台湾から来ました。この店の主です」

「台湾……」柳沢は息を呑んだ。妙子が台湾人に会い、夫のことで相談していた——。

「私の妻は日本人なのですが、奥様と英会話学校で一緒だったのです。妻が私のことを奥様に話したところ、是非話を聞きたいということだったので、あのホテルのティーラウンジで何度かお会いしました」

ヤンさんは、と草薙がいった。

「弟さんが現在台湾のプロ野球チームに所属しているそうです。だから向こうで野球をするにはどういう準備をすればいいかとか、いろいろと情報を持っておられるわけです」

「向こうで野球……妙子がそんなことを?」

「戦力外になって、拾ってくれる球団がなくても、きっとあの人は野球を続けたがるだろう——奥様は、そうおっしゃってました」ヤンが穏やかな口調でいった。「続けるためには国外に出ることも覚悟しているはずだ、もしそうなった時にあわてなくてもいいように今から準備しておきたい、と」

「まさかあいつが……だって、俺には引退してほしいといってたんですよ」

「それが奥様流の発破の掛け方だったのです。どこへでもおとなしく付いていくという態度を取れば、きっと夫は甘える。女房の反対を押し切っての挑戦だと自覚させたほうがいい。奥様はそうおっしゃってました」

ヤンの言葉が柳沢の胸を激しく揺さぶった。妙子がそんなふうに思ってくれていたことなど、まるで気づいていなかった。

「奥様は、とても優しい人でした。あの日も、私なんかのために誕生日を祝ってくださった。わざわざプレゼントまで用意して」

柳沢は四角い包みに目を向けた。「あなたへの贈り物だったのですか」

「そうです。ただし、受け取りませんでしたが」

「なぜですか」

「台湾では」湯川がいった。「置き時計を人に贈るのはタブーとされているそうです」

ヤンが頷いた。

「置き時計を中国語でジョンといいます。時計を贈る行為は、ソンジョンとなります。このソンジョンというのは、人の死を見届ける行為のソンジョンと発音が同じなので、時計をプレゼントするのはタブーなのです」

「そうだったんですか。初めて聞きました」

「ホテルのティーラウンジで包みを開き、中身が時計だと知った時には少しショックでした。どうしようかと迷いましたが、台湾の習慣を知っておいてもらったほうがいいと思い、奥様に話しました。奥様はとてもあわてて謝られました。それで代わりにケーキを御馳走するといってくださったのです」

柳沢は俯いた。今にも涙が溢れそうになったからだ。自分の知らない間に、妙子がそこまで準備を進めていたとは驚きだった。

台湾野球への挑戦――たしかに最後の選択肢として考えていた。どんなふうに妙子に切り出せばいいか、悩んでいたのも事実だ。しかし彼女にはすべてがお見通しだったのだ。

「奥様がお亡くなりになったと知った時、私の心は痛みました」ヤンはいった。「私が時計を受け取らなかったせいで、不吉な運が奥様のほうに移ったのではないかと思ったからです」

柳沢はかぶりを振った。

「あなたの話を聞けてよかった。妻の本当の気持ちを知ることができました」

「奥様は」ヤンは目を潤ませて続けた。「あなたの切れ味鋭いスライダーを、もう一度見たいとおっしゃっていました」

10

スタンドに行くと、湯川は三塁側の一番端の席に座っていた。草薙は手を振りながら近づいていった。

「どうしてこんな端の席なんだ。いくらでも空いてるじゃないか」内野席を見渡しながらいった。がらがらというほどではないが、空席はいくらでもある。シーズンオフの第二回トライアウトだ。見に来るのはスポーツマスコミの連中か、余程の物好きだけだ。

「柳沢投手のフォームをチェックする場合、この角度から見るのが一番いい。気に食わないなら、別の席に移動したらいい」

「気に食わないとはいってないだろ。で、柳沢投手の順番は？」

「この次のはずだ」

「そうなのか。危なかった」草薙は湯川の隣に腰を下ろした。

ヤンと会った翌日から、柳沢は再びトレーニングを開始したという話だった。湯川にも改めて協力の要請があったらしい。宗田と三人で、今日のトライアウトを目指し、あらゆる努力をしたと聞いていた。

「それにしても、おまえが台湾の慣習に詳しいとは知らなかったな」草薙はいった。

「台湾には優秀な物理学者が多い。彼等の素晴らしいところは、たとえ非科学的であろうとも文化や因習を軽視しないことだ。時計のことも彼等から教わった」

「なるほどね」

湯川によると、柳沢妙子がプレゼントを渡さなかったのは、何らかの事情から渡せなかったのではないか――そんなふうに考えた時、包みの中身が時計だという点に引っ掛かったのだという。渡そうとした相手が台湾人だった場合、時計は受け取ってもらえない。

そこで草薙は、もう一度柳沢妙子の周辺を洗い直してみた。するとじつにわかりやすいところに答えは潜んでいた。携帯電話だ。

柳沢妙子の発信履歴に載っている個人については事件後に連絡を取ったが、個人以外については後回しになっていた。たとえば飲食店などだ。事件の起きる二日前、柳沢妙子はある中華料理店に電話をかけていたのだ。

ヤンは携帯電話を持っていたが、所持していることが少なかった。だから彼に連絡を取るには、店に電話をかけるのが一番手っ取り早かったのだ。柳沢妙子もそのことを知っていて、待ち合わせの約束をする時には店に電話をかけていたらしい。

グラウンドに柳沢が現れた。スタンドから拍手が起きる。長年プロで活躍してきただけに人気はあるようだ。

ピッチング練習を何球かした後、本番となった。バッターとの真剣勝負だ。

「なあ湯川、実際のところはどうなんだ」草薙は訊いた。「柳沢投手はプロのピッチャーとして復活できるのか」

「それは僕のような素人にはわからない」湯川は、さらりといった。「ただ、断言できることはある」

「何だ」

「どのように投げれば、ボールがどのように変化するかは科学で解明できる。だけど、どう投げるかは投手次第だ。そこに物理学の入り込む余地はない。人間の身体の動きが精神に大きく影響を受けることは、多くの実験によって明らかにされている」

「すべては本人次第ということか」

「投手というのは、そういうものだ。そしてヤン氏と会って以来、柳沢投手は明らかに変わった。改めて僕に協力を要請してきただけでなく、練習への取り組み方にも大きな変化が見られた。その結果、科学的データ面だけでいえば、彼の現在のピッチングは全盛期と遜色がなくなっている」

「おい、それはつまり復活できるってことじゃ――」

しっ、と湯川が人差し指を唇に当てた。マウンド上で柳沢が投球モーションに入ったところだった。

しなやかなフォームから白球が投げられた。それが打者の前で鋭く曲がったのが草薙の目にもはっきりとわかった。

打者のバットが空を切った。

第三章

念波る

おくる

1

ドアがノックされた時、御厨篠子《みくりやとうこ》は机に向かって本を読んでいた。お気に入りのミステリ作家の新作で、発売前からネットで予約しておいたものだ。それが今日の昼間に届いた。眠る前に本を読むのが習慣だが、重たいハードカバーの場合はベッドでは読まない。腕が疲れるからだ。

はい、と返事をしながら置き時計に目をやった。午後十一時を少し過ぎたところだった。栞《しおり》を挟んで本を閉じ、入り口に近づいた。ドアを開けると、パジャマの上からガウンを羽織った春菜が立っていた。化粧水の匂いがかすかに漂ってくる。顔色はあまり良くない。

「遅くにごめんなさい」彼女は謝った。「お願いがあるんだけど」

「何?」

春菜は躊躇《ためら》いがちに口を開き、「若菜さんに電話をしてほしいの」といった。

えっ、と戸惑った。「どうして?　何か急用でもできたの?」

「急用というか……胸騒ぎがするから」

「胸騒ぎ?」

ごめんなさい、と春菜は小声で謝った。「とても不安なの。じっとしていられなくて……。お願い、電話をかけて」

篠子は少し混乱した。春菜がこんなことをいうのは何年ぶりだろう。子供の頃は、よくあった。春菜ではなく、若菜がいいだすことのほうが多かったかもしれない。

「気のせいじゃないの? このところ少し働きすぎだったから」

春菜は童話作家だ。著書数は三十を超えている。

「違う」彼女は首を振った。「感じるの。強く感じる。若菜さんの身に何かあったんだと思う」

声には悲壮感さえ籠っていた。まさか、と笑い飛ばせなかった。彼女たちに神秘的な繋がりがあることは、これまでの経験から否定できない。

だったら、と篠子はいった。「春菜さんが自分で電話すれば?」

春菜は悲しげに俯いた。「できないの。怖くて……」

篠子は吐息をつき、頷いた。

「わかった。じゃあ私が電話してみる」

「ありがとう。ごめんなさい」

篠子は机に戻った。読みかけの本の横に置いてある携帯電話を手に取った。少し時間が遅いが、若菜ならまだ起きているだろう。アドレス帳から電話番号を選び、発信した。

2

磯谷《いそがい》知宏の携帯電話が着信を告げたのは、ハイボールのおかわりを頼もうと片手を上げかけた時だった。表示を見ると御厨篠子となっている。嫌な予感がした。時刻は午後十一時十五分だ。

はい、と電話に出た。

「御厨です。遅い時間に申し訳ありません」中年女性らしい低い声で御厨篠子は詫びた。

「構いませんよ。ちょっとすみません、静かな場所に移動しますので」磯谷は電話を手に席を立った。彼がいるのは行きつけのバーだった。外に出て、エレベータホールで再び電話を耳に近づけた。「お待たせしました。で、どうしました?」

「じつは……あの、少し説明が難しいんですけど」

「何でしょうか」

「春菜さんが、今すぐ若菜さんに連絡を取ってくれといいまして」

「春菜さんが? どうしてですか」

「それが……胸騒ぎがするんだそうです」

「胸騒ぎ?」思わず眉をひそめていた。

「若菜さんの身に何かあったんじゃないかって。気のせいじゃないかといったんですけど、とにかく連絡を取ってほしいと。それで私が若菜さんに電話をかけてみたんですけど、繋がらないんです。呼び出し音は鳴っているんですけど、電話に出ないんです」

心臓の鼓動が速くなり体温が上昇するのを磯谷は感じた。

「それで御迷惑かもしれないと思いつつ、知宏さんにお電話したというわけなんです」

「迷惑だなんて、そんな……。たしかにそれは気になります。何をやってるんだろう、若菜のやつ。風呂にでも入ってるのかな」

「知宏さんは外におられるんですね」篠子が尋ねてきた。

「そうです。スタッフたちと飲んでいたところです。でも、こんなことをしてる場合じゃない。わかりました。僕は今すぐに家に帰ります。何かわかったら、すぐに連絡しますよ」

「そうですか。すみませんが、よろしくお願いいたします。何もないことを心より祈っております」丁寧な言葉で締めくくり、篠子は電話を切った。

磯谷は携帯電話を見つめた後、彼の妻である若菜の番号にかけてみた。間もなく電話は繋がったが、たしかに呼び出し音が鳴るだけだった。

店内に戻った。磯谷の部下が三人いて、ワインを飲んでいた。そのうちの一人、山下を呼んだ。スタッフの中では一番の古株だ。といっても、まだ二十代半ばだった。

「今すぐに帰らなきゃいけなくなった」

磯谷の言葉に山下は目を丸くした。「何かあったんすか」

「わからん。うちの奴に連絡がつかないってことで、親戚が心配して電話をかけてきた。俺も電話してみたんだけど、出ないんだ」

「ええー。それ、心配っすね」

「というわけで、俺は帰ることにする。後のことは頼む」

「それはいいっすけど、俺も一緒に行きますよ。なんか気になるし。何もないってことだったら、また戻ってきて飲み直します」

たしかに誰かが一緒に行ってくれたほうがいいと思われた。

「そうか、悪いな。じゃあ、来てくれ」

ほかのスタッフたちには適当に説明をし、二人で店を後にした。

「えっ、じゃあ奥さんの妹さんが気づいたってことですか。たしか奥さん、双子ですよね。それって、テレパシーってやつじゃないんですか」タクシーの中で山下は興奮し始めた。磯谷が御厨篠子からの話を詳しく話して聞かせたのだ。

「わからん。単なる気のせいかもしれない」

「だけど俺、聞いたことありますよ。双子って、そういうことがよくあるみたいっすよ。中学の同級生にもいました。どっちかが体調を壊したら、必ずもう一方も病気になるし、テストなんかでも間違うところが一緒だったりするとか」

「うん、そういう話は俺もよく聞く。若菜も、そんなことは昔からしょっちゅうあったといってた」

「だからテレパシーもあると思いますよ。双子って不思議だから」そういった直後に山下は慌てた様子で、「いや、あの、今夜はその、単なる気のせいならいいって思いますけど」と取り繕うように続けた。

磯谷たちの居宅は渋谷区松濤にあった。山手通りから一本入ったところだ。モダンな住宅が並んでいる。タクシーの窓から外を見て、すげえなあ、と山下が嘆息した。

家の前でタクシーから降りた。タイル貼りの白い家だ。駐車場に赤いＢＭＷが入っている。若菜の車だった。ということは帰宅しているわけだ。しかし外から見たかぎりでは、邸内の明かりは消えている。

磯谷は門をくぐり、玄関への階段を上がった。後ろから山下もついてきた。鍵を取り出したが、ドアの隙間を見て、鍵穴には挿さずにドアノブを回した。鍵はかかっていなかったのだ。

室内は真っ暗だった。磯谷は壁のスイッチを手で探った。だがそうしながら、匂いを感じ取っていた。よく知っている匂い、若菜がつけている香水の匂いだ。

スイッチを入れた。玄関ホールが明かりで満たされた。

その瞬間、磯谷の背後で山下が「わあっ」と声を上げた。その声の大きさに磯谷は飛び上がりそうになった。

だがじつは彼自身も叫びかけていたのだ。

玄関を上がってすぐの廊下に、人形のように倒れている若菜の姿があった。その頭部からは夥《おびただ》しい量の血が流れ出ていた。

3

東京駅の八重洲中央口の真上にある時計は、午後五時過ぎを示していた。サラリーマンをはじめ、大勢の人々がひっきりなしに自動改札を通過していく。人の流れが途切れる気配はまるでなかった。

「あの人たちじゃないですか」

内海薫にいわれ、草薙は改札口の先に視線を向けた。二人の女性が並んで歩いてくるところだった。一方は五十歳前後で、もう一方は二十代半ばに見えた。若い女性のほうはグレーの帽子をかぶっている。電話で打ち合わせた目印だ。それに彼女の顔を見て、間違いないと草薙は確信した。やはり双子だ。よく似ている。

彼女たちが改札口を出たところに近づいていった。

「御厨春菜さんですね」

草薙の問いかけに、若い女性は数度瞬きした。そうです、と答えた声は小さく細かった。

「警視庁の草薙です。遠いところをお疲れ様です」

二人の女性は小さく頭を下げた。

「若菜さん……姉は今、どこに？」春菜が訊いてきた。

「病院の集中治療室におられます」

「会えますか」

いや、と草薙は首を振った。

「面会謝絶のはずです。危険な状態が続いていますから」

「まだ意識が戻らないんですね」

「そうです」

春菜は目を伏せた。化粧気はないが睫《まつげ》は長い。

でも、と彼女は口を開いた。

「それでもやっぱり病院に行きたいです。どういう状況なのか、話を聞きたいし」

「わかりました。車を用意してありますから、御案内しましょう」

「ありがとうございます」

内海薫が駅前に車を回してくるのを待つ間に、もう一人の女性が自己紹介をした。春菜たちの叔母で御厨篠子というらしい。現在は長野県にある家で、春菜と二人暮らしをしているという。

「今の家は、私の父が建てたもので、私もそこで生まれ育ちました。兄が結婚したのを機に私は一旦家を出たのですけど、二十年ほど前に飛行機事故で兄夫婦が亡くなったので、もう一度家に戻って、この子たちの世話をすることになったんです」

「飛行機事故で……それはお気の毒なことでしたね」

草薙が春菜を見ると、彼女は長い睫をぴくぴくと動かした。

「つまり、親代わりということですね」

「そんなに大げさなものではありません。幸い父や兄たちが財産を残してくれましたし、親戚も助けてくれましたから、苦労らしいことは殆どしなくてすみました」御厨篠子は淡々とした口調でいった。

「そうですか。失礼ですが、御結婚は？」

「一度もしておりません。縁がなくて」ほんの少しだけ唇を緩ませた。

内海薫の運転する車が到着したので、二人を後部座席に乗せ、病院に向かった。車中で草薙は、事件の概要を簡単に話した。

事件が起きたのは、昨夜の十一時頃だ。渋谷区松濤の一軒家で、その家に住む女性が頭から血を流して倒れている、という知らせが通信司令室に入った。通報したのは女性の夫だった。すぐに近くの交番から警官が駆けつけ、状況を確認した。賊に襲われた可能性が高く、犯行からあまり時間が経っていないと思われたので、緊急配備が敷かれた。草薙たちに出動命令が出たのは今朝のことだった。所轄の警察署に、強盗殺人未遂事件ということで捜査本部が開設された。

被害者は磯谷若菜という二十九歳の女性だった。抵抗した形跡はなく、着衣も乱れていなかった。青山でアンティークショップを経営しており、その店から帰宅し、玄関から中に入ったところを襲われたと思われる。大きな傷は頭に二箇所、後頭部と額の横だ。

「では、犯人が誰かはまだわかっていないんですね」春菜が尋ねてきた。

「そうです。現在、全力で捜査をしているところです」

「知宏さん……義兄からは何かお聞きになりました？」

「今日、病院でお会いしました。でも、思い当たることはないということでした」

草薙は内海薫と共に病院の待合室で磯谷知宏と会った。一睡もしていないらしく、憔悴しきった様子だった。誰かに恨まれていたとは思えないし、最近身の回りで特に変わったことがあったというような話も聞いていない、というのが磯谷の弁だ。

「警察では、強盗の仕業だと考えているのでしょうか」

御厨籐子の質問に対し、「断定はできませんが、その可能性が高いのはたしかです」と草薙は慎重に答えた。

室内が荒らされた様子はないが、若菜のバッグから財布が消えていた。磯谷によれば、十万円以上の現金は入っていたはずだということだった。

犯人の侵入経路は判明している。通りから見えない場所にある窓ガラスが割られていたのだ。それを知ると磯谷は、「こんなことなら、もっと早く警備会社のホームセキュリティを申し込んでおくんだった」といって悔しそうに唇を嚙んだのだった。

状況だけを考えると、単純な金目当ての犯行のように思われた。ただし、犯人が空き巣に入ったところにたまたま磯谷若菜が帰ってきたのか、帰宅してくる家人を襲うつもりで犯人が邸内に潜んでいたのかは不明だ。

病院が近づいてきた。二人の女性は沈黙している。彼女たち、特に御厨春菜の心境が草薙は気になった。肉親の突然の不幸に驚いているはずだが、ふつうの場合とは違う。少なくとも彼女にとって今回の事件は、「寝耳に水」ではなかったのだ。

磯谷知宏からは手がかりになりそうな話を殆ど聞けなかったが、草薙は一つだけ引っ掛かったことがあった。それは磯谷が倒れている妻を発見するに至った経緯だ。

きっかけは義妹のテレパシーだ、と彼はいったのだ。

病院に着いたが、やはり面会は叶わなかった。だが担当医が状況を説明してくれるということなので、御厨春菜と篠子は看護師の案内で別室に消えていった。その間、草薙は内海薫と共に待合室にいることにした。

「どう思った?」草薙は後輩の女性刑事に訊いた。

「詳しく話を聞いてみないことには何とも」あっさりした答えが返ってきた。

「だけど雰囲気はあるよな。どことなく神秘的だ」

「草薙さんの神秘的というのは、単に美人だってことじゃないんですか」

「それはまあ、否定しない」

内海薫は、わざとらしくため息をついた。くだらない会話を交わす気はなさそうだ。

磯谷知宏によれば、昨夜御厨籐子から電話があり、急いで自宅に帰ったということだった。電話の内容は、春菜が姉の身の危険を察知した、それで若菜に連絡を取ろうとしたが繋がらない、心配なので家に帰って様子を見てもらえないか、というものだった。

単なる気のせいではないかと思いつつ、磯谷は部下の山下と共に家に向かった。籐子の話を笑い飛ばす気にはなれなかったという。妻と妹の不思議な繋がりについては、これまでにも何度か見聞きしていたからだ。

そして結果は彼が予感した通り、いや春菜が感じた通りのものだったというわけだ。

「不思議な話だと思います。やっぱり双子の間にはテレパシーのようなものが働くんですかねえ」磯谷知宏は真剣な眼差しでいった。

草薙は釈然としなかった。これまでにも事件を通じて、多くの不思議な事例を見てきた。心霊現象、超常現象、超能力――そういったものの存在を認めざるをえないようなケースも多々あった。しかし結果的にそれらのすべてに合理的な説明をつけることが可能だったのだ。今回も、それらと同じではないのか。

ではどう説明をつけるか。

内海薫と話し合った結果、同じ結論に辿り着いた。その本人に、つまり双子の妹に会ってみようということになったのだ。御厨春菜に連絡を取ったところ、これから上京するつもりだとのことだったので、東京駅で待ち合わせたのだった。

春菜たちが戻ってきた。心なしか、どちらも表情が硬いようだ。あまり良い話を聞けなかったのだなと草薙は察した。

お待たせしました、と御厨籐子が頭を下げた。

「いかがでしたか」

草薙の問いに籐子は暗い顔でかぶりを振った。

「何ともいえないそうです。助かるかもしれないし、このまま意識が戻らないおそれもあるとかで……」

医者としては、そう答えるしかないのだろう。

「そうですか。我々も、快復されることを心より祈っております」

ありがとうございますと籐子がいい、横で春菜が頭を下げた。

「いくつかお尋ねしたいことがあるのですが、これからいかがでしょうか。お時間は取らせません」

二人は顔を見合わせ、頷いた。わかりました、と籐子が答えた。

病院内に喫茶コーナーがあったので、そちらに移動してから質問を始めた。彼女たちによれば、この一年間は若菜とは会っていないらしい。アンティークショップの経営が好調で、若菜のほうが忙しかったからだという。しかし電話やメールでのやりとりは、月に何度かあったようだ。

「最後に若菜さんと何らかのやりとりをしたのはいつですか」

春菜は首を傾げ、「二週間ほど前にメールをもらいました」と答えた。「今度仕入れた商品の中に、あたしが気に入りそうな小物入れがあるということで、その商品の写真をメールしてくれたんです。それであたしのほうから電話をかけて、是非ほしいから宅配便で送ってちょうだいと頼みました」

「その時、お姉さんの様子に何か変わったところは感じませんでしたか」

「特には気づきませんでした。明るくて元気そうで、いつも通りの姉でした」

磯谷若菜のほうは明るくて元気なのか、と草薙は意外に思った。御厨春菜を見ていると、そんなふうには思えないからだ。もちろん双子だからといって性格まで同じだとはかぎらないし、姉が生死の境を彷徨《さまよ》っている時に明るく振る舞えというほうが無理なのかもしれないが。

「今回あなたは、お姉さんの身に危険が迫っていることを察知されたそうですね」草薙は本題に入ることにした。「そういうことは、これまでにもよくあったのですか」

御厨春菜は表情を変えず、ええありました、と答えた。

「大学時代、姉はスキーをしていたんですけど、ある夜不吉な予感がして電話をかけてみたら、怪我をして病院に運ばれていました。逆にあたしが病気で寝込んでいる時、ハワイ旅行中だった姉が電話をかけてきたこともあります。不意に嫌な予感がしたんだといっていました。ほかにも似たようなことは数えきれないほどあります」

草薙は御厨籐子に視線を移し、「そうなんですか」と訊いた。

「よくあります」籐子は答えた。「私なんか慣れっこになってしまって、それが当然のように思っています」

「だから今回春菜さんの話を聞いた時も、疑問を抱くことなく若菜さんに連絡を取ろうとしたということですか」

「おっしゃる通りです」

「最近はどうでしたか。今回のように、若菜さんの危機を察知したということはなかったですか」草薙は春菜と籐子の顔を交互に見ながら訊いた。

「ここしばらくはありませんでした。——ねえ」春菜が叔母に同意を求めた。

「はい。私の知るかぎりはございません」

「このところ落ち着いていたんです。昨日の夜までは、ずっと。でもあの時にかぎって、ひどく胸騒ぎがして……」御厨春菜は右手を自分の胸に当てた後、真っ直ぐに草薙の目を見つめてきた。「そして一瞬頭に浮かんだんです。男の人の顔が。すごく恐ろしい顔が。あの男性が姉を襲ったのだと思います」

4

「悪いが断る。ほかを当たってくれ」湯川学は淡泊な口調で断ってきた。しかしこれは予想通りの反応だった。

「そういわず、話だけでも聞いてくれないか。ほかを当たれというが、こんなおかしなことを相談できる相手はおまえ以外にはいないんだ」草薙は隣の椅子に両足を載せ、電話を持っていないほうの手で頭をぽりぽりと掻きながらいった。

「だからそれが間違っている。僕以外にいないのではなく、僕もいない。頼むから、そんな話は持ち込まないでくれ」

「そういうなよ。それに、じつに興味深い話だとは思わないか？　テレパシーだぜ。ネットで調べたところだと、科学者の間でも、テレパシーが存在するかどうかはまだ結論が出ていないそうじゃないか。それを明らかにしたら世紀の大発見だ」

ふん、と鼻を鳴らす音が聞こえた。

「君にいいことを教えてやろう。科学者の間では、幽霊が存在するかどうかもまだ結論が出ていない。ネス湖の恐竜もそうだ。いや、そういう意味でいえばサンタクロースも同様だ」

「じゃあ訊くが、もし幽霊の写真があったらどうだ。見たいと思わないか？　本物のサンタクロースに会ったという人間がいたとしたらどうだ。話を聞きたいと思わないか？　もし思わないんだとしたら、その理由は何だ。そんなものは存在しないと決めつけているからじゃないのか。それは科学者の姿勢としてどうなんだ。どんなことも中立的な立場からアプローチするのが真の科学者じゃないのか。おまえはいつもそういってるぞ」

草薙の詰問に少し沈黙してから、「驚いたな」と湯川はいった。

「そんなふうに切り返してくるとは思わなかった。君にしては極めて論理的だ。どこでディベート能力を磨いた？」

「もちろん取調室だ。最近の被疑者には弁の立つ奴も多いからな」

ふうーっと湯川の太い息が電話に吹きつけられた。

「証人はいるのか。本人がいってるだけじゃなくて」

「何人もいる。だから被害者を早期に発見できたんだ。発見がもう少し遅れていたら助からなかった」

湯川は黙っている。脈が出てきたようだなと草薙は感じた。

「当人は、今こっちに来ている。おまえがいいなら、すぐにでもそっちに行かせるが」

はあ、と諦めたような声を湯川は出した。

「自分の性格が嫌になる。好奇心と探究心にはどうしても勝てない。なぜ君のような人間を友人に持ってしまったのだろう」

「それが運命なんだよ」

「いっておくが」湯川はいった。「運命なんてものは信じない。サンタクロース以上に」

「知らねえよ。じゃあ、連れていっていいんだな。今日はどうだ?」

「空けることは可能だ」

「オーケー、詳細は後で内海から連絡させる」そういって電話を切った後、すぐそばに立っている内海薫を見上げた。「話がついた」

「やはり幽霊やサンタクロースの話が出たようですね」

「おまえからレクチャーを受けておいてよかった。あいつに言い争いで勝てたのは初めてだ。それにしても、よくあいつがいいそうなことを予想できたな」

「それなりに付き合いが長いですから」

「俺なんか二十年以上の付き合いだけど、あいつのことはさっぱりわからんけどな。まあいい、とにかく御厨さんたちを帝都大学にお連れしてくれ。二人は今、どこにいる?」

「ホテルで待機してもらっています」

「すぐに行ってくれ。湯川の気が変わったら面倒臭い」

「わかりました」

内海薫が立ち去るのを見送ってから、草薙は腰を上げた。広い会議室の前列に間宮の姿があった。渋い表情で書類を睨んでいる。

「御厨さんたちに湯川のところへ行ってもらうことにしました」

間宮は顔を上げ、下唇を突き出した。

「そうか。ガリレオ先生が、何とか筋の通った説明を考えてくれると助かるんだがな。事件の概要を上に説明しなきゃいかんのだが、導入部で困っている。まさかテレパシーとは書けんからなあ。しかも面倒臭いことに、早くも嗅ぎつけた新聞記者がいるらしい。所轄の刑事が漏らしたようだな。全く、おしゃべりなやつはどこにでもいる。そのうちテレビ局からも何かいってくるぞ」

「例の件、どうしますか。似顔絵」

「あれか」間宮は額に手を当てた。「似顔絵班に相談はしてみた。必要とあればいつでも協力してくれるという話ではあったが……」

御厨春菜の頭に浮かんだという男の顔を、とりあえず似顔絵にしてみてはどうか、と草薙は提案したのだ。

「やはり問題がありますか」

うーん、と間宮は唸った。

「そんな似顔絵を作ったことがマスコミに漏れたりしたら、それこそ大騒ぎになるだろうからなあ」

否定はできなかった。警視庁捜査一課がテレパシーを犯罪捜査に利用？――そんな見出しが頭に浮かんだ。

「全く厄介な事件だ。被害者が意識を取り戻してくれれば話が早いんだがな」間宮はため息まじりにいった。

夕方、内海薫が捜査本部に戻ってきた。どうだった、と草薙は訊いた。

「最初のうち、湯川先生は明らかに乗り気ではなさそうでした。いくつかの質問を春菜さんたちにしておられましたが、偶然の一致を疑っていることは私にもわかりました」

「そんな言い方をするところを見ると、湯川の態度に変化があったということか」

「ありました」内海薫は深く頷いた。「春菜さんのある言葉をきっかけに、先生の態度が変わったんです」

「言葉？」

「繋がっている、という一言です」内海薫は手帳を開いた。「春菜さんはこういったんです。自分と姉の心は今も繋がっている。見かけ上は意識不明でも、若菜さんの脳はちゃんと活動していて、様々なメッセージを送ってくる。その意味を読み取れないのは悔しいけれど、今も彼女が苦しんでいることだけはわかる――」

「……マジかよ」

「その話を聞いて、湯川先生は興味を持たれたようです。別室で御厨さんのことを検査したいとおっしゃいました」

「どんな検査だ」

「私は別の部屋で待っていたので直には見ていないのですけど、湯川先生によれば、ごく小さな電磁波を探知する機械を使うのだとか。もちろん本来の用途はテレパシーとは関係ないそうですが」

「で、その検査はどうだったんだ」

「ふつうの人とは異なる結果が出たようです。最終的に、第十三研究室の研究対象にしたいという話になりました」

えっ、と草薙は目を剝いた。「湯川が研究するというのか。テレパシーを」

「そのようです。御厨さんたちの今後の予定を尋ねておられました。できれば明日から研究を始めたいので、是非協力してほしいとか」

「意外な展開だな」

「私も驚いています」

「すると今回の現象に関しては、さすがの湯川も合理的な説明をつけられないということか。テレパシーの存在を認めざるをえないってことなのか」

「そうかもしれません。私も協力を求められました」

「どんなことだ」

「事件の関係者全員の顔写真を持ってきてほしいと。御厨さんに見せて、脳の反応を確認するんだそうです」

「おいおい、冗談じゃねえぞ」草薙は頭を掻きむしった。「そんな話がマスコミに伝わったら大騒ぎになる。内海、このことはほかの人間には漏らすな。身内にもだ」

「わかりましたけど、写真のことはどうしますか」

「それはこれから考える」

草薙は早速このことを間宮に報告した。

「話が違うじゃないか」丸顔の上司は気色ばんだ。「じゃあ報告書にも、テレパシーって書けっていうのか」

「まあ、もう少し待ちましょう。一度、あいつの話を聞いてみます」

「そうしてくれ。じつをいうと、さっき知り合いの新聞記者から電話がかかってきた。今度の事件に超能力が関わっているという話を耳にしたけど事実かってな」

「何と答えたんですか」

「もちろん、とぼけたさ。疑っている様子だったけどな」

「最近、大きな事件がありませんから、社会部の記者たちもネタに困っているんでしょう」

「全く、面倒臭い話だ。肝心の捜査が一向に進まないってのに……」間宮は口をへの字に曲げた。

5

ドアに貼られた行き先表示板によると、湯川は別の棟にいるらしかった。何をやってるんだあいつ、と訝りながら草薙は携帯電話を取りだした。今日、訪れることは事前に連絡してある。

湯川に電話をかけると、すぐに繋がった。はい、と無愛想な声が聞こえた。

「草薙だ。何をやってる？」

「ああ……いい忘れていたが、御厨さんに関する研究は別の場所でやっている。すまないが、こっちに来てくれ」

「それはいいけど、そこはどこだ」

「医学部の生理学研究室だ」

「生理学？」

場所を訊こうと思ったが、すでに電話は切られていた。

外に出て、案内板を頼りに構内を移動した。帝都大学病院なら何度か入ったことはあるが、医学部の研究棟に足を踏み入れるのは初めてだ。建物は新しくて美麗だった。何年か前に建て替えられたばかりだという話を草薙は思い出した。

研究室の入り口で名乗ると、学生が奥に案内してくれた。潜水艦の入り口を思わせる重々しいドアが開いたままになっている。そこから中に入り、草薙はぎょっとした。生理学という言葉からは想像がつかないような巨大な装置が、天井からぶら下がっていたからだ。ロケットのような形をしており、先端部が斜め下を向いている。そしてその下には御厨春菜の頭があった。彼女は緑色の服を着て、ベッドで横たわっている。

そばには湯川とワイシャツ姿の男性がいた。湯川が草薙に気づき、紹介してくれた。男性は医学部の教授だった。この研究室の責任者らしい。

「彼への説明は僕でもできますから、教授は一息入れてきてください」

湯川がいうと上品な顔つきの教授は、「では遠慮なく」といって部屋を出ていった。

草薙は改めて装置を見上げた。「これは一体何だ？　えらくでかいな」

「脳磁計というものだ。脳の中でニューロンに電流が流れると、極めて微弱な磁場が発生する。それを検出する装置だ」

「磁場？　人間の頭からそんなものが出ているのか」

「生体はあらゆる部分から磁気を発している。心臓や筋肉からもね。それらに比べると脳から発せられる磁気は非常に弱い。地磁気の一億分の一というレベルだ。検出するには超伝導材を使ったコイルが必要で、液体ヘリウムで冷却し続けなきゃいけない。だから装置全体がこんなに大がかりになってしまうというわけだ」

「ふうん。これでテレパシーを調べられるのか」

「研究の一環だ。いろいろとやってみないと詳しいことはわからない。――お疲れ様でした。起きてくださって結構です」

湯川にいわれ、御厨春菜がゆっくりと上半身を起こした。草薙を見て、小さく会釈した。

「おまえがテレパシーの存在を認めたと聞いて、正直いって驚いた」

草薙の言葉に湯川は眉をひそめた。

「認めたわけじゃない。研究してみる価値はあると思ったんだ」

「同じようなものだろう」

「まるで違う」

「しかし今回のケースについて、ほかに合理的な説明をつけられないのは事実だろ」

「何をもって合理的と考えるかは人それぞれだ。僕はとにかく御厨さんの頭脳から発せられている信号のようなものが気になっただけだ。その正体を突き止めたいと考えている」

「信号？」草薙は御厨春菜の顔を見た。彼女は気まずそうに俯いた。

「今もいったように脳には磁場が発生する。彼女の場合、それに規則性があるようなんだ。それが何なのか、調べているところだ」

草薙は言葉を失った。そんなものが御厨春菜の脳から出ているというのか。これを間宮にどう説明すればいいだろうと思った。

「写真は持ってきてくれたか。事件の関係者全員の顔写真がほしいといったはずだが」湯川が訊いてきた。

「いや、今日は持ってきていない。とりあえずおまえの説明を聞こうと思ってな」

湯川は不満そうに眉根を寄せた。

「早く事件を解決したいんじゃないのか。なぜそんな効率の悪いことをする？」

「捜査資料は無闇に持ち出せない。プライバシーに関することなら尚更だ」

「しかし彼女は、ある意味目撃者かもしれないんだぞ。そういう人物に関係者の顔写真を見せるのは、君たちの常套手段のはずだ」

「目撃者……なのかな」

「その言葉がふさわしくないなら、別の表現を使ってもいい。とにかく彼女の記憶が薄れないうちに手を打つべきだと思うが」

草薙は指先で眉の横を掻き、改めて御厨春菜のほうを向いた。

「そのことですが、一つ提案があります。似顔絵の作成に協力していただけませんか」

春菜は瞬きした。「似顔絵……ですか」

「そのテレパシーというか……お姉さんが襲われた時にあなたの頭に浮かんだ男の顔を、とりあえず似顔絵にしてみようと思うんです。上司の許可は取れました」

横で湯川が馬鹿にしたように鼻を鳴らした。

「そんな似顔絵を作って、一体どうしようというんだ。テレパシーに基づいて作成した似顔絵だといって公開する気か。世界中が大騒ぎになるだろうな」

「公開はしない。聞き込み捜査の連中に参考資料として持たせるだけだ。現場周辺で目撃された怪しい男の顔だとでもいってな」

「なるほど。仲間さえも欺くわけか」

「仕方がない。御厨さんのテレパシーのことを知っているのは一部の人間だけだ。――お願いできますね」

だが御厨春菜は困惑した顔で、首を傾げた。「それは……無理だと思います」

「無理？　どうしてですか」

「そういうところには入ってないからです」

「そういうところ、とは？」

「僕が説明しよう」湯川が口を挟んできた。「記憶には様々な種類がある。たとえば年を取って人の名前が咄嗟に出なくなる、という話はよく聞くだろ。だけどそういう人たちでも、椅子とか机といった物の名前をど忘れすることはまずない。記憶した内容が収まっている場所が違うからだ。彼女の場合もそうだ。事件発生時に男の顔を頭に思い浮かべたのは確かだが、その記憶を自由には取り出せないんだ」

「じゃあ、忘れてしまったのと同じじゃないか」

「そんなことはない。ある人物の顔を思い出せなくても、写真を見ればその人物かどうかを判断できるってことは、君だってよくあるんじゃないか」

「それは、たしかに……」

「だからいってるんだ。関係者全員の写真を持ってこいと」

草薙は太いため息をついた。

「そんなことといったって、どこまでを関係者と考えればいいんだ」

「どこまでもだ。できるかぎりたくさんの写真を集め、春菜さんに見てもらう。それ以外に解決策はない」

草薙は湯川の顔をしげしげと眺めた。「おまえ、本当にテレパシーを信じているのか」

「そんな先入観は僕にはない。彼女の頭に浮かんだ映像の正体を突き止めたいだけだ。それが真犯人だった場合には、次のステップに移ることになるだろうけどね」

草薙は鼻の上に皺を寄せた。

「今回の事件については、流しの犯行だろうというのが大方の見解だ。関係者の写真を見てもらっても意味がないと思う」

「意味がない……か。この世に意味のない実験などは存在しないんだがね。まあ、君がそんなふうにいうことは予想していた。だからほかの情報源を用意してある」

「ほかの?」

草薙が訊いた時、背後で物音がした。振り返ると、案内してくれた学生が立っていた。

「また一人、お客さんがいらっしゃったんですけど」

「ちょうどよかった。入ってもらってくれ」そういってから湯川は草薙を見た。「ほかの情報源が到着したらしい」

草薙は訝りながら入り口に目を向けた。学生に案内されて入ってきたのは、磯谷知宏だった。

「あっ、刑事さん……」磯谷のほうも驚いたようだ。

「どうしてここに?」草薙は訊いた。

「もちろん、僕が頼んだんだ」湯川が答えた。「例のものは揃いましたか」これは磯谷への質問だ。

「どうにかこうにか」磯谷は抱えていた鞄からUSBメモリーを取り出した。「私たちの周りにいる人間となれば、これでほぼ全員だと思います」

「おい湯川、それはもしかして……」草薙は物理学者とメモリーとを交互に見た。

「磯谷さんにお願いして、御夫婦と何らかの繋がりのある人間全員の顔写真を集めてもらったんだ。君たちは流しの犯行だと決めつけているようだが、顔見知りの犯行だという可能性だってゼロではないだろ?」

「その写真を春菜さんに見せるわけか」

「その通りだ。——あっ教授、グッドタイミングです」

先程の教授が戻ってきたのだ。湯川が磯谷が持ってきた写真のことを手短に説明した。

「では早速始めますか？　無論御厨さんが良ければという話ですが」

教授の言葉を受けて湯川が、「いかがですか」と春菜に訊いた。

「あたしは構いません。すぐにでも始めてください」

「わかりました」湯川は顔を草薙のほうに向けた。「そういうわけで、これからテストを行う。悪いが外に出てくれないか。――磯谷さんもお願いします」

意外な展開に、草薙は戸惑いながら部屋を出た。わけがわからない。

長椅子があったので、磯谷と並んで座った。磯谷は興味深そうに室内を見つめている。

「こういう研究が行われていることは、いつお知りになったのですか」草薙は訊いた。

「二日前です。春菜さんと籐子さんから話を聞きました。その後、ここに連れてきてもらい、湯川先生と会いました」

「驚かれたでしょうね」

「それはもう」磯谷は大きく首を上下させた。「若菜と春菜さんの間に、ふつうの人とは違う特別な心の繋がりがあることはわかっていましたが、まさかここまでとは思いませんでした。だけど、おかげで犯人を突き止められるかもしれない。僕としても、手伝わないわけにはいきません」そういってから彼は、探るような目を草薙に向けてきた。「警察のほうはどうなんですか。何か進展があったんでしょうか」

それを訊かれると辛かった。

「目撃情報などを整理しているところです」とりあえずそう答えた。

「あまり芳しくないようですね」磯谷は表情を曇らせた。「だからこそ、この研究室に期待しているんです、僕は」

草薙が言葉を探していると湯川と教授が部屋から出てきた。分厚いドアを閉め、がっちりとロックをかけた。

「終わったのか」草薙は湯川に訊いた。

「とんでもない。テストはこれからだ」

二人は壁際のデスクに向かった。そこには液晶モニターや様々な操作盤が並んでいる。

「今から御厨さんに、磯谷さんが集めてくださった顔写真を一枚ずつ見てもらう。彼女の記憶に触れるものがあれば、脳磁気に変化が生じるはずだ。――教授、始めてください」

教授は頷き、キーボードを叩いた。液晶モニターに男の顔が映し出された。若い男だ。

「うちのスタッフです」磯谷がいった。「山下といいます」

別のモニターには複雑な形の波形が表示されていた。それが脳磁気というものらしい。

草薙は分厚いドアの前に立ち、円形の窓から中の様子を覗いた。ベッドに横たわった御厨春菜の頭に、例の巨大な装置の先端が押し当てられている。彼女の顔の前にはモニターがある。そこに顔写真が映し出されているのだろう。

もしこの方法で犯人を突き止められたとして、捜査報告書には何と書けばいいのだろう――そんなことを考えた。

顔写真の数は百枚以上あり、テストには約一時間を要した。淡々と作業をこなした湯川たちの表情は最後まで晴れなかった。御厨春菜の記憶が喚起されなかったことは草薙にもわかった。

「どうやら僕が持ってきた写真の中には、犯人はいなかったようですね」磯谷がいった。

「それが犯人かどうかはともかく、春菜さんの頭に浮かんだ人物はいなかったようです」湯川が答えた。「せっかく写真を集めていただいたのに残念です」

いいえ、と磯谷は力なく首を振った。

湯川が草薙に目を移してきた。「今日のテストの結果については御覧の通りだ。何かあったら、こちらからまた連絡する」

わかった、と草薙は答えた。

大学の正門を出たところで草薙は磯谷と別れた。駅に向かって歩きかけた時、携帯電話が鳴りだした。湯川からだった。

「何だ、どうした。忘れ物でもしたかな」

「そうではないが、至急戻ってきてもらいたい。君に渡したいものがある」

6

磯谷知宏が店に出てみると、ストリート・スポーツ用の自転車であるBMXの売り場で、山下が親子連れと思われる客の相手をしているところだった。父親は四十手前、息子は小学生といったところか。

ほかに二人いるスタッフの片方はレジカウンターで俯き、手元で何やらやっている。どうせスマートフォンをいじっているのだろう。もう一人はスケートボードの売り場で佇んでいたが、磯谷の姿を見て、姿勢を正した。「おはようございますっ」挨拶だけは元気がいい。

「どんな感じだ」

「ええと、まあ、こんな感じです」耳にピアスを二つ付けているスタッフは、頭を掻きながら店内を見回した。親子連れ以外に客はいない。特別セールと銘打っているにもかかわらず、だ。

「ネットで広告を打ったのに効果なしか。金をドブに捨てただけだったかな」

「そんな感じですね」ははは、とピアスのスタッフは笑った。磯谷がじろりと睨むと、あわてて手で口を押さえた。

磯谷がストリート・スポーツ専門店の『クールX』をオープンさせたのは二年前だ。スケートボード、インラインスケート、ローラースケート、BMX、そしてそれらを楽しむための備品や靴、ウェアなどを扱っている。開店当初は活況を呈した。ストリート・スポーツ好きの若者はもちろんのこと、ヒップホップ系のダンスや音楽を好むという若者なども訪れた。

ところが客足は徐々に落ちていった。はっきりとした原因はわからなかった。内装を変えたり商品の並べ方を変えたりしたが効果はなかった。

人口が減っているのだ、というのが磯谷の出した結論だった。子供や若者の数自体が減っている。その中でスポーツをする人口となれば、さらに少なくなる。ゲームやスマホのせいだ、と磯谷は考えていた。子供も若者も、バーチャルの中でしか遊ばない。屋外で身体を使って楽しむという発想が最初からないのだ。

だが若菜は違う意見をいった。やり方が悪い、というのだ。

「ほかの店はそれなりに繁盛してる。話を聞いてみたら、そういう店はやっぱり努力してるの。スタッフはよく研究してるし、プロ並みの腕前っていう人も珍しくない。『クールX』のスタッフなんて、趣味に毛が生えた程度でしょ。あれじゃあマニアは来ないと思う」

この台詞を聞いた時には憤慨した。自分のアンティークショップが少しばかりうまくいってるからといって馬鹿にするな、と反論した。それで彼女は黙り込んだのだが。

山下がやってきた。冴えない表情をしている。

「さっきの客、だめだったのか」磯谷は訊いた。「親父が子供に自転車を買ってやるために来たって感じだったのに」

山下は顔の前で手を振った。

「違うんです。息子はもうＢＭＸを持ってるんです。パークにも行ってるみたいで、大会でも良い結果を出してるようなことをいってました。で、いろいろと自慢したくて、店に入ってきただけです。冷やかしですよ。適当に話を合わせて、追い返しました」

磯谷は舌打ちをした。「せっかくのセールだっていうのに、そんなのしか来ないのか」

「まあ、不景気ですからね」山下は気持ちの籠らない口調でいった。

その時、磯谷の携帯電話が鳴った。知らない番号だった。警戒しつつ電話に出てみると、相手は警視庁の草薙だった。

「お忙しいところをすみません。じつは、二、三お尋ねしたいことがあるんです。どこかでお会いできませんか」

「構いませんが、どういった内容でしょうか」

「それはお会いしてからということで。どちらに伺えばよろしいでしょうか。磯谷さんの都合のいい場所で結構です」草薙の口調はやけに丁寧だ。そのことが磯谷に嫌な予感を抱かせた。

待ち合わせ場所はセルフサービスのコーヒーショップにした。磯谷が行くと、草薙はすでに奥の席に座っていた。小さく会釈してくる。磯谷はLサイズのコーヒーを買ってからテーブルに向かった。

「突然申し訳ありません」草薙は腰を浮かし、頭を下げた。

いいえ、と短く答えて磯谷は向かい側に座った。

「先日はお疲れ様でした。さっき帝都大学から連絡があり、今日、もう一度テストをするとのことでした。あなたが集めた顔写真を使って」

「あ、そうなんですか」

磯谷は帝都大学での実験の様子を思い出した。一流大学の学者が本気でテレパシーの研究に乗り出すとは想像外だった。若菜たち姉妹のテレパシーは、それほど強いものだということか。

「それにしても、よくあれだけの写真を集められましたね。どうやって集めたんですか」

「そりゃあいろいろです。これまでに撮った写真の中から拾い集めたり、新たに撮影させてもらったり……」

「新たに撮影？　それはどういう人を選んだんですか」

「そんなのは特に基準はありません。ふだん僕や若菜が出入りしている場所で、片っ端から撮ったんです」

「でも、なかなか会えない人もいるでしょう」

「そういう場合は電話をかけて、こちらから会いに行きました」

「よく撮らせてくれましたね」

「広告を作るのに大量の顔写真が必要なんだといったんです。怪しむ者もいましたけど、頼み込んで撮りました」

「なるほど。それは大変そうだ」

「若菜のためですから、どうってことありません。それより、訊きたいことというのは何でしょうか」

すると草薙は上着の内側に手を突っ込み、「六本木の『バロット』という店を御存じですよね」と訊いてきた。「ビリヤード台のあるバーです。よく行かれるとか」

磯谷の体内で何かが跳ねた。それが表情に出てしまうのを懸命に堪えた。

「あの店が何か?」

「あの店の関係者も撮影されたんですよね」草薙は上着の内側に手を入れたままだ。

「ええ、撮りましたよ。例のメモリーには店員全員の顔写真が入っていたはずです」

「たしかに店員さんの写真はありました。常連客の写真も何枚か。しかし全部ではなかったようですね」

磯谷は唾を呑み込もうとした。しかし口の中はからからだった。

「……どういう意味ですか」

「後藤剛司《つよし》という男性を御存じですね。『バロット』の常連客です。あなたとも顔馴染みだったようですが」草薙は上着の内側から写真を出してきた。スキンヘッドの男が正面を向いた写真だ。

「この人物です」

「あ、いや、たしかに知っていますが顔馴染みというほどでは……」

「そうですか。おかしいな。店員さんの話では、よく勝負をしておられたみたいですが」

磯谷は口元に手を当てた。急激に吐き気を催してきたのだ。全身から冷や汗が出る。

磯谷さん、と草薙は淡泊に呼びかけてきた。

「なぜですか。それほどの間柄なのに、なぜこの人の写真は撮らなかったのですか。あのメモリーの中には入っていなかったようですが」

「それは、顔を合わせる機会がなかったので……」

「でもこの人の電話番号を御存じでしょう？　先程あなたは、会えない場合は自分から会いに行ったとおっしゃいましたが」

磯谷は俯き、口を閉ざした。うまい言い訳が思いつかなかった。

「ひとつ面白いことがあるんです」草薙がいった。「この男、スキンヘッドでしょう？　おまけに卵みたいに奇麗に髭を剃っている。でも少し前までは金髪だったそうなんです。しかも顔中髭だらけという風貌だったらしいです。ところがつい最近になって、髪も髭も剃り落としている。これ、どういうことだと思います？」

視界が狭まっていくような感覚があった。これが絶望というやつかな、などとやけに客観的に考えている。

あいつのせいだ、と後藤の髭面を思い浮かべた。きちんと若菜の息の根を止めておかないからこんなことになった――。

「先日、軽犯罪法違反でこの男を逮捕しましてね、部屋を家宅捜索したんです。すると何が出てきたと思います？　血の付いた革ジャンです。その血を分析したところ、磯谷若菜さん、つまりあなたの奥さんのものに間違いないことが判明しました。今、殺人未遂の容疑で取り調べ中です。本人は、人に頼まれてやった、と主張しているんですがね」

磯谷の両側で同時に人の動く気配があった。顔を上げると、二人の男が彼を挟むように立っている。どちらも刑事のようだ。

「これから先の話は警察署でやったほうがよさそうですね」草薙が朗らかとさえいえる表情でいった。

7

「本当に申し訳ありませんでした」刑事部屋の一角にある応接スペースで、御厨春菜は深々と頭を下げた。

「最初から話していただけますか。いや、その――」草薙は顔をしかめ、手にしているボールペンを振った。「最初というのがいつのことなのかも、こちらにはわかっていないわけですが」

はい、と春菜は頷いた。

「それは今から二か月ほど前のことです。仕事の関係で上京する機会があり、その時、姉に会いに行きました」

「待ってください。前にお尋ねした時、ここ一年は会っていないとおっしゃいましたよね」

「申し訳ございません。嘘をつきました」彼女は再び丁寧に頭を下げた。

草薙は吐息をついた。「その時、何かあったのですか」

「ございました」春菜は静かにいった。「襲われたのです」

草薙は目を見張った。「誰がですか」

「あたしが、です」

真摯な顔つきで彼女が話し始めた内容は次のようなものだった。

その日、磯谷若菜は家にいた。経営している店が内装工事のために休業していたからだ。春菜が連絡すると、すぐに来てくれという。そこで途中でケーキを買い、松濤にある姉の家に向かった。

若菜は久しぶりに会う妹を喜んで迎えてくれた。夫の知宏は出張で、その日は帰らないという話だった。泊まっていけばいいと若菜がいうので、春菜はその言葉に甘えることにした。

事件が起きたのは、午後六時頃だった。若菜に頼まれ、春菜は庭の花木に水をやっていた。磯谷家の庭は裏にあり、通りからは見えない。裏にも邸宅はあるが、塀が高いので覗かれる心配はなかった。

植木鉢の一つ一つに如雨露《じょうろ》で水をやっている時だった。不意に頭から何かを被せられた。視界が真っ暗になった。

恐怖よりも驚きのほうが大きかった。家には自分と姉しかいないという思い込みがある。若菜が悪戯を仕掛けてきたとしか思わなかった。

「ちょっとやめてよ、若菜さん」半分笑いながらいった。

次の瞬間、どんと突き飛ばされた。春菜は尻餅をついていた。何が起きたのか、まるでわからなかった。

頭に被せられているものを取り除いた。黒いビニール袋だった。春菜は周囲を見回した。そばには誰もいなかった。ただ、黒い影がさっと塀の向こうに消えるのを目の端で捉えたような気がした。

春菜は二の腕を触った。その時になって初めて、その部分を強く摑まれていたことに気づいた。何だったのだろう、今のは――。

家の中に戻った。キッチンを覗くと、若菜は料理をしているところだった。彼女は妹を見て、「どうかした？」と訊いてきた。

何でもない、と春菜は答えた。状況をうまく説明できなかった。姉に心配をかけたくないという気持ちもあった。そもそも、自分でも何が起きたのかよくわからないのだ。

二人で食事をし、昔話などに花を咲かせているうちに、もやもやした気持ちも次第に薄れていった。風で飛ばされたビニール袋が、たまたま頭に被さったのかもしれない。それでパニックになって転んでしまったのを、誰かに突き飛ばされたように感じたのだ――そんなふうに思うことにした。実際、何の被害も受けていない。

だがバスルームで服を脱いだ時、鏡に映った自分の姿を見て息を呑んだ。両方の二の腕に、くっきりと痣《あざ》が残っていたからだ。転んだだけで、そんなことになるわけがない。腕を摑まれたように感じたのは錯覚ではなかったのだ。

やはり誰かに襲われたのだろうか。だとすれば、なぜ犯人は突然消えたのか。

そこまで考えて、はっとした。

もしかすると犯人は若菜を襲うつもりだったのではないか。ところが春菜が、「ちょっとやめてよ、若菜さん」といったので、間違えたことに気づき、あわてて立ち去った――そう考えれば筋が通る。

もしそうだとすれば、犯人の目的は暴行でも金品目当てでもないことになる。

黒いビニール袋を若菜の頭から被せ、その後はどうするつもりだったのか。誘拐か。いや、あの庭に侵入することは難しくないが、人間一人を担いで外に出るのは容易ではない。あの時間帯は、まだ人目もある。

やはり若菜の命を奪うことが犯人の目的だったとしか思えなかった。しかし一体誰がそんなことを企むだろうか。

考えを巡らせているうちに気づいたことがいくつかあった。本来ならこの日は、若菜は仕事で家にはいないはずだった。犯人は、彼女の店が臨時休業していることを知っていたことになる。しかも庭にいるところを狙ったのだから、彼女が休日の夕方に水撒きをすることも把握していた可能性が高い。それらの条件を満たす人物といえば、春菜には一人しか思い浮かばなかった。

磯谷知宏だ。

じつをいうならば、春菜は元々あの人物に良い印象を持っていなかった。ただし具体的な理由があるわけではない。所謂《いわゆる》、直感だ。初めて若菜から紹介された時、ああまたこういうタイプなのか、と内心嘆息したのを覚えている。

双子にはよくあることらしいが、春菜と若菜も様々な好みが似ている。食べ物、洋服、アクセサリー――相手が何を選ぶか、顔を見なくても推測がつく。自分と同じだからだ。

ところが男性の好みだけは全く違った。言葉でいえば、どちらも「優しい人が好き」ということになるのだが、何を優しさと感じるのかが違うらしい。春菜は寡黙で地道なタイプが好きだが、若菜は能弁で派手なタイプを選ぶ。それはそれで構わないのだが、春菜の目には若菜の相手は、いつも軽々しい人間のように映った。実際、これまでの相手は、金銭面をはじめ、様々な点で若菜に甘える人間ばかりだった。そのことについて春菜が疑問を口にすると、「わかってるんだけど、ああいうタイプの男を見ると何だか放っておけなくなるのよ」などと若菜はいうのだった。

そして磯谷知宏も、その部類に入る人物のように春菜には思えた。だから結婚すると聞いた時、嫌な予感がした。本当に若菜が幸せになれるだろうかと不安だった。春菜たち姉妹には、親から受け継いだ多額の資産がある。それが目当てのような気がした。

彼等が結婚してから三年が経つ。どんな生活を送っているのか、正確なところを春菜はよく知らない。若菜があまり話してくれないからだ。若菜は、自分の夫について妹が良い印象を抱いていないことを知っている。その夜にしても知宏の話題が出ることは殆どなかった。

もしかすると夫婦の間に何らかの亀裂が入っているのではないか。そのことが昼間の出来事に関係しているのではないか。

春菜は自分自身の推理に動揺した。とてもほかの人間に、とりわけ若菜に話せる内容ではなかった。あなたの夫があなたを殺そうとしているのではないか――どんな顔をして、切り出せばいいのか。しかも知宏にはアリバイがあった。その日は出張で沖縄にいたのだ。

結局若菜には何もいえぬまま、春菜は自宅に戻った。妹の様子がおかしいことに若菜は気づき、心配する言葉をかけてくれたが、「疲れただけだから」という答えで押し通したのだった。

春菜の悩みの日々が始まった。若菜の身に何かあるのではないかと不安は増すばかりだ。

耐えきれず、思い立った時に電話やメールで無事を確認してみるが、若菜に不審に思われてもまずいので、あまり頻繁にはできない。

そんな彼女の異変に気づいた人間がいた。同居している叔母だ。

「春菜さんの様子がおかしいことには気づいていました。でも東京でそんなことがあったとは夢にも思いませんでした」春菜に替わって草薙の前に座った御厨籐子は、小さく首を横に振りながらいった。

「春菜さんによれば、彼女に代わって若菜さんに電話をおかけになっていたとか」

草薙の問いに、籐子は頷いた。「最初は今月五日の夜でした」

「五日？　よく覚えておられますね」

「その日は、私が楽しみにしていた本の刊行日で、昼間に届いたんです。就寝前にそれを読んでいる時、春菜さんが部屋にやってきて、不吉な予感がするから若菜さんに電話をかけてほしいといいだしました。自分でかけたらといったんですけど、何だか怖くてできないんだと」

「それでかけてみたんですね」

「かけました。でも若菜さんは元気そうで、何も問題はありませんでした」

「その後も何度か、若菜さんに電話をかけるように頼まれたわけですか」

「そうです。毎日のように頼まれました。それで私は若菜さんではなく、春菜さんのことが心配になってきました。軽いノイローゼではないかと疑いました。だから実際には若菜さんに電話をかけなかったのですけど、かけた、と春菜さんにはいっておきました」

「でも、あの夜は違ったんですね。事件が起きた夜は」

篠子は、ゆっくりと頷いた。

「いつものように春菜さんが、今すぐに若菜さんに連絡を取ってほしいと頼んできました。居間に二人でいる時だったので、ごまかしようがありませんでした。仕方なく若菜さんに電話をしたところ、呼び出し音が鳴るだけです。それで私も気になって知宏さんに電話を……後は以前にお話しした通りです」

「でもあなたは嘘をつきましたね。若菜さんに電話をするよう春菜さんから頼まれたのは、あの夜が初めてだと」

申し訳ございません、と御厨篠子は頭を下げた。

「事件を知り、春菜さんを問い詰めました。なぜ若菜さんに危険が迫っていることを知っていたのか、それをどうして隠していたのか、と。彼女はようやく重い口を開いてくれましたが、その内容に驚きました」

「磯谷知宏――若菜さんの夫が犯人ではないか、というわけですね」

「まさかと思いました。ただ春菜さんの話を聞いてみると、たしかに頷けるのです。でも知宏さんには今回もアリバイがあります。若菜さんが襲われた時、別の場所にいました」

「その通りです」

「私たちは迷いました。知宏さんへの疑いを警察に話すべきかどうか。もし若菜さんが助からないということであれば、躊躇いなく話していたでしょう。でも彼女が意識を取り戻した時のことを考えると決心がつきませんでした。もし知宏さんが犯人でなかったら、彼を疑った私たちを、若菜さんは一生許さないだろうと思ったのです。悩んだ末、とりあえず警察には話さず、様子を見ようということになりました」

草薙は顔をしかめた。「話してほしかったですね」

「申し訳ございません。でも、事件が解決すればいいというものではないのです。あの姉妹にだって、今後の人生というものがございます。二人が仲違いするようなことは避けたかったのです」

「では、あれは何のためですか。テレパシーを感じるという嘘をついた目的は」

「あれは春菜さんのアイデアでした。もし知宏さんが犯人だとしても、彼にはアリバイがありますから、実行したのは共犯者ということになります。その人物の顔をテレパシーを通じて見たといえば、きっと知宏さんは何らかの動きを見せるだろうというのです。もしかしたら次は私を狙うかもしれない、と春菜さんはいいました」

「あなたは、そのアイデアに乗ったわけですか」

「危険だとは思いました。でも命を賭けてでも真相を突き止めたいという春菜さんの決意は固くて、翻意させられませんでした」

「おかげでこちらは振り回されました」

「本当に何とお詫びすればいいのか……言葉もございません。でも、あの方を紹介していただいて本当に助かりました」

「あの方というのは……」

「もちろん、湯川先生です」籐子は口元を綻《ほころ》ばせた。「帝都大学の物理学研究室に連れていかれた時には緊張しました。私は春菜さんにやめたほうがいいといったんです。でも彼女は、テレパシーの存在を主張している以上、逃げるわけにはいかないといって……。仮にどんなテストをされようとも、姉の考えが伝わってくると主張すればいいだけだといっておりました。どれほど優秀な科学者でも、テレパシーの存在を否定することはできないはずだからって」

草薙は首の後ろを擦った。「いい度胸をしている」

「でもあの方――湯川先生はもっと上手《うわて》でした。何しろ、すぐに私たちの嘘を見抜いたのですから」

「すぐに？」草薙は聞き直した。「初めて会った時に、ですか」

「そうです。それだけではありません。私たちに、もっと良い知恵を授けてくださったんです」

8

草薙が第十三研究室を訪れると、湯川は部屋の中央にある作業台に向かい、竹を編んで作られた籠を大きな鋏で切っているところだった。草薙が入ってきたことに気づいていないはずはなかったが、振り返ろうとしない。

「何をしているんだ」声をかけてみた。

案の定、湯川は驚いた素振りを見せず、「学生たちに説明するための模型を作っている」と乾いた口調でいった。

「その竹籠みたいなものが模型なのか」

「みたいなものではなく、竹籠そのものだ。新しく開発した磁性体の結晶構造がこれとそっくりなので、模型に転用することにしたというわけだ」

草薙は腕組みをし、そばの椅子に腰を下ろした。「本来の物理学研究に戻ったらしいな」

「妙なことを。寄り道をしていた覚えはないが」

「あれは寄り道じゃないというのか。テレパシーの存在を確認する実験とやらは。いや、芝居といったほうがいいかな」

湯川は片側の頬を緩ませると流し台に向かった。薬缶《やかん》に水を入れ、コンロで火にかけた。いつものようにインスタントコーヒーを振る舞ってくれるらしい。草薙はさほど飲みたくもなかったが、馳走になることにした。

「多少誤解があるようだから弁明しておくが」湯川はいった。「生体から発せられる磁気や電磁波には謎が多く、以前から一度調べてみたいと思っていた。幸い今回、そういう機会が得られたので、医学部の教授に協力してもらい、データを取ってみたというわけだ。忘れているかもしれないが、僕はテレパシーなどという言葉は一度も使っていない」

草薙は椅子をくるりと回し、下から湯川を睨んだ。

「そんな屁理屈でいい逃れられると思っているのか。警察を騙しておいて」

「騙してなどいない。君たちが勝手に誤解しただけだ。もっとも――」湯川はマグカップを並べ、肩をすくめた。「敢えて隠していたことがあったのは事実だ。その点は認める。しかし法律違反ではないはずだ」

「それだ。そのことを聞きたい。なぜ俺に隠していた」

「御厨さんたちから話を聞いてないのか」

「大まかなことは聞いた。だけどおまえからも詳しいことを聞いておく必要がある。彼女らの話に矛盾がないかどうかを確認するためだ」

薬缶の湯が沸いた。湯川はインスタントコーヒーの粉をスプーンでマグカップに入れ、そこへ湯を注いだ。いい香りが草薙のところまで漂ってきた。

「初めて春菜さんと会った時、彼女は僕にいった。自分と姉の意識は今も繋がっている。見かけ上は意識不明でも、彼女の脳は活動していて、様々なメッセージを送ってくる。その意味を読み取れないのは悔しいけれど、今も彼女が苦しんでいることだけはわかる——」湯川は二つのマグカップを持ってきて、一つを草薙の前に置いた。

「そうらしいな。内海から聞いたよ。びっくりする話だった」

「あの話を聞いた時、すぐに彼女が嘘をついていると思った」

「なぜだ。科学的にありえないからか」

「科学ではなく心理の問題だ。今も姉が苦しんでいることだけはわかる——考えてみろよ。そんな時に、呑気に物理学者の好奇心に付き合っていられるだろうか。病院に駆けつけ、四六時中そばにいたいと思うのがふつうじゃないか？　テレパシーの存在が証明されようが否定されようが、彼女にはどうでもいいことのはずだからな」

草薙はマグカップを手にしたままで口を半開きにした。「たしかにそうだ」

「だから僕は疑問に感じた。なぜこんな嘘をつくのだろう、とね。そこで立てた仮説は、春菜さんにはお姉さんとテレパシーで繋がっていることにしなければならない何らかの事情があるのではないか、というものだった」

「それで本人たちに直接訊くことにしたわけか」

「その通りだ。単なる悪戯だとは思えなかったからね」

「簡単な実験をするといって、二人を別室に連れていった時だな。内海によれば、脳から出る電磁波を測定したとかいう話だったが」

湯川はコーヒーを啜り、くすくす笑った。

「そんな装置はない。元々テレパシーには懐疑的だったから、ろくな準備をしていなかった。そもそもその部屋は資料室だ。実験室じゃない」

「春菜さんたちから聞いたよ。検査をするといったのに、何もなかったから驚いたといっていた。内海を遠ざけるための嘘だったわけか」

「警察の人間がそばにいたのでは本当のことを話しにくいだろうと思ってね。別室に行ってから、僕は春菜さんたちにこういった。何か隠していることがあるなら正直に話してください。警察には無論のこと、決して誰にも口外しないし、協力できることがあれば協力します。もしテレパシーが存在しているように見せかけたいのなら、事情によってはお手伝いしましょう、と」

「そこまでいったのか」

「正直いうと僕自身が知りたかったんだ。なぜ春菜さんにお姉さんの危機が察知できたのかをね。何らかのトリックがあるはずだと思った」

「それで彼女たちは……」

うん、と湯川は顎を引いた。

「春菜さんと叔母さんは顔を見合わせた後、どちらからともなく口を開き始めた。その内容については、すでに二人から聞いただろう？」

「それはまあな」

湯川は頰を緩めた。

「手品の種は単純だった。春菜さんは毎晩のように若菜さんの身を案じていた。つまりテレパシーでも何でもなかったわけだ。しかしそれを利用した次の一手には感心した。襲った相手の顔をテレパシーで受け取った——もし本当に被害者の夫が犯人なら、どんな反応を示すか僕も興味が湧いた」

「だから協力することにしたわけか」草薙は友人の顔を睨んだ。「俺には黙って」

「口外しないと約束した以上、君にも話すわけにはいかなかった。ただ、彼女たちの話を聞いていて、今のままでは事態が進展しないようにも思った。だから提案したんだ。どうせやるなら徹底的にやりましょう、僕も協力しますから、とね」

「それがあの生理学研究室での大がかりなデモンストレーションだったというわけか。あそこまでやる必要があるかねえ」

「あそこまでやらないと磯谷知宏は春菜さんの話を本気にしなかっただろうし、彼女が姉からテレパシーで受け取ったという記憶を恐れなかったんじゃないかな」

草薙は口元をゆがめた。「それは……そうかもな」

「大事なことは、犯人たちにテレパシーは存在するらしいと思い込ませることだった。その前提があってはじめて罠を仕掛けられる。それもまた君に話さなかった理由の一つだ。誰かを罠に嵌めることを警察が黙認したら問題だろ？」

「たしかに相談されていたら困っただろうな」

あの日、実験の後で草薙は湯川から電話で呼び戻された。そして手渡されたのは、磯谷が持参してきたＵＳＢメモリーだった。

「一般人の磯谷さんに、周辺の人間全員の顔写真を集められたかどうかは怪しい。だから君のほうで抜けている人物がいないかどうか、確認してくれないか」湯川はそういったのだった。

なぜそんなことを、と草薙が尋ねると湯川はさらにいった。

「もし抜けている人物がいるのだとしたら、なぜ抜けていたのか。磯谷さんの単なるミスか、それとも意図的か。それをはっきりさせたい」

意図的、というところを強調していった。

その言葉で草薙はぴんときた。湯川は磯谷知宏を疑っているのだ。おそらく春菜たちから何かを聞いているのだろう。

間宮と相談し、翌日から何人かの捜査員に磯谷知宏の周辺にいる人物を洗わせた。さほど難しいことではない。ＵＳＢメモリーに入っている写真と照合するだけのことだ。声をかける必要はない。探すのは磯谷が写真に撮らなかった人物だ。

こうして見つかったのが後藤剛司だった。定職に就かず、最近まではホステスのヒモのような生活を送っていた。その女性と別れ、金に困っているという噂だった。

決定的だったのは、最近になって髪や髭を剃ったことだ。磯谷から話を聞き、春菜の、つまり若菜の記憶に自分の顔が残っていると思ったからではないのか。

血痕の付いた革ジャンという証拠が見つかったことで、後藤はあっさりと白状した。凶器のハンマーは川に捨てたらしい。そしてやはり首謀者は磯谷知宏だった。

「若菜さんが死ねば磯谷には三億円以上の遺産が入る。その中から一千万円を支払うことで殺人を請け負ったんだそうだ。全く、人の命を何だと思ってやがる」マグカップを持ったままで草薙は吐き捨てた。

「旦那の目的は金か？」湯川が訊いた。

「一言でいうとそういうことになる。磯谷の店は若菜さんの援助で辛うじて保ってたそうだが、旦那のあまりの無能ぶりに呆れた彼女が、最近では離婚を口にするようになっていたらしい。磯谷には浮気の前科もあって、裁判でも勝てそうになかった」

「だからその前に殺してやれ……か。何と安易な発想だ。しかしまあ、そういう男だったから、今回の罠にも引っ掛かったんだろうが。ところで若菜さんの容態はどうなんだ」

「それについては朗報がある。徐々に回復に向かっていて、間もなく意識が戻るんじゃないかということだ」

「それはよかった。病院に行ったのか？」

「いや、ここへ来る途中、春菜さんから電話があった。彼女から聞いたんだ」

春菜の弾んだ声は、まだ草薙の耳に残っていた。彼女はこういったのだ。

「今朝目が覚めたら、頭の中がものすごくすっきりしているんです。昨日までは靄《もや》が立ちこめたようになっていたんですけど、風が吹いたみたいに奇麗に消えています。きっと若菜さんの脳の状態がこうなんだと思います。彼女、きっと目を覚まします」

その話を聞いた湯川は眼鏡を外し、辛そうに口元を歪めた。

「希望的観測に基づく自己暗示、といったところかな。脳磁計での実際の結果は、春菜さんも一般人と全く変わらないというもので、そのことは彼女にも話したんだけどなあ」

「テレパシーはないってことか」

「それらしきものは観測できなかった。何ひとつね」

その時だった。草薙の携帯電話がメールを受信した。春菜からだった。その文面を見て、思わず目を剝いた。

『ついさっき、若菜さんの意識が戻りました。記憶もあるそうです。よかった。』

草薙が呆然としていると、「どうした?」と湯川が尋ねてきた。「事件か?」

さてこの事実を、すまし顔の物理学者はどのように受け止めるか――。

草薙はわくわくしながらメール画面を湯川のほうに向けた。

第四章

猛射つ

うつ

1

帝都大学理学部には長い歴史がある。建物に足を踏み入れた瞬間、空気の匂いが違う、と古芝《こしば》伸吾は感じた。無論、カビや埃の臭いがするという意味ではない。古い博物館や美術館を想起させる、格調のある香りが漂っているように思うのだ。もっとも、年季を感じさせる壁や床、そして天井の程よい傷みや汚れが、そんなふうに錯覚させているだけかもしれなかったが。

前方から二人の学生が歩いてきた。どちらも明らかに伸吾より年上だった。真剣な顔つきで何やら話し合っている。すれ違う時、彼等は伸吾に見向きもしなかった。高度な研究内容について議論していたのではないか。そんなふうに想像した。ここでは誰もが優秀な先輩科学者に見える。

階段を上がり、廊下を歩いた。やがて目的のドアが見つかった。第十三研究室と書かれた札が出ている。ドアには行き先表示板が付けられていた。それを見るかぎりでは、伸吾が会いたい人物は在室中のようだ。

深呼吸を一つし、ドアを開けた。まず目に飛び込んできたのは作業台だ。その向こうに二人の人間がいる。白衣を着た人物は机に向かっていて、その横に学生らしき若者が立っていた。伸吾からは、どちらの顔も見えない。

「あの、すみません……」遠慮がちに声をかけた。

学生らしき若者が伸吾のほうを向いた。だが白衣の人物は小さく片手を上げただけだ。

「ちょっと待っててくれ。順番だ」低くよく通る声だった。伸吾の耳に懐かしく響いた。

彼は部屋に入り、ドアを閉めた。立ったまま、二人のやりとりを聞いた。どうやら若者は注意を受けているようだった。

「とにかく、こういうミスは今後気をつけるように。どんなに簡単な計算でも、必ず自分でやってみて、結果を確認することだ。人が出した結果になんか振り回されるな」白衣の人物が厳しい口調でいう。

若者は、わかりました、と首をすくめて答え、少し消沈した様子で部屋を出ていった。それを見送ってから伸吾は白衣の背中に向かって、あのう、と声を発した。

「君で五人目だ」白衣の人物が指を広げた。「ほかの者にもいったが、レポートの期限については変更できない。半年も前から予告しておいたことだ」

「レポート?」伸吾は頭を掻いた。「ええと、それはどういう……」

「違うのか」くるりと椅子を回転させ、白衣の人物がこちらを向いた。その瞬間、やや険しかった顔が、虚を衝かれたように緩んだ。「おっ……」

「湯川先生、お久しぶりです」伸吾は笑顔を作り、頭を下げた。

「君は、たしか……」白衣の人物——湯川が人差し指を向けてきた。「古芝君。そうだ、古芝伸吾君だ」

「そうですっ」勢いよく答えた。名字だけでなく、下の名前も覚えていてくれたことが嬉しかった。

「久しぶりだなあ。どうしてここに？　あっ、もしかすると……」

はい、と大きく頷いた。

「おかげさまで、合格できました。工学部機械工学科です」

「そうかっ」湯川の目が、眼鏡の向こうで見開かれた。「それはよかった。おめでとう」

湯川は立ち上がり、片手を差し出しながら近づいてきた。伸吾はジーンズで手のひらの汗を拭いてから、握手に応じた。

「あれは一年前になるかな」湯川が尋ねてきた。

「そうです。高校の春休み期間中でしたから、一年と少し前です。すみません、連絡しなきゃと思っていたんですけど」

「そんなことは構わない。受験勉強で忙しかったんだろう。それより、あれからどうなった？　入部希望者は現れたのか」

「二人入りました。今年も一年生が一人入ったそうです」

「それはよかった。とりあえず廃部の危機は脱したということか」

「どうにか。湯川先生のおかげです」

「僕は大したことはしていない。君の努力の賜《たまもの》だ」湯川は小さく手を振り、流し台に向かった。

「時間はあるんだろ？　コーヒーでも淹れよう。いや、それより学食に行こうか。じつはまだ昼食を摂ってないんだ」

「いえ、残念ながら、これからバイトなんです。ファミレスで」

「バイト？　昼間から？」

「いつもは夜ですけど、今日は土曜日なので」

そうか、と湯川は小さく頷いた。「やはり、いろいろと苦労が多そうだな」

「いえ、平気です。以前お話ししたと思いますけど、うちは姉が頼りになりますから」

「お姉さん……そうだったな」

「また来てもいいですか」

「もちろんだ。歓迎するよ。今度は、もう少しゆっくりと話したいな」

「バイトのない時に来ます」

「うん、そうしてくれ」

「ではまた。お邪魔しました」伸吾は頭を下げ、ドアに向かった。すると、古芝君、と湯川が呼びかけてきた。伸吾は足を止め、振り返った。

「ようこそ帝都大学へ」湯川はいった。「がんばれよ」

はいっ、と伸吾は力強く答えた。

理学部の建物を出たところで、大きく吐息をついた。身体が少し熱い。まだ緊張が残っているせいだ。久しぶりに恩人と話せ、興奮していた。

あの物理学科の准教授は、伸吾の高校の先輩だ。といっても二十歳以上も離れているから、大先輩ということになる。

知り合ったきっかけは、伸吾が手紙を書いたことだった。当時、高校二年の三学期終了を前に彼は焦っていた。理由はほかでもない。所属しているサークルの部員が、三年生の卒業後には彼一人になってしまうのだった。

　そのサークルは『物理研究会』といった。様々な物理実験を楽しもうという、所謂科学オタクたちの集まりだが、近年は入部希望者が殆どいなかった。

　四月になれば新入生が入ってくる。彼等に対して何か魅力的なパフォーマンスをすれば入部希望者が現れるのではないか、と考えた。しかし良いアイデアは浮かばなかった。いや、アイデアはあっても、予算がないのだ。顧問の教師に相談してみたが、難しい顔で考え込むばかりで、まるで頼りにならなかった。

　困った末に思いついたのが、ＯＢに助けを求めるという方法だった。名簿を調べ、協力してくれそうな人物を探すことにした。とはいえ、名前や肩書きを見ただけでは、誰が力を貸してくれそうかはわからない。結局、連絡のつくＯＢ全員に、窮状を訴える手紙を出した。

　だが色よい返事はなかなか来なかった。それどころか、多くの手紙が届け先不明で戻ってきた。古い名簿は、使い物にならなくなっていたのだ。

　諦めかけていた時、手紙に記したアドレスにメールが届いた。相手のドメインに、思わず目を見張った。帝都大学を示すものだったからだ。

　そのメールを送ってきたのが湯川学だった。文面を読み、伸吾は暗闇の中で一筋の光を見つけたような気になった。『物理研究会』廃部の危機を回避するためなら一肌脱いでもいい、という内容だった。

　三月に入って間もなくのある日、湯川が高校にやってきた。物静かではあるが、締まった体つきで、若々しさを全身から発している人物だった。聞けば高校時代にはバドミントン部にも属していたという。何となく、もっと年配の、しかもスポーツとは無縁の人物を予想していただけに意外だった。

湯川は新入生相手のパフォーマンスのアイデアを、いくつか用意してくれていた。それらはどれも魅力的だったが、そのうちの一つを伸吾は選んだ。電流と磁界を使った実験装置だった。それが一番インパクトがあると思ったからだ。ただし製作は困難で、予算もかかりそうだった。だがここでも湯川が助けてくれた。極力手伝いに来るし、大学で余っている機材を回してくれるというのだった。

高校が春休みに入ると、本格的に製作を始めた。湯川も時々やってきては、様々なテクニックやノウハウを伝授してくれた。科学には強いと自負していた伸吾だったが、湯川の知識と経験の豊富さには舌を巻いた。彼と一緒にいると、新たな発見の連続だった。

その「装置」が完成すると、試験を行い、湯川のアドバイスを参考に改良を加えていった。春休みの後半には、それはほぼ完璧な形に仕上がっていた。自分でも満足のいく出来映えで、湯川も、「うちの学生でもこれほど上手くは作れない」と褒めてくれた。

四月になると、湯川は来てくれなくなった。三か月ほどアメリカに行くことになったらしい。「新入部員勧誘に成功することを祈ってるよ」それが最後の言葉だった。

湯川に話したように、この「装置」によるパフォーマンスのおかげで部員勧誘には成功した。だがアメリカの連絡先がわからず、そのことを湯川には伝えられなかった。そのうちに受験勉強が忙しくなり、疎遠になってしまったのだった。

しかし湯川のことを忘れたことはなかった。それどころか、彼に憧れる気持ちが勉強時の集中力を高めてくれたといえる。志望は帝都大学、それ以外には考えられなかった。ただし物理学科ではなく、機械工学科を目指した。そちらのほうが就職しやすいと考えたからだ。伸吾は湯川に憧れてはいたが、自分が学者タイプでないことはわかっていた。

伸吾には、尊敬する人物がもう一人いた。それは彼の亡き父親、恵介だ。重機を扱うメーカーの技術者だった。恵介は、「科学を制する者は世界を制す」を口癖にしていた。

「オリンピックが良い例だ。ただ身体を鍛えるだけでは勝てない。健康管理にトレーニング、テクニック、戦術、道具、スパイク、水着――スポーツ科学を極めた者にしか勝利は与えられない。根性論や精神論なんてナンセンスだ。いや、精神さえも突き詰めれば脳科学の話だ。逆にいえば、科学を味方につけた者は無敵だ。どんな夢さえも叶う」夕食時の晩酌のビールが進むと、恵介はいつもこんなことをいった。

また始まったよと思いつつ、伸吾はそんな父の話を聞くのが嫌いではなかった。いつしか彼自身も科学に興味を示すようになっていた。

湯川のいる帝都大学で科学をしっかりと学び、父親のような優秀な技術者になる、それが現時点での伸吾の目標だった。

大学の門から外に出た時、携帯電話が着信を告げた。着信表示は「秋穂」となっている。伸吾の姉だ。一緒に暮らしているが、昨夜は帰ってこなかった。珍しいことではないので、特に気にもしていない。

「ほーい、どうしたー？　無断外泊女めー」おどけた声でいった。

だが返事はすぐには聞こえてこなかった。何かを躊躇《ためら》う気配があってから、もしもし、と男の声がいった。

どきりとした。着信表示を見間違えたのかと思った。

答えないでいると、もしもし、と再び男はいった。「古芝伸吾さんですね」

「え……あ、はい、そうですけど」混乱した。なぜ相手は自分の名前を知っているのか。

「自分は警察の者です」

「はあ？」

じつは、といってから少し間を置き、相手の男は続けた。「古芝秋穂さんがお亡くなりになりました」

その言葉は、一旦伸吾の脳を素通りした。何を聞いたのか、わからなかった。

「もしもし。聞こえますか？　古芝秋穂さんが――」男は先程と同じ台詞を繰り返した。

頭の中が真っ白になった。

2

車から降りると身体が震えた。雛祭りを過ぎたというのに、まるで真冬の気温だ。

「ううー、寒い。どうして今年は、いつまでもこんなに寒いんだ。暖冬が恋しいねえ」首をすくめて歩きだしながら草薙はいった。

「そんなことをいったら、湯川先生に叱られますよ」同行してきた内海薫が、草薙の友人の名前を出した。「あの方は地球温暖化を本気で心配しておられますから」

「ふん、温暖化の原因を作ったのは、奴ら科学者だってのに」

「それは認めておられるみたいです。だから科学者は反省すべきだと」

「へえ、珍しいな」

「どんなに素晴らしい科学技術を生み出しても、使う人間が愚かだと世界はだめになる。そのことを肝に銘じなきゃいけないと先日いっておられました」

「まっ、あいつのいいそうなことだな」

問題のマンションは向島にあった。入り口に数名の警官が立っていて、出入りする人間をチェックしている。居住者にとっては迷惑な話だろう。

「古いマンションだなあ。オートロックじゃないのか」草薙は建物を見上げ、ため息まじりにいった。灰色の壁にひびが走っている。

「防犯カメラは期待しないほうがよさそうですね」内海薫が草薙の考えていることを口にした。

現場は三階の一室だった。鑑識の主立った仕事は一通り終わっているということなので、草薙たちも中に入った。遺体はすでに運び出されている。

「お疲れ様です」先に来ていた後輩刑事の岸谷が、ひょいと頭を下げた。

「すごい部屋だな」室内を見回し、草薙はいった。

間取りは1LDKだが、居間部分は大半が事務所として使用されていた。壁にスチール棚が置かれ、ファイルや書物が並べられていた。事務机は、パソコンの前以外は本や書類でいっぱいだ。足元にも同様のものが積まれている。椅子の背もたれに、皺だらけのワイシャツが掛けられていた。

隅に置かれたダイニングテーブルは二人で使うのがやっとという小ささで、ウーロン茶のペットボトルと紙コップ、そして週刊誌とデジタル式の目覚まし時計が載っていた。

被害者は長岡修という三十八歳の男性だと岸谷はいった。

「トレーナーにジーンズという格好でした。財布は盗まれておらず、中に免許証が入っていました。名刺入れも見つかっておりまして、フリーライターを職業にしていたようです」

「遺体を見つけたのは？」

「交際していた女性です。二日前から連絡がなく、メールを送っても返事がないので、気になって見に来たところ、倒れているのを見つけたということでした。合鍵を持っていたそうです」

「ふうん」草薙は人の形に紐が置かれている床に目を落とした。「今、その女性は？」

「病院です。ショックが大きく、話ができる状態じゃないそうです」

だろうな、と納得した。「よく警察に通報できたものだな」

「一一〇番するのが精一杯だったようです。泣くばかりで住所もいえなかったとか」

「それでどうしたんだ」

「幸い、この部屋の固定電話からかけていたので場所を特定できたようです。近くの交番から警官が駆けつけ、事態を把握したというわけです」

「なるほど」草薙は机の隣に目を向けた。キャビネットの上にファクスが載っている。仕事柄、固定電話も必要なのだろう。「死因は？」

「絞殺のようです。背後から絞められた痕が残っていました」

「凶器は？」

「見つかっておりません。鑑識さんの話では、幅の広い布、ネクタイではないかということでした」

「犯人が持ち去ったってことか」

「おそらく」

「指紋は？」

「被害者でない人物のものがいくつか見つかっています。ただ、ところどころに布のようなもので拭いた跡があるそうです。テーブルの上とか」

草薙は顔をしかめ、鼻の上に皺を寄せた。指紋から犯人を特定するのは無理のようだ。

内海薫が若い鑑識課員とパソコンの前で何やら話していた。彼女の手には小さなメモリーカードがあった。

「何だ、それ」草薙は訊いた。

「パソコンの横に置いてあったんです。たった今まで見ていたように。中身を確認してもらっていいですか」

「やってもらおう」

草薙がいうと、鑑識課員は内海薫から受け取ったメモリーカードをパソコンにセットし、慣れた手つきでキーボードを操作した。やがて液晶モニターに、奇妙な映像が映し出された。

「何だ、これは」草薙は思わず呟いていた。

画面はやけに薄暗かった。映っているのは倉庫のような建物だ。灰色の壁が見える。人の姿はない。

「場所はどこでしょうね」

内海薫の疑問に、さあ、と草薙が気のない返事をした時だった。突然、画面の中心が白くなった。煙が舞っている。

「何だ？」草薙は画面に顔を近づけた。

やがて煙が薄くなってきた。建物がぼんやりと見えてくると、あっと内海薫が声を漏らした。

建物の壁に穴が開いていた。

3

向島署に特別捜査本部が開設されることになった。殺人事件であることは明らかだったからだ。部屋のドアは施錠されていたが、室内から鍵は見つからなかった。被害者を殺した犯人が、遺体の発見を遅らせるために施錠したと考えるのが妥当だった。

死因は窒息死。死後四十時間から五十時間といったところだという。繊維の跡などから、やはり凶器はネクタイの可能性が高いらしい。

「室内で背後から絞殺か。さほど争った形跡もないようだから、隙をついていきなり襲ったということか。間違いなく顔見知りの犯行だな」草薙の上司である間宮が、そういって太い腕を組んだ。

「計画性はどうでしょう？」草薙が訊く。

「どうだろうな」

「俺は衝動的な犯行だという気がします」

「ほう。その根拠は？」

「椅子の背もたれに、脱いだワイシャツが掛けられていました。ところがネクタイは見当たりませんでした。ワイシャツは脱ぎ捨てたままで、ネクタイだけきちんとしまうっていうのは、あまり考えられません。犯人が犯行に使った後、持ち去ったのではないかと思います。つまり犯人は事前に凶器を用意していなかったということです」

間宮が、しげしげと草薙の顔を眺めた。「なかなか鋭いじゃないか」

「断定はできませんけど」

「いや、その説に一票だ。問題は動機だな。部屋で会うほど顔見知りの人間が、衝動的に相手を殺すっていうのは、どんな時だ」

「何か計算外のことをいわれた時とかでしょうね。脅されたとか」

「被害者が犯人を脅したというのか」

「たとえばの話です」草薙はいった。「フリーライターという職業柄、他人の秘密を知る機会も多かったんじゃないですか」

「なるほど。最近、どんなネタを追ってたか、まずはそれを明らかにすることだな」間宮は鼻毛を抜こうとした。抜き損ねたらしく、痛みに顔をしかめている。

「岸谷と内海たちに被害者が残した資料を当たらせます。かなりの量ですから、所轄さんたちの手も借ります」

「それでいい。で、おまえは？」

「被害者の恋人に会ってきます。話ができるようになったそうですから」椅子の上に置いてあったコートに手を伸ばした。今日も外は寒そうだ。

被害者である長岡修の交際相手は、渡辺清美といった。すでに退院していて、草薙は彼女の自宅の近くにあるコーヒーショップで対面した。仕事は美容整形外科の受付で、長岡とは取材を通じて知り合ったのだという。

「何が何だかわかりません。彼が死んだなんて、今でも信じられません。一週間前は、すごく元気だったんです。久しぶりに大きな仕事ができそうだって張り切ってたんです」渡辺清美はあまり顔色が良くなかったが、目元だけをピンク色に染め、強い口調でいった。どうしてもわかってもらいたい、という気持ちが言葉に籠っていた。

「大きな仕事？　その内容を具体的にお聞きになりましたか」

渡辺清美は眉間に皺を寄せ、首を振った。

「仕事のことは、あまり話してはくれませんでした。聞いても楽しくないだろうからといって」

「そうですか。楽しくない……ねえ」

意外ではなかった。長岡がトップ屋なら、取材内容は社会の暗部であることが殆どだろう。恋人に聞かせても盛り上がらない。

ただ、と渡辺清美はいった。「最近、少し妙なことを訊かれました」

草薙は身を乗り出した。「どんなことですか」

「大賀《おおが》仁策《じんさく》のことをどう思うかって……」

「大賀仁策？」

無論、草薙も知っている名前だ。大物代議士で、元文部科学大臣だ。与党内でも発言力が強く、次期総理候補などといわれている。

「どう思うって、それはどういう意味ですか」

渡辺清美は首を振った。

「わかりません。政治のことはよく知らないんです。だから何とも思わない、興味ないって彼にはいいました」

「すると長岡さんは何と？」

「ああそうかといって笑ってました」

「ほかに何か変わったことは？」

草薙の質問に対し、渡辺清美は額に手を当てて考え込んでいたが、結局は力なくかぶりを振った。「特に思いつくことはありません」

「長岡さんは仕事柄、多少危険な取材もしておられたのではないですか。そういった類いの話を聞いたことは？」

「ありません。もしかしたらそういうこともあったかもしれませんけど、あたしは聞いてませんし」少し苛立った口調で渡辺清美はいった。質問されるのが煩わしいのではなく、恋人のことをろくに知らなかった自分に腹を立てているようだった。

「では最後にもう一つだけ。取材をする時などに、長岡さんが必ず持っておられたものについて、何か覚えておられませんか。たとえば手帳とかデジカメとか」

ああ、と渡辺清美は口を小さく開いた。

「手帳は持っていました。黒いカバーの分厚い手帳です。デジカメも持っていました。機種は覚えていません。ボイスレコーダーも必需品だといってました。少なくとも二台は必要だとか。それから最近はタブレット端末も持ち歩いていたはずです」

「タブレット……ね」

手帳、デジカメ、ボイスレコーダー、タブレット端末――いずれも長岡修の部屋からは見つかっていない。

捜査本部に戻って間宮に報告すると、「やっぱりその名前が出たか」と間宮が渋面を作った。

「大賀仁策の名が」

「やっぱりというと？」

間宮が、そばの内海薫に目配せした。彼女が草薙のほうを向いた。

「長岡さんの部屋にあった資料やパソコンを調べたところ、スーパー・テクノポリス計画に関するものがたくさん見つかったんです。最近の取材対象だったと思われます」

「何だ、そのスーパーなんとかって」

「スーパー・テクノポリス計画。最先端の科学技術の研究所であり、研究者たちの居住空間であり、おまけに科学を扱ったレジャーランドでもあるという集合施設です。当然、宿泊施設も作られます。これまでにもそういった街はありましたが、いくつかの建物にまとめてしまおうというのがスーパー・テクノポリス計画の特徴だとか。建物はタワー型で、五十階以上になるらしいです」

草薙は顔をしかめた。

「文系の人間には、聞いているだけで胸焼けがしそうな施設だな。そんなもの、どこに作るんだ」

すると内海薫は、ある県名をいい、「光原市――大賀仁策氏の地元です」と付け足した。

「地元？　ということはつまり計画を進めているのは……」

「大賀氏です」

草薙は頷き、間宮のほうを見た。「そこで大賀に繋がるわけですか」

「文部科学大臣をしていた頃からの悲願らしいぞ。これが実現したら、かなりの経済効果があるんじゃないかってことで、地元の財界は相当盛り上がっているらしい」

「スーパー・テクノポリスねえ」草薙は首を捻った。「そんなものができたとしても、俺が行くことは一生ないだろうなあ」

「長岡さんのレポートによれば、地元でも、みんながみんな大賛成というわけではなさそうです」内海薫がいう。「維持費がかなりかかるので、失敗したら市が財政破綻するおそれがあります。それに全国から研究機関を誘致するそうですが、どれだけ集まるかはわかっておらず、果たして最先端の研究所として成立するのかどうかも不明だとか。あと、環境破壊の問題もあります。施設の予定地として名前が挙がっている地域の一部は、野生生物の保護区に隣接しているそうなんです。以上のような理由から、反対している人も多いみたいですね」

「そういうレポートを書いてたってことは、被害者自身は反対派だったということか」

「そのようです」

「なるほど。でかい話の裏では必ず大金が動く」草薙は再び間宮のほうを向いた。「長岡さんは、そのスーパー・テクノポリス計画とやらに絡んだ、怪しげな何かを摑んだんじゃないでしょうか」

「それを公表されたくなくて推進派に殺されたっていうわけか」

「長岡さんの部屋から手帳やタブレット端末などが消えています。犯人が持ち出したと考えるのが妥当です。それらの中に、犯人にとって都合の悪い情報が含まれていたんじゃないでしょうか」

「たしかにそれは考えられる」間宮は口をへの字に曲げた。

「長岡さんは、大賀仁策氏個人のことも、かなり熱心に調べておられたようです」内海薫が口を挟んできた。「何度か尾行も試みたみたいで」

「尾行？　大賀仁策を尾行したっていうのか」草薙は口を尖らせた。

「パソコンに画像が残っていたんです。車のナンバーから、どうやら大賀氏らしいと判明しました。行き先は赤坂の料亭だったり、ホテルの駐車場だったり……。目的はわかりません。まだすべての画像を確認したわけではありませんが、現在までのところ、不審なものは見つかっておりません」

「収賄の現場でも押さえようとしたのかな」草薙はいった。

「まさか」間宮が顔をしかめる。「尾行したからって、そんなネタは拾えんだろ」

「じゃあ、何のために尾行を？」

「わからん」間宮は首を振った。「まずは、本人に訊いてみることだな」

「本人というと、大賀仁策にですか」

「ほかに誰がいる？　心配するな。俺も付き合ってやる」

「それを聞いて安心しました。ところで――」草薙は視線を内海薫に戻した。「例の映像については何かわかったのか。建物の壁に突然穴が開くやつだ」

若手女性刑事は少し困惑の色を浮かべた。

「今、どこの場所なのかを調べてもらっているところです。倉庫街のようですが、暗くてわかりにくいんです」

「あの映像か。俺も見たが、よくわからんな。事件とは関係ないだろ」間宮は興味がなさそうにいった。

4

「大賀に尋ねたところ、会ったことはないし、名前も聞いたことがないということでした」長岡修の顔写真をテーブルに置き、鵜飼和郎は淡泊な口調でいった。平たい顔には表情らしきものが見られない。感情を読みにくい男だ、と草薙は思った。

「できれば、先生に直接お伺いしたいのですがね」間宮が遠慮がちにいう。

「どうしてですか。この男を知っているかどうかを確認すればいいわけでしょう？　今、私が大賀に写真を見せてきました。その結果、知らない人物だという答えが得られた。それでいいじゃないですか。何が不足なんですか。あなた方の目的は果たせたと思うのですが」貯金箱の穴を思わせるような細い目で、鵜飼は草薙と間宮とを交互に見た。口調は丁寧だが、あからさまに迷惑そうだ。そしておそらく、この警官風情が、と見下している。

某ホテルの宴会場のそばにある控え室にいた。今日はここで『スーパー・テクノポリス計画』実現に向けた、関係者たちの親睦パーティが開かれるらしい。大賀仁策の事務所に問い合わせたところ、ここへ来るようにいわれたのだ。ところが待ち受けていたのは第一秘書の鵜飼で、大賀とは会わせてもらえそうになかった。

「最近、先生の身の回りで何か変わったことはありませんか」草薙が質問した。

「変わったことといいますと？」

「たとえば……誰かに尾行されたとか」

鵜飼の目がほんの少しだけ開かれた。ふふん、と鼻を鳴らす。どうやら笑ったようだ。

「記者さんから尾行されるのは日常茶飯事です。マスコミに追いかけられるぐらいでないとトップは務まらない」

「どんなことでもいいんです。いつもと何か違うと思ったようなことはありませんか」

「ありませんね」鵜飼はゆっくりと首を横に往復させた。

「なぜいいきれるんですか。お訊きしているのは大賀さんのことです。あなたは大賀さんの行動のすべてを把握しているというんですか」

「もちろんです」全く動じることなく断言した。「ある意味、大賀本人より」

返す言葉がなくなった。草薙は間宮と顔を見合わせた。それを終了の合図と察したのか、鵜飼は立ち上がった。「御用件はお済みのようですので、これで失礼させていただきます」一礼し、そそくさと部屋を出ていった。

「何だ、あいつ」草薙は舌を鳴らした。

「まあ、こんなところだろう。仕方がない。こっちに話を聞き出すだけの手札がないんだからな」どっこいしょ、と間宮は腰を上げた。

控え室を出てエスカレータに向かうと、宴会場の入り口付近で人だかりができていた。大盛況のようだ。

草薙は足を止めた。知っている顔があったからだ。

どうした、と間宮が訊いてきた。

「先に戻っててください。野暮用ができました」その人物を指差した。

間宮は怪訝そうにそちらに目を向けたが、すぐに事情を察知したらしく、「わかった」と頷いてエスカレータに乗った。

その人物は受付に向かっているところだった。芳名帳に記入するつもりらしい。湯川、と後ろから声をかけた。

湯川学は足を止め、振り返った。草薙の顔を認めると、宴会場前の立て看板を見てから再び視線を戻した。

「君がこのパーティに招待されるはずがない。すると警備か。テロリストからの脅迫状でも届いたのか」

「安心しろ、そんなんじゃない。このパーティの主に用があって来たんだ。会ってもらえなかったけどな」

「主というと大賀仁策か。ついに君もそんな大物を相手にするようになったか」

「だから会ってもらえなかったといってるだろ。それより、なぜおまえがここにいる?」

湯川はスーツの内ポケットから封筒を取り出した。

「招待された。うちの教授の代理だ」

「帝都大学もスーパー・テクノポリス計画に参加するのか」

「まだ何も決まっていない。ただ個人的には話を聞いてみる価値はあると思っている。大賀仁策は科学立国再生をスローガンにしているが、その姿勢には基本的に賛成だ」

「何か胡散《うさん》臭いんだよな。会ったこともないのにこんなことをいうのも何だけど」

「会ってもらえなかったといったな。何かの捜査か」

「まあ、そんなところだ。大賀が関係しているという確証はないんだけどさ」

湯川は少し考え込む顔をした後、「じゃあ、顔だけでも見ていったらどうだ」といった。

「顔だけ? どういうことだ」

湯川は先程の封筒から招待状を出した。「御同行者は一名まで可、と書いてある」


「……つまり、すべては環境ということになるわけです。戦後、我が国には何もなかった。何かをほしいと思ったら、生み出すしかなかった。テレビだって洗濯機だって車だって、外国製のものは高くて買えなかった。だから庶民が買えるようなものを作ろうとしたわけです。安くて良いものをです。その結果、経済大国と呼ばれる国にまでのし上がれた。ところが今は、何でもある。安いものがいくらでも手に入る。最近の若い人たちに何かほしいものはあるかって訊いてごらんなさい。せいぜい新しいケータイがほしいとか、アイドルのサインがほしいとか、そんなところです。そんなんじゃあ何かを生み出そうっていう流れになるわけがない。科学立国を復活させようなんて、夢のまた夢です。だから、まずは環境を作らねばならんのです。今、自分たちに何が必要か。将来のために何をやらなきゃいかんか。そういうことを常に考えるような環境を用意しなきゃいけない。ぬるま湯の世界とは隔離した空間で人材を育てるわけです。それがつまり、スーパー・テクノポリスということになるんですな。皆さん、ようやくその話に落ち着いたか、という顔をしておられますね。すみませんな、話が長くて。しかしこういうところから話していかんと、なかなか理念をわかってもらえんのです。いやもちろん、今日この場に来ておられるような方々にとっては、釈迦に説法なのかもしれませんが」

壇上で怪気炎をあげているのは大賀仁策だ。白髪混じりの髪をオールバックにしており、四角い顔は大きい。学生時代は野球をしていたというだけあって肩幅は広く、見たかぎりでは頼りがいのある親分という印象だ。言葉に少し訛《なま》りがあるのも、迫力を増す効果を生んでいた。

大賀の後、何人かが挨拶し、歓談の時間となった。

「さすがに政治家連中はスピーチがうまいな。何となく、最後まで退屈せずに聞いちまった」ウーロン茶のグラスを手に草薙はいった。

「いくら話がうまくても、中身がないのでは意味がない。残念ながら無駄足だったかな」湯川の表情は冴えない。彼もウーロン茶だった。酒を飲む気分ではないのかもしれない。

「それにしても盛況だな。大賀仁策の集客力は侮れないようだ」草薙は周囲を見回した。

二百人は優に越えているだろう。テレビで見かける顔もちらほら目についた。

大賀が招待客一人一人に挨拶をして回っていた。短く言葉を交わし、最後には必ず握手をしている。流れ作業をこなすように動きがスムーズだ。

傍らに影のように控えているのは鵜飼だ。まずいな、と草薙が思った矢先、大賀が二人に近づいてきた。顔には選挙用の笑顔が貼り付いたままだった。

鵜飼が草薙に気づいたらしく、大賀の耳元で何やら囁いた。大賀は立ち止まり、一瞬真顔になったが、すぐに笑みを取り戻してから歩み寄ってきた。

「お仕事、御苦労様です。すみませんな、お相手をできませんで」そういってから大賀は鵜飼のほうへ顔を向けた。「受付はどうなってるのかな。招待客以外は入れるなといっておいたはずだが」

「至急、確認します」

「その必要はありません。彼も招待客です」湯川が懐から名刺を出した。「正確にいうと、招待客の同行者です」

大賀は彼の名刺を受け取った。ほう、というように口が動いた。「帝都大理学部……そうでしたか、あなたが湯川准教授」

「私のことを御存じなんですか」

「もちろんですよ。私はいろいろな大学や研究機関に顔を出しては、若手の研究者についての情報を集めておりますから。帝都大といえば、何といっても二宮先生ですな。先日も、先生にお会いしましてね、その時にあなたの名前も出ましたよ。才能豊かで、将来有望だとおっしゃってました」

「それは恐縮です」

「しっかりとがんばってください。早く二宮先生のようになられることを祈ってますよ」

「ありがとうございます。ただ一点だけ腑に落ちないことが」

「何ですかな」

「素粒子論の二宮教授なら、三年前に渡米された後は、一度も帰国されていないはずなのです。あなたがお会いになられたのは、どちらの二宮先生でしょうか」湯川がさらりといった。

大賀の目に冷たい光が宿った。初めて見せる本当の表情だと草薙は感じた。

「そうですか。じゃあ、何かの勘違いかな」大賀は再び笑みを浮かべた。「まあ、ゆっくりと楽しんでいってください。ここの料理はなかなか旨いですぞ」足早に遠ざかっていく。鵜飼が草薙と湯川をちらりと見てから、大賀のあとを追った。

「俺たちと握手をする気はないようだな」別の人間を相手に大声で話し始めた大賀の背中を、草薙は見つめた。

5

パーティに出席した翌日、草薙は大賀の地元である光原市を訪れていた。東京駅からは二時間ちょっとだ。海も山も近くにある、自然に恵まれた美しい町だった。

「長岡君と最後に話したのは五日前です。彼のほうから電話をくれたんです。こちらの状況を教えてほしいということでした」

勝田幹生は精悍な顔つきをした、がっしりとした体格の男だった。年齢は四十代半ばといったところか。よく日に焼けており、スポーツ刈りが似合っているので、草薙は一昔前のプロゴルファーを連想した。だが勝田の実際の職業は料理人だった。実家が農業を営んでおり、そこで収穫された野菜と近くの港で水揚げされる魚介類を使った創作料理を、自分の店で出しているのだという。店は県内で最大の繁華街にあるらしい。今日は店が休みなので、材料を仕入れにこちらに帰ってきているという話だった。

草薙は駅前の古い喫茶店で勝田と向き合っていた。勝田の名前は長岡修の資料やメール履歴から見つかった。『スーパー・テクノポリス計画』反対運動の中心的役割を果たしている人物らしい。

自己紹介をしながら勝田は時折咳を繰り返した。大きな体格に似合わず、こほんこほんと高い破裂音を出している。

「で、どんな話をされたんですか」草薙は訊いた。

勝田は首を傾げた。

「あまり大した話はできませんでした。このところ、今ひとつ運動に勢いがなくなってきているんです。中だるみというか諦めムードというか……みんな、今の生活のことを考えるのが精一杯みたいで」

「計画を受け入れる方向に傾いているということですか」

「というより、流れに身を任せてるって感じですかね。そもそも大した産業もない町だし、大賀さんの景気の良い話を聞いているうちに、まあいいかなっていうふうになる気持ちもわからなくはないです」

「勝田さんは、やはり反対なんですか」

「もちろん、反対です。あんなの、絶対にうまくいかないと思います。昔、隣の町にレジャーランドができました。盛り上がってたのは最初のうちだけで、すぐに閑古鳥が鳴くようになりました。残ったのはでっかい借金と使い物にならない施設だけ。その代わりに美しい自然をたくさん失いました。あんなことは避けなきゃいけません」

「勝田さんの御実家の農地なども、計画地に入っているらしいですね」

勝田は音をたててコーヒーを啜り、頷いた。

「だから何としても阻止したいんです。野菜というのは、同じ場所で同じように育てるから品質が安定するんです。土地を用意するからそれでいいだろうって話じゃないんです。それにもし計画通りに話が進んだら、このあたりの自然環境はがらりと変わります。蝶とかトンボとか、東京じゃ見られないでしょ？　あんなふうになっちまいますよ」唾を飛ばしそうな勢いで語った後、こほんこほんと咳をした。ペーパーナプキンで口元を拭い、失礼しました、と謝った。「花粉症です。前はこんなことはなかった。環境が破壊されてきている証拠です」恨みがましい口調だった。

これ以上反対論を聞いても仕方がないと思い、草薙は質問の方向を変えることにした。

「長岡さんが殺された事件について、何かお心当たりはありませんか」

途端に勝田の眉が八の字を描いた。

「それはこっちが訊きたいですよ。どうして彼が殺されなきゃいけないのか……。取材のために少し無茶をするようなところはありましたけど、殺されるほど憎まれるなんてことはなかったと思います」

「長岡さんが取材で何かを……たとえばスーパー・テクノポリス計画に関する新事実を摑んで、それが原因で命を狙われた、という可能性はありませんか」

勝田は首を横に振った。

「ありえません。そういう事実を摑んだのなら、真っ先に僕のところに知らせてくるはずです。それにスーパー・テクノポリス絡みってことなら、彼よりも先に僕が狙われるんじゃないかな」

「そのこともお訊きしようと思っていたんです。勝田さん御自身が危険な目に遭ったということはありませんか」

「それはないです。反対運動はしていますが、それ以外では至って平穏な日々を送らせていただいております。推進派の連中だって野蛮人じゃないんだから、計画に反対だからといって、殺すことはないいんじゃないですか」

勝田の言葉に草薙は黙って頷いた。いや、世の中にはいろいろな人間がいますよ——そういいたかったが堪えた。まだ人間を信じているのなら、それはそれで幸せなことだ。

午後には東京に戻れた。捜査本部では間宮が若手刑事らと話し合っているところだった。草薙は勝田とのやりとりを手短に報告した。

「遠いところまで聞き込みに行って、手がかりなしか。テクノポリス絡みと決めつけるのは早計かもしれんな」間宮が腕組みしていった。

「人間関係を洗い直してみますか」

「その必要はあるだろうな」

「こっちでは何か収穫が？」

「いや、どうかな。収穫といえるかどうかはわからんが」間宮は若手刑事の岸谷に視線を移した。

岸谷が手帳を広げた。

「携帯電話の履歴から、被害者が事件発生の十日ほど前に足立区の町工場に電話をかけていることがわかっています。ただ、目的が不明なんです。会社に行ってみましたが、誰が電話を受けたのかもわからない状態です」

『クラサカ工機』という部品製造の会社だという。

「被害者の写真を見せたか」草薙は訊いた。

「社長や従業員たちに見てもらいました。誰も知らないみたいです」

「その町工場とスーパー・テクノポリス計画に何か関係はあるのか」

岸谷は肩をすくめた。「社長によれば、計画名を聞いたこともないそうです」

草薙は内海薫に目を移した。「被害者の資料に、『クラサカ工機』の名称は？」

内海薫は首を振った。「今のところ、見当たりません」

草薙は吐息をつき、間宮を見た。「たしかに収穫かどうかは不明ですね」

「事件とは関係がないかもしれん。だがとりあえず、その会社からは目を離すなと岸谷にいっていたところだ」

「まあ、それが妥当でしょうね」

「それから、内海が何か見つけたらしいぞ」

間宮の言葉を受け、内海薫が一枚の写真を草薙のほうに向けた。建物が写っている。海の近くのようだ。「例の場所がわかりました」

「例の場所って？」

「謎の爆破映像の場所です」


その倉庫は東京湾の埋め立て地に建てられていた。似たような建物が、ほかに四棟ある。主に材木を保管してあるそうだが、今回狙われた倉庫は老朽化のため使用されていないということだった。

「だから警察に届けなくていいと思っていたわけではないんですが、特に業務には支障がないので、ついつい後回しになってしまいました。本当に申し訳ありません」

倉庫の管理責任者は池上といった。背が低く、顔の丸い中年男だ。

「穴に気づいたのは十日ほど前だということでしたね」内海薫が訊いた。

「そうです。先に出社していた部下が気づき、私に電話をくれたんです。びっくりしました。いくら老朽化してるからって、急に穴が開くなんて考えられませんもんねえ」

草薙は倉庫を見上げた。壁に会社のロゴが描かれている。内海薫によれば、例の映像を専門家に分析してもらったところ、このロゴが確認できたので、場所の特定に繋がったのだという。

そのロゴのすぐ横に、幅一メートルほどの四角い穴が開いていた。外壁パネルの一枚が消えているのだ。映像で見た穴だ。

「あの壁の厚みは？」草薙が質問した。

「一センチぐらいですかね。倉庫用の外壁材を使っています。そんなに弱いものじゃありませんよ。石をぶつけたぐらいじゃ、どうにもなりません」

「倉庫の中の様子は？」

「ばらばらになった外壁材が落ちていただけです。部下と一緒に隈無く調べましたが、ほかには何も見つかりませんでした。警備員も異変には気づかなかったというし、全く不思議な話です」

内海薫が海のほうを振り向いた。つられて草薙も目を向けた。船が一隻、前を横切っていく。水路を挟んで、向こう側の建物や駐車場が見える。

「向こう側から銃か何かで撃ったとは考えられませんか」内海薫がいった。

「向こうから？　一キロはありそうだぞ」

「無理ですよねえ」

「それに、そんなことをして何の意味がある」そういってから草薙は池上を見た。「このあたり、夜はどんな感じですか。倉庫は夜間でも開けたりするんですか」

「その日によりますね。どれかの倉庫を開けていることもあります。ただ、大抵は閉めたままです。そういう時は、警備員以外は誰もいません」

草薙は念のために長岡修の写真を見せた。

「見たことないなあ」池上の口からは予想通りの答えが出てきた。

6

金網フェンスの扉には、関係者以外立ち入り禁止、というお決まりの札が掛かっていた。子供の頃から、こういうものを目にすると余計に入りたくなる性格だ。中には一体どんな面白いものがあるのだろうと期待してしまう。しかし殆どの場合、失望させられておしまいだ。おまけに見つかって叱られたこともしばしばだった。

だがここは違う。見つけてよかったと思っている。

「ねえサトル君、本当に大丈夫なの?」後ろからミカが心配そうに訊いてきた。

「大丈夫だって。こんな時間には誰もいないから」

サトルは扉を押した。鍵が壊れているので、簡単に開くのだ。

傍らに止めておいたバイクを押しながら、フェンスの内側に足を踏み入れた。ミカも後ろからついてくる。

「暗いね」

「だろ? だからペンライトを持ってきてくれって頼んだんだ」

「あっ、そうか」

ミカがバッグからペンライトを取り出して点けた。足元が明るくなった。

左側にはコンクリートの壁が続いている。水嵩が増した時には堤防の役割を果たすのだろう。右側は川だ。

壁の前に段ボール箱が置かれていた。洗濯機でも入っていたのか、ずいぶんと大きな箱だ。サトルはその前にバイクを止めた。万一ライトを点けられなくても、段ボール箱なら暗がりの中でも見つけやすい。

ミカからペンライトを受け取り、前を照らしながら歩いた。途中から彼女の肩を抱き、引き寄せた。「寒くないか」

「平気。くっついてると暖かい」

立ち止まり、ペンライトのスイッチを切った。真っ暗になった。しかし暗いから見えるものもある。「空を見てみなよ」

えっ、と声を漏らしてミカが見上げた。「わあ、奇麗」

夜空に星がちりばめられていた。今夜が晴天だということを確認した上で連れてきたのだ。感激してくれないと計算が狂う。

「宝石みたいだろ」

「うん……まあ、そうかな」

何だよ、その反応――サトルはがっかりする。まあ仕方がないか。所詮は東京の空だ。

ダウンジャケットのポケットに手を入れた。小さな箱を摑み、ゆっくりと取り出す。この瞬間のために、今夜デートに誘ったのだ。プロポーズの台詞は一晩かけて、じっくりと考えた。紙に書き、すらすらといえるように何度も練習した。

ミカ、と呼びかけた。声が少しかすれた。あわてて唾を吞み込む。口の中が、からからになっていた。

なあに、とミカが返事する。何かを予想している気配はない。今がチャンスだ。

「人が幸せになれるかどうかってさ、たぶん出会いがすべてだと思う。良い出会いがあるかどうかが大事なんだ。でもそれって、運だよな。神様にしか決められない。だからさ、俺は今、神様に感謝を――」していている、といいかけた時だった。

遠くで物音がしたと思ったら、何か光るものが目の端を通過した。はっとした次の瞬間、ぼんっという音が背後から聞こえた。それと共に、周囲が明るくなった。

サトルは後ろを振り返った。信じられない光景がそこにはあった。

彼のバイクが炎上していた。


黒焦げになったバイクの写真を眺め、草薙は眉の横を掻いた。写真を持ってきたのは内海薫だった。

「ガソリンタンクに直径二センチほどの穴が開いていたそうです。でも消防や鑑識が調べたかぎりでは、銃器の類いで撃たれた形跡はないとのことです」

「弾丸が見つからないってこと?」

内海薫は頷いた。

「その通りです。バイクや現場をどんなに調べても弾が見当たらなかったそうです」

「ふうん」草薙としては、写真を見つめ、ただ唸るしかない。

荒川沿いにある工場の敷地内で止めてあったバイクが突然炎上した、という事件が起きたのは四日前の深夜のことだ。バイクの持ち主は工場とは無関係の若者で、デートの帰りに立ち入り禁止であることを承知で敷地内に侵入したらしい。この怪事件についての情報が警視庁内に流れると、内海薫は何か感じることがあったらしく、詳しい内容を所轄の警察に訊きに行ったのだった。

「調べてみると、じつは一か月ほど前にも奇妙な事件が起きていたことがわかりました」

内海薫は新たな写真を草薙の前に置いた。写っているのは屋形船だ。その窓ガラスが割れている。

「何だ、これ」

「御覧の通りです。東京湾を移動中だった屋形船の窓ガラスが突然割れたそうです。幸い怪我人は出なかったようですが、悪質な悪戯ではないかということで警察に届けが出されています」

「しかし原因は不明ということか」

「ガラスの割れ方から見て、明らかに外から力が加わっているそうです。ところが船内からは何も見つからなかったとか」

草薙は、もう一度唸り声を上げた。「それは……奇妙だな」

「倉庫の事件、バイク炎上、屋形船の窓ガラス破壊、いずれも海辺や川辺で起きています。それも大きな共通点だと思うのですが」

「どうしてそんな場所を狙うんだ」

「それは」内海薫は、ひと呼吸置いてから首を振った。「わかりません」

草薙は頭の後ろで手を組み、背もたれに身を預けた。「関係あるのかなあ、今回の殺人事件に」

「何ともいえませんが、長岡さんがあの映像を撮影したことは無視できないと思います。部屋を調べたかぎりでは、最近の長岡さんはスーパー・テクノポリス計画の取材に没頭していたふしがあります。それなのに、なぜあんな映像を残したのか。引っ掛かります」

「たしかにその通りだ」草薙は改めてバイクの写真を見た。怪現象の正体を突き止める必要があるとすれば、またあの男に相談するしかない。たぶん嫌味をいわれるだろうが。

湯川に連絡を取ろうと携帯電話に手を伸ばしかけた時、「草薙、ちょっと来てくれ」と間宮から呼ばれた。間宮のそばには岸谷がいる。

「どうかしたんですか」

「『クラサカ工機』の従業員が一人消えたそうだ」

「消えた？」

「三日前から休んでるんです」岸谷がいった。「最初は病欠ということでしたが、今日になっても出社せず、連絡も取れなくなっているようです。実際、携帯電話にかけても繋がりません。アパートに行ってみましたが、留守でした」

「どういう人間だ」

「これが履歴書です」

草薙は書類に目を走らせた。添付された写真には、真面目そうな若い男が写っている。名前は古芝伸吾で、生年月日から計算するとまだ十九歳だ。高校を卒業後、大学には進まずに就職したらしい。

高校名を見て、おやと思った。偏差値の高さで有名な学校だ。知り合いに出身者がいたような気がしたが、思い出せなかった。

家族の欄に特筆すべきことがあった。両親を亡くしており、独り暮らしの身だという。

「『クラサカ工機』の社長の話では、求人広告を見て古芝が会社に来たのは昨年の五月末だそうです」岸谷がいった。

「五月？　ずいぶんと中途半端な時期だな」

「受験に失敗して浪人するつもりだったけど、生活を支えてくれていたお姉さんが病気で亡くなったので働かざるをえなくなった、と本人はいっていたそうです」

「両親に加えて姉さんもか」草薙は履歴書に目を落とした。「そいつは気の毒だな」

「社長も同情して、すぐに採用を決めたといってました。雇ったところじつに優秀で物覚えも早く、あっという間に一人前になってくれたと喜んでいたんだそうです」

「ところが突然行方をくらました、というわけか」

間宮は二重顎を引いた。

「今回の事件と関係があるのかどうかはわからんが、このタイミングで行方不明というのは気になる。それに、ほかに怪しい点もある」

「といいますと？」

「嘘をついてたんです」岸谷がいった。「出身高校に問い合わせたところ、受験に失敗なんかしていませんでした。それどころか一流大学に受かっています」

「一流大学？」

「誰かさんもよく知っている大学だ」間宮がいった。「帝都大学だとさ」

草薙は目を剝いた。「うちの大学ですか」

「工学部機械工学科だそうです。理系だから、もしかしたら湯川先生あたりは何か御存じかもしれません」

「それはどうかな。あいつは理学部だから——」そこまでいったところで、あっと声をあげた。

「どうした？」間宮が訊く。

草薙は履歴書の一部を指差した。「この高校、湯川の母校です」

7

インスタントコーヒーをマグカップで飲みながら、湯川は古芝伸吾の履歴書を見つめていた。眉間には皺が刻まれている。

驚いたことに湯川は古芝伸吾と面識があるらしい。高校の物理サークルで先輩後輩の関係だという。

「お姉さんが亡くなったのか。それは知らなかった。しかし大学を辞めるにしても、一言相談してくれてもよさそうなものだ」独り言のように呟いた。

「そんなに親しくしていたのか」

「いや、今も話したように、物理サークルで二週間ほど指導しただけだ。ただ、僕のことを慕ってくれていたようだったからね。まあ、社交辞令だったのかもしれないが」

「最後に会ったのは去年の四月だといったな」

「そう。入学直後に挨拶に来てくれたんだ。あの時はとても嬉しそうだったのにな……。お姉さんは事故で亡くなったのか」

「いや、病死らしい」

「病気？　彼のお姉さんなら、まだかなり若かったと思うが。病名は？」

「わからん。今、内海が詳しいことを調べている」

「両親を次々と亡くし、さらにたった一人の肉親も失ったわけか。彼の気持ちを想像すると胸が痛くなる」湯川は太いため息をついた。

「両親のことで何か聞いてるのか」

「お母さんについては、幼い頃に病気で亡くしたということしか知らない。親父さんのことなら、いろいろと聞いたな。彼が科学を志したのも、父親の影響らしい。科学を制する者は世界を制す――」

「何だ、そりゃあ」

「親父さんの口癖だったそうだ。たしか、どこかの重機メーカーで働いてたんじゃなかったかな。ところが海外赴任中に事故で亡くなったという話だった。古芝君が中学生の時らしい」

「中学でか。それじゃあ苦労しただろうなあ」

「しかし僕が会った時には、暗さは全く感じさせなかった。姉が頼りになるから大丈夫です、とかいってたな。彼が高校に行けたのも、お姉さんのおかげらしい」

「大学に進めたのも、その姉さんのおかげだったということか」

「そうじゃないのか。そのあたりのことは聞かなかったが。ところで――」湯川は眼鏡の位置を直してから草薙に目を向けてきた。「何のために古芝君のことを調べているんだ。彼が何かやったとでもいうのか」

「まだわからん。最初にいったように、聞き込み先の会社から行方不明になったんで捜しているだけだ」

ふん、と湯川は鼻を鳴らした。

「君たちはフリーライター殺害事件を捜査しているんだったな。なぜ古芝君の会社に聞き込みに行ったのかは知らないが、彼が事件に関係している可能性は百パーセントないと断言できる。ただ、行方がわからないというのは気になる。居場所が判明したら知らせてくれないか」

「ああ、そうしよう。しかしおまえが百パーセントなんていう表現を使うとは珍しいな。何事にも絶対はない、というのが信条だったんじゃないのか」

「彼に関してなら使っても問題ない。犯罪に手を染めるような人間じゃない」湯川の口調は確信に満ちている。

「自信たっぷりだな。たった二週間の付き合いなのに」

「ただの二週間じゃない。その間に一緒に研究し、一つのものを協力して作り上げた。どういう人間かはわかっている」

「なるほどね。おまえがそこまでいうのなら、そうなんだろうな」草薙は持参してきたデジカメを机の上に置いた。「じつは、もう一つ用件がある。もしかすると、こっちのほうが重要かもしれん」

「また何か面倒な話を持ってきたんじゃないだろうな」湯川は眉をひそめた。

「まあ、そういわず、ちょっと見てくれ」草薙はデジカメを操作した。画面に映し出されたのは、例の倉庫の壁が破られる動画だ。

「何だ、これは」

「ほかにもあるんだ」草薙は上着の内ポケットから三枚の写真を出し、湯川の前に並べた。倉庫の壁、黒焦げのバイク、そしてガラス窓の割れた屋形船が写ったものだ。それぞれの状況を簡単に説明した。

話を聞き終えた湯川の目には真剣な光が宿っていた。「銃器でないというのは、たしかなんだな」

「いずれも弾丸らしきものが見つかっていない。ライフルやピストルを使ったのなら、何らかの痕跡は残るはずだ」

「うん……まあ、そうだろうな」

「それに場所も問題なんだ。いずれも海や川の近くなんだが、銃器で撃つにしても、その場所がない。角度や何やらを考えると、犯人は船に乗っていたか、あるいは遠く離れた岸から撃ったことになる。だけどバイクのカップルの話じゃ、船なんていなかったというし、対岸からだとすれば一キロ近く離れたところから狙ったことになる。そういう狙撃も不可能ではないということだが、そうなると銃器も大がかりなものになって、ますます痕跡が残りやすくなるはずなんだ。とまあそういうことで、こうして知恵を拝借しに来たというわけだ。おまえに嫌味をいわれることは承知の上でさ」空になったマグカップを手の中で弄《もてあそ》びながら草薙はいった。ところが湯川からの返事はない。顔を見ると、写真から目をそらし、ぼんやりしていた。

湯川、と呼びかけた。「俺の話を聞いてるのか」

それで我に返ったらしく、湯川は瞬きした。

「ああ、もちろん聞いている。どういう可能性があるか、考えていたところだ」

「何か思いついたことがあるなら話してくれ」

いや、と物理学者は表情を曇らせた。

「これらの映像と写真だけでは何ともいえない。君も知っていると思うが、確証のないことは口にしない主義だ」

「何だよ。また勿体をつける気か」

「そういうじゃない。本当にわからないんだ。もう少しデータがほしい」

「そういわれてもなあ。今度いつ怪現象が起きるかもわからんし」

「じゃあ、次に起きたらまた来てくれ。ゆっくりと話を聞かせてもらおう」湯川は腕時計を見ながら腰を上げた。「すまないが、これから講義があるので失礼する」

「えっ、今日は時間があるといってたじゃないか」

「すまない、うっかりしていた。君はゆっくりしていくといい。コーヒーを飲み終えたら、マグカップは流し台に戻しておいてくれ。洗う必要はない」机の上からファイルや本を何冊か取り上げると、湯川は部屋を出ていった。

8

「大賀仁策の？　それ、本当か」

草薙が捜査本部に戻った途端、間宮が声をあげるのが聞こえた。見ると、誰かと電話で話しているところだった。

「……うん……うん。わかった。じゃあ、そのへんのところも詳しく聞いてきてくれ。……うん、よろしく頼む」電話を切ってから間宮は草薙のほうを向いた。「内海からだ」

「何か摑んだんですか。大賀代議士の名前が出てましたけど」

「古芝伸吾の姉の勤め先がわかった。アパートの賃貸契約を結んだのは姉らしい。『明生新聞』だった」

「新聞社ですか。それで？」

「早速、内海に話を聞きに行かせたところ、今連絡があった。古芝伸吾の姉が所属していたのは政治部で、しかも大賀仁策の担当だったらしい」

「えっ、マジですか」

「殺された長岡さんは大賀仁策を追っていた。その大賀仁策の担当記者の弟が、事件後に行方をくらましている。何だか面白くなってきたぞ」舌なめずりをした後、間宮は草薙に目を向けてきた。「帝都大じゃあ、何かわかったか」

「ちょっとした偶然が一つ見つかりました」

草薙は湯川と古芝伸吾の繋がりについて話した。これには間宮も目を丸くした。

「そいつは奇遇だな。あの先生、この間は大賀仁策のパーティ会場にいたし、優秀な科学者ってのは顔が広いのかね」

「というより、科学者の世界ってのは案外狭いのかもしれません。ただ今もいいましたように、ほんの一時期指導したことがあるだけで、古芝伸吾について詳しく知っているわけではなさそうです」

彼が事件に関係している可能性は百パーセントない、と湯川が断言したことは伏せておくことにした。

「ふん、まあそうなんだろうな」

「古芝伸吾が在籍していた工学部機械工学科にも行ってきました。学生や先生たちからも話を聞きましたが、あまり役に立つ情報は得られませんでした。何しろ入学して一か月ほどで退学しているものですから、友人と呼べるほどの者はまだできておらず、古芝のことを覚えている学生自体、殆どいないんです」

「せっかく良い大学に入れたのに、すぐに退学しなきゃいけなかったとはかわいそうだな。それにしても休学とか、ほかに手はなかったのかな」

「その点はたしかに不思議なんです。古芝には奨学金が支給されていて、バイトをしながら大学に通うことはできたはずなんです。ところが、学生課でも話を聞きましたが、そういう方法を模索した形跡はありません」

間宮は口を曲げ、うーん、と唸った。

「どうしても大学を辞めなきゃならん理由が何かあったということか？　だとしたら、どんなことが考えられる？」

さあ、と草薙は首を捻った。「経済的な理由以外、思いつきませんねえ」

だよなあ、と間宮も浮かない顔でいった。

それから約一時間後、内海薫が戻ってきた。彼女が間宮に報告するのを、草薙は傍らで聞くことにした。

「季節の秋に稲穂の穂と書いて秋穂。古芝秋穂さんといいます。年齢は古芝伸吾より九歳上ですから、生きていれば今年二十九になります。入社してすぐに政治部に配属され、大賀氏が文部科学大臣に任命された頃に担当になったそうです。特に病弱だったわけではなく、昨年の四月に急死した時には、職場の人間全員が驚いたとか」

「死因は何だ。病名は？」間宮が訊いた。

「家族からの連絡によれば心臓麻痺だということです。ただ、はっきりしたことはわかりません。社内でも、特に確認したわけでもなさそうなんです。通夜も葬儀も行われなかったみたいで」

「家族というと弟の伸吾か。天涯孤独の身になっちまったわけだから、通夜や葬式をしている場合じゃなかったってのはわかるが……」間宮は釈然としない顔つきだ。「なんか引っ掛かるな。二十代の女が、突然心臓麻痺で死んじまったっていうのは」

「死亡した時期はわかっていますから、その頃に救急が出動した記録を当たってみましょうか。心臓麻痺なら、発見した人間が救急車を呼ぶはずです」

「そうしてくれ。ところで今回の被害者との繋がりはどうなっている？　二人の間に面識はあったようか」

内海薫は眉根を寄せ、首を振った。

「残念ながら確認できませんでした。生前、古芝秋穂さんの口から長岡修さんの名前が出たのを聞いた人はいないようです。ただ、現在の大賀氏の担当記者によれば、スーパー・テクノポリス計画の絡みで、長岡さんから接触されたこともあるそうですから、秋穂さんとも同程度の繋がりはあったかもしれません」

「弟は？　古芝伸吾については何かわかったか」

「そちらは殆ど何も……。弟が帝都大学に合格したといって喜んでいた、という話が聞けたぐらいです」

「わかった。御苦労」間宮が草薙を見上げてきた。「さあて、どうする？」

「古芝伸吾について調べるべきでしょう」草薙はいった。「明日、『クラサカ工機』に行こうかと思いますが」

「それがいい。俺は管理官と相談して、古芝伸吾の部屋を家宅捜索する方向で話を進めてみる」

「了解です」

古芝伸吾が本格的に容疑者扱いされるようなことになれば、あいつはどんな顔をするだろう
――湯川のことを考えながら草薙は上司の前から離れた。

9

足立区梅島に『クラサカ工機』はあった。小さな工場の壁は、塗装がかなり剝げ落ちて、元々は緑色だったことが辛うじてわかる程度だ。工場のすぐ隣に二階建ての建物があり、こちらが事務所らしい。『金属加工品の製造販売　クラサカ工機』と書かれた看板は、やけに新しかった。

その事務所の応接スペースで草薙は社長の倉坂達夫と向き合った。倉坂は小柄だが胸板の厚い、現場経験が豊富そうな人物に見えた。

「いい子でしたよ。真面目で仕事熱心で、何より頭が良かった。少し教えただけで、すぐに覚える。それだけじゃなく、応用をきかすこともできる。電気や機械の知識も豊富でね、そんなに頭が良いのに大学に行かないなんて勿体ない、夜学でもいいから行ったらどうだって、何度も勧めました。本人は、とうとうその気にならなかったみたいですけど」倉坂の言葉に誇張した気配は

なかった。

「求人広告を見て、訪ねてきたそうですね」

「そうです。職人の高齢化が進んじゃって、このままじゃいけないってことで募集したんです。四月に一人高卒の子が入ったんですけど、仕事が思ったよりきつかったのか、すぐに辞めちゃってね。参ったなと思って、もう一度募集したら、次に来たのが古芝君でした。無口で、最初は何を考えているのかわからないところもあったんですけど、今もいったように、仕事を教えてみたら一級品だった。こいつは大当たりだったなあって、みんなで喜んでたんですけど……」倉坂は、やや薄くなった頭を掻いた。「一体何があったのかなあ。どっかで事故とかに遭ってるんでなきゃいいんですけど」

「行き先に心当たりはないんですね」

「ありません。あれば問い合わせてますよ」

「会社を休ませてほしいと最初に電話をかけてきたのは、間違いなく本人でしたか」

「そのはずです。――おい、トモちゃん、間違いないよな」倉坂は、すぐ横の机で事務仕事をしている太った女性に声をかけた。トモちゃん、というのが愛称らしい。ただし、どう見ても四十代半ばだ。

これまでのやりとりが耳に入っていたのか、「古芝君の声だったと思いますけど」と女性は答えた。

「病気だといったんですか」草薙は訊いた。

「はい。体調が悪いから休みたいって。で、その次の日も連絡があったんです。やっぱり今日も休ませてくださいって。大丈夫なのって訊いたら、大丈夫です心配をおかけしてすみませんといって電話を切りました」

「その後は？」

「電話があったのは、それが最後です」

草薙は頷いた。話を聞いたかぎりでは、どう考えても意図的に失踪している。

上着の内ポケットから写真を出した。長岡修の写真だ。それを倉坂の前に置いた。

「うちの岸谷という刑事が、この写真を皆さんにお見せしたと思うんですが、その時のことを覚えておられますか」

「ええ、覚えています。従業員全員に確認しましたが、知っている者はいませんでした」

「古芝さんにも確認されたわけですね」

「しましたけど……」

「その時、古芝さんの様子に何か変わったところはなかったですか。落ち着きがなくなったとか、考え込んでいたとか」

倉坂は戸惑ったような顔で瞬きを繰り返した。

「特に変わった様子はなかったと思いますよ。どうしてそんなことをお尋ねになるんですか。あの子が嘘をついてたとでもいいたいわけですか」

「いえ、そんなふうに決めつけるつもりはありません」

草薙が愛想笑いを浮かべて手を振ると、刑事さん、と倉坂は真顔で見返してきた。

「これがどういう捜査なのかは知りませんがね、古芝君が悪いことをしたなんてことはありえません。もし事件に巻き込まれたんだとしたら、被害者の側です。それだけは、はっきりといっておきます」

熱い口調に草薙は気圧《けお》された。覚えておきます、と小声で答えた。

工場を見せてもらうことにした。社長の倉坂が直々に案内してくれた。フォークリフトが入り口に止めてあった。

「古芝さんは、ああいうものの運転もできたのですか」草薙は一応尋ねてみた。

「できましたよ。うちに来てすぐに普通免許を取ってくれたので、その後フォークリフトの教習所にも行ってもらいました。五日ほどで取れたはずです」

「彼、車の免許を持っているんですね」

「ええ。去年の秋には自分の車を買ってました」

「車を？　どういう車ですか」

「中古のワンボックス・バンです。友達とキャンプに行ったりするから、そういうのがいいんだといってました。たまに会社の駐車場に止めてあるのを見ました。白いバンです」

その車については未確認だ。古芝伸吾が、その車で移動しているのだとしたら手がかりになるかもしれない。

工場内には工作機械が並び、十人ほどの従業員が作業に当たっていた。見たところ、各自別々の仕事をしているようだ。

「うちは単品加工が殆どです。生産ラインで使う部品とかジグとかが多いです」機械音や金属が切断される音が溢れる中、倉坂が大声でいった。

「ジグ？」

「部品や製品を加工する時、しっかりと固定しなきゃいけないでしょ。そのための専用の土台というか道具というか、まあそういうものです」

倉坂は近くにあった図面を手にし、見せてくれた。治具、の文字があった。だが倉坂によればこれは当て字で、本来は『ｊｉｇ』という英語らしい。

科学技術や製造現場に関して自分は知らないことだらけだ、と草薙は改めて思った。

「古芝さんは主にどんな仕事を？」大声で訊いた。

「どんなことでもやりました。手先も器用で、研磨なんかもすぐに覚えましたね。とにかく熱心で、仕事が終わった後も、一人で機械の使い方なんかを練習していました。こっちも早く一人前になってほしいから、そういうことは認めてたんです。私の家は、ここから五百メートルほど行ったところにあるんですけど、十一時近くになって事務所の鍵を届けに来たことがあります。今までやってたのかって訊いたら、夢中になって時間を忘れてたといってました」

倉坂の話を聞くかぎりでは、とにかく古芝伸吾は仕事熱心だったようだ。大学を辞めたのは、早く仕事に就きたいと思ったからなのか。

二人が工場を出たところで、先程のトモちゃんという女性が小走りに近づいてきた。

「社長、電話です」

「おお、そうか。じゃあ刑事さん、私はこれで」

「いろいろとありがとうございました」草薙は頭を下げた。

倉坂が事務所に向かうのを見送り、草薙も歩きだそうとした。その時、あのう、と遠慮がちに声をかけられた。例のトモちゃんが上目遣いをしている。

何か、と草薙は訊いた。

「さっきの写真の人、うちの会社に電話をかけてきたんですよね」

長岡修のことだ。

「そうです。そういう記録が残っているんですが、それがどうかしましたか」

「これ、この前の刑事さんには話さなかったんですけど……」彼女は気まずそうな顔で口を開いた。「電話に出たの、私かもしれません」

「何か思い出したんですか」

「いえ、相手の人の名前は覚えてないんです。ただ、刑事さんと社長の話を聞いていて、もしかしたらあの時の電話だったのかもしれないと思って……」

「というと？」

「古芝君のことを訊かれたんです。おたくの会社に古芝伸吾という人はいますかって。男の人の声でした。ええいますよ、と答えたんですけど」

草薙は一歩前に出た。「すると相手は何と？」

「ありがとうございました、これは単なる確認ですから心配しないでくださいといって電話を切りました。何だろうと思いましたけど、心配いらないってことだったので、あまり気にはしませんでした」

「その電話のことを古芝さん本人に伝えましたか」

「いえ、余計なことかもしれないと思ったものですから。話したほうがよかったんでしょうか」

「いや、それは自分には何とも……」

その電話の主が長岡修だとしたら、かけてきた目的は何か。古芝伸吾がいることを確認し、何をやろうとしていたのか。

草薙が考えにふけっていると、「あっ、ユリちゃん」とトモちゃんが声をあげた。門のほうを向き、手を振っている。見ると、ベージュのコートを羽織った若い娘が工場の前を通りかかったところだった。歩きながらこちらを向き、ぺこりと頭を下げた。大きな目が印象的だ。

「社長のお嬢さん。ユリナちゃんっていうんですけどね。いい子なんですよ、優しくて」中年女性のトモちゃんは楽しそうにいった後、「あっ、そうだ」と何かを思いついた顔になった。「ユリちゃん、よく古芝君に会いに来てましたよ」声をひそめていった。

聞き捨てならない話だった。「どういう時にですか」

「休憩時間とかにです。高校の数学とか理科とかの勉強を教えてもらいに来るんです。古芝君は教えるのもうまかったみたいです。でもたぶんそれだけじゃなくて、ユリちゃんは古芝君のことを好きなんだろう、なんてみんなで噂してたんですけどね。あっでもこれ、社長には内緒ですよ」唇に人差し指を当てると、それじゃあ、といってトモちゃんは事務所に向かった。

彼女の姿が事務所の中に消えるより先に、草薙は駆け出していた。門を出ると数十メートル先に見える倉坂の娘を追った。

環七通り沿いにファミリーレストランがあった。何を飲みたいかと倉坂由里奈に訊くと、何でもいいという答えが返ってきた。ドリンクバーを注文したが、彼女は自分で飲み物を取りに行く気はないようだった。仕方がなく、草薙はコーヒーを取ってきて彼女の前に置いた。ありがとうございますと細い声でいってくれたが、じっと俯いたままで、カップに手を伸ばす気配はなかった。

不機嫌なわけではなく緊張しているのだろう、と草薙は解釈した。無理もない。帰宅途中でいきなり見知らぬ男が声をかけてきて、しかも刑事だというのだから。こうして付き合ってくれるだけでもありがたいと思わねばならない。

「事情があって、古芝伸吾君のことを捜しているんだ。倉坂社長……君のお父さんも心配しておられたよ。君もそうなんじゃないの？」

倉坂由里奈が何かを呟いた。だが声が小さ過ぎて聞き取れない。えっ、と聞き直した。

彼女は軽く咳払いをしてから、「そんなに親しくないから」といった。

「でも勉強を教えてもらってたんじゃないの？」

「そんなの……一回か二回だけです」

「事務所の人の話では、そんな感じではなかったけどなあ」

「本当です。事務所の人が何か勘違いしているんです」倉坂由里奈は下を向いたまま、強い口調でいった。

「そうなのかな。まあ、それならそれでもいいんだけど、彼の消息について何か心当たりはないかな。勉強の合間に雑談とかするでしょ。そういう時に、古芝君がよその土地の話をしたことはないかな。かつて住んでいたところとか、これから住みたいと思っているところのことなんかを」

倉坂由里奈の前髪が揺れた。「そんな話、してません」

「じゃあ、友人の話は？　親しくしていた人のこととか」

「してませんっ」いきなり彼女は立ち上がった。「あたし、本当に何も知らないんです。だから何も答えられません。ごめんなさい」一気にいい放つと、鞄を抱えて店を飛び出して行った。最後までコートを脱がず、草薙の顔を見ることもなかった。

周りの客がじろじろと見ている。草薙はコーヒーを啜った。

あの反応をどう見るべきか、判断は難しかった。知らない男から好きな男について根掘り葉掘り訊かれたら、面白くないに違いない。ごくふつうの反応ともいえるが――そんなことを考えていたら携帯電話が鳴りだした。間宮からだった。はい、と電話に出る。

「古芝について何かわかったか」

「そうですね……優秀な従業員だったということは、よくわかりました」

「何だ、そりゃあ」

「あと、長岡さんの目的が古芝伸吾だったらしいことも判明しました」草薙はトモちゃんから聞いたことを話した。

「すると被害者が古芝伸吾に接触した可能性は大いにあるということだな」

「そういうことです」

「よし、了解した。ところで、これから内海と合流してくれ。古芝秋穂の死因が判明した」

「何でしたか」

「たぶんおまえの想像外の話だ。死因は卵管破裂によるショック死。古芝秋穂は妊娠していた。

しかも子宮外妊娠だったというわけだ」

「それは……たしかに想像外ですね」

「もう一つ、想像外のことを教えてやろう。亡くなった場所だ」

「場所？　どこです」

間宮は勿体をつけるようにひと呼吸置いてから、「都内のホテルだ」と答えた。「一流ホテルのスイートで亡くなっていたそうだ」

10

問題のホテルは六本木にあった。

ロビーで内海薫と合流した草薙は、当時の状況をよく知る従業員二人から事務所で話を聞くことにした。古芝秋穂がチェックインした際に応対したフロントクラークと、遺体を発見したベルボーイだ。

吉岡という落ち着いた雰囲気のフロントクラークによれば、古芝秋穂がチェックインしたのは、昨年の四月二十日、午後十一時過ぎのことだった。部屋は一泊約八万円もするスイートで、彼女は十万円のデポジットを現金で支払っている。連れはいなかった。

「本名で泊まっていたのですか」

草薙の問いに、吉岡は小さくかぶりを振り、一枚のコピー用紙を出してきた。宿泊カードの写しらしい。「こういうお名前でした」

そこには『山本春子』という名前と千代田区の住所が記されていた。古芝秋穂が千代田区に住んでいたことはない。『明生新聞』の本社が千代田区にある。おそらくその住所を少し改変したものだろう。

「このホテルを利用したのは、その時が初めてでしたか」

この質問に対しても、吉岡の反応は肯定的ではなかった。

「このお名前で御利用されたのは初めてでした。データベースに名前が残っておりませんでしたから。ただ、以前にもいらしたことはあります。その時も、たまたま私がチェックインの手続きをしましたから覚えているんです。私のほかにも、見たことがあるといった者が何人かおりました」

職業柄、客の顔を覚えるのは得意なのだろう。

「すると古芝秋穂さんは、かなり頻繁にこのホテルに来ていたということですね。ただし、そのたびに名前を変えていた」

「そういうことではないか、と私共では考えております」

草薙は頷いた。事情が呑み込めてきた。

「チェックインの時、何か変わった様子は？」

それが、と吉岡は表情を曇らせた。

「どこか具合が悪そうにされていました。顔色も良くなくて、大丈夫ですかとお尋ねした覚えがあります。大丈夫だとおっしゃったのですが、あの時にはもう異変が起きていたのかもしれません」

草薙は頷き、視線をベルボーイに移した。年齢は二十代前半といったところだろう。自己紹介の際、松下と名乗った。

「あなたが部屋に行ったのは何時頃ですか」

「翌日の午後一時頃です。チェックアウト時刻が正午なんですけど、電話をかけても繋がらないので様子を見に行ってくれとフロントからいわれて……」

「行ってみると、女性が死んでいたと？」

松下は緊張の面持ちで顎を引いた。

「ベッドの上で横たわっていました。シーツが血で真っ赤になっていて、それであわててフロントに連絡したんです」

そいつは驚いただろうな、と草薙は若いベルボーイに同情した。

その後のことは内海薫が資料を見せてくれたので大体わかっている。救急隊員によって死亡が確認されたので、遺体は病院ではなく所轄の警察署に運ばれた。だが他殺でも自殺でもなく、卵管破裂に伴う出血多量によるショック死と判明し、事件性はないと判断されたのだ。

「そういう部屋を女性が一人で使うということはあまりないと思うのですが、その点はいかがですか」草薙は吉岡と松下を交互に見ながらいった。

「それはおっしゃる通りです」吉岡が答えた。「おそらくどなたかが御一緒だったと思います。でもそれについては何もわからない、としかお答えしようがございません。隠しているのではなく、ホテルとはそういう施設だということです」

「わかりました。では最後にもう一つだけ」草薙は人差し指を立て、隣の内海薫を見た。

の写真だ。

「こういう人が、こちらに来たことはありませんか」内海薫は写真を二人の前に置いた。長岡修の写真だ。

松下は首を捻ったが、吉岡が、ああ、と首を縦に動かした。「この男性ですか」

「御存じですか」草薙が訊いた。

「二か月ほど前にいらっしゃいました。昨年の四月に起きた女性の死亡事故に関する取材をしているので詳しい話を聞きたい、といわれました。どうやらネットで知ったような口ぶりでした」

「それで何と？」

「プライバシーに関わることなので、御遺族でない方には何も話せないと答えました。ただ、死亡事故ではなく病死だということだけは、はっきりと申し上げました」

「なるほど」

ホテルにとって死亡事故と病死では大違いだ。はっきりさせておきたかったのだろう。

とにかくこれで、長岡修と古芝伸吾は完全に繋がった。その繋がりには、古芝秋穂の死が関係している。

「御遺族という言葉が出ましたが」内海薫がいった。「お会いになったことがあるんですか？亡くなった女性の遺族に」

「いえ、私は会っておりませんが……」吉岡が松下を見た。

「僕は会いました、弟さんに」松下がいった。

「いつ頃ですか」草薙が訊いた。

松下は首を捻り、「去年の五月頃だったと思います」と答えた。「フロントから連絡があって、お姉さんが亡くなった時の様子を教えてやってほしいといわれて、この部屋で話しました」

「どういうことを話しましたか」

「大したことじゃありません。室内の様子とか部屋番号のこととか……。すみません。だいぶ前のことなので、細かいことは忘れちゃってます」

「この人ですか」草薙は古芝伸吾の顔写真を見せた。履歴書に貼ってあったものだ。

そうです、と松下は答えた。

二人に礼をいい、草薙たちは事務所を後にした。

「問題は相手の男性ですね」歩きながら内海薫がいった。「古芝秋穂さんは、誰と密会していたんでしょう」

密会と決めつけているが、草薙も異論はなかった。

「女性に偽名でチェックインさせ、後から自分は直接部屋に行く。かなりの慎重派だな。おそらく所帯持ちだろう。不倫ってわけだ」

内海薫が不意に立ち止まり、エレベータホールを指差した。

どうした、と草薙は訊いた。

「さっき草薙さんを待っている時に気づいたんですが、あのエレベータを使うと地下の駐車場から直接客室に行けるみたいなんです」

「ふうん、なるほど」草薙は相槌を打った。彼女が何をいいたいのかがわかった。

つまり、と内海薫は続けた。「ホテルマンと顔を合わせたくない人にとっては、非常に都合のいいホテルだということになります」

「古芝秋穂たちがこのホテルを使っていた理由も、そこにあるというわけだな」

「そういうことです。そこで、一つ確認したいことがあります」

「何だ」

「まあ、とにかくついてきてください」内海薫がエレベータに向かって歩きだした。

地下一階に下りて駐車場に出ると、彼女は大きく頷き、バッグからデジカメを取り出した。そのまま何もいわず、周囲の写真を撮り始めている。

「おい、一体何の真似だ。駐車場の写真なんか撮ってどうする？」

内海薫は草薙のほうを向いた。

「だから確認です。もし私の記憶が間違っていなければ、古芝秋穂さんの相手がわかったということになります」

「何？」草薙は後輩刑事を睨んだ。「どういうことだ」

「この駐車場には見覚えがあります。長岡修さんのパソコンに画像が残っていました。大賀仁策代議士を尾行していた時の画像です」


約一時間後、草薙は間宮や内海薫と共に警察署の小会議室にいた。机を挟んで向き合っている相手は、今回の事件の実質的な責任者である管理官の多々良《たたら》だ。ほかの捜査員には話を聞かせないほうがいいという間宮の判断で、この部屋が使われることになった。

白髪に金縁眼鏡、上品なインテリに見える多々良は、草薙たちの報告を聞き、まずは低く唸った。

「死んだ女性の相手は大賀代議士ってわけか。そいつは驚いたな。驚いたし、参った。厄介な話だ」重たい口調でいった。

捜査本部に戻ってから、草薙たちは早速、ホテルで撮った写真と長岡修が残した画像とを見比べた。結果は内海薫の記憶力を証明するものだった。同じ駐車場に間違いなかったのだ。

「宿泊の手続きをすべて女性に、しかも偽名でやらせていることや、毎回高価なスイートを利用していることなども、相手が大賀代議士であるならば納得できます。政治家の担当記者というのは海外視察などに同行することもあるそうですから、特殊な関係になったとしても不思議ではありません」

間宮の説明に、多々良は苦々しい顔で頷いた。

「で、相手が大賀代議士だとして、今回の事件にどう関わってくる？」

間宮が草薙を見た。おまえから説明しろ、ということのようだ。

「被害者の長岡さんは、スーパー・テクノポリス計画に関する取材を進めるうちに、大賀代議士の不自然な行動に気づいたのではないでしょうか。お供を連れず、自分でベンツを運転してホテルの地下駐車場に入る、という行動です。誰でも女性との密会ではないかと疑います。問題は相手が誰かということですが、おそらくなかなか突き止められなかったんだと思います。ところが最近になって、担当女性記者が例のホテルで亡くなっていたことをネットで知り、その女性が大賀代議士の相手だったのではないかと推理した。そこで詳しいことを知るために弟に接触することにした、というわけです」

指先で机を叩きながら草薙の話を聞いていた多々良が、じろりと見つめてきた。

「それで？　弟から話を聞き出すなりして、担当女性記者が大賀代議士の不倫相手だったことを突き止めたとする。それでどうして殺されなきゃならんのだ」

「それは……そこから先はまだ何とも」草薙は口籠った。

「あの、発言してもよろしいでしょうか」内海薫が遠慮がちに口を開いた。

いってみろ、というように多々良は顎をしゃくった。

「ホテルで話を聞いているうちに疑問に思ったんですが、なぜ古芝秋穂さんは一人だったんでしょうか」

「そりゃ相手が、つまり大賀代議士が帰ったからだろう」何をわかりきったことを、とばかりに多々良がいう。

「では、代議士はいつお帰りになったんでしょう。といいますのは」内海薫は自分の手帳を開いた。「所轄の警察署から取り寄せた資料によりますと、古芝秋穂さんの遺体が発見された時点で、死後十時間以上は経過していたと見られています。発見が午後一時ですから、亡くなったのは遅くても午前三時です。その時すでに代議士は帰っていたということになりますが……」

「不思議な話ではないだろう。代議士は家庭持ちだ。スイートを予約したからといって、泊まるとはかぎらない。愛人との事を終えたら、さっさと帰るのがむしろ自然だ」

「それはそうかもしれませんが」内海薫は唇を舐めた。「服を着ていたんです」

「何？」

「服です。古芝秋穂さんは着衣の状態で亡くなっていました。想像してみてください。不倫のために密会した女性が、真夜中に服を着ているでしょうか」

多々良は間宮と顔を見合わせた後、草薙に視線を向けてきた。どう思うか、という目だ。

「不自然ですね」草薙はいった。「服を着ていたということは、まだ事に及んでいなかった可能性があります。つまり古芝秋穂さんが卵管破裂を起こした時、大賀代議士は一緒にいたのかもしれない」

「おいおい、めったなことをいうもんじゃないぞ」多々良が指先を向けてきた。「だとしたら、なぜ代議士は救急車を呼ばなかったのかって話になる」

「私がいいたかったのは、まさにそれです」内海薫がいった。「不倫が発覚することをおそれた代議士は、どこにも連絡せずに逃げた。その結果、相手の女性が亡くなった。もしそうだとすれば、これは大きなスキャンダルになります。私は政治のことはよくわかりませんが、場合によっては政治家生命に関わるのではないですか」

「場合によってはじゃない。確実に致命傷になる」そういったのは間宮だ。

「だったら――」

ストップ、と多々良は若い女性刑事を制した。

「君のいいたいことはわかった。被害者の長岡修氏もまた、その推論に達した。そこでそれを記事にされたくない何者かが彼の命を奪った、というわけだな」

「おっしゃる通りです」

「たしかにそれで一応の筋は通る。しかし君は大事なことを忘れている。何事にも証拠が必要だということだ。そんな女性は知らないと代議士がしらを切れば済む話じゃないか。仮に関係を示す何かがあったとしても、その時は一緒にいなかったと主張すれば何も問題はない。女性が服を着ていたとかは単なる状況証拠だ。違うか」

「それは……たしかにそうですが」内海薫の声がトーンダウンした。

しかし、といって多々良は腕を組み、部下たちを見回した。

「我々がまだ掴んでいない何かが絡んでいるとすれば話は別だ。いずれにせよ、この件が今回の事件に無関係だとは思えない。課長や理事官と相談し、捜査の進め方を検討してみる。方針がはっきりするまでは、このことは迂闊《うかつ》に他言しないように。ほかの捜査員に対してもだ。わかったな」

大物代議士が関わってきたとなって、多々良も慎重になっているようだ。草薙たちとしては、わかりました、と答えるしかなかった。

11

門の前に立ち、校名を改めて眺めた。あの男の出身校というだけで、統和高校、と彫られた文字にさえも風格が漂っているように感じられる。実際、歴史はあるし、進学校としての知名度も高い。

ここはあの男——湯川学の出た学校だが、古芝伸吾の出身校でもある。彼の行方について何か手がかりが得られはしないかと淡い期待を抱いてやってきた。事前に高校三年の時の担任だった谷山という教師には連絡してある。

生徒たちが帰宅を始めているところだった。授業は終わったらしい。

谷山とは来客室で向き合った。小柄で色の黒い男性だった。国語を教えているという。

「彼が大学を辞めたという話は、先日警察の方から連絡をいただいて初めて知りました。驚きました。全く聞いていなかったものですから」

「卒業後、古芝君から連絡は？」

谷山は首を振った。

「一度もありません。まあ、卒業生というのは大抵そういうものなのですが」

「大学を辞めたことについてはどう思われますか。彼はそういうタイプだったのですか。つまり無理をしてまでは大学に拘らないというか……」

いやあ、と谷山は大げさに首を傾げた。

「それはちょっと考えられないんです。進路指導の時、どんなに苦労をしてでも大学だけは卒業したいといってましたからね。お姉さんの世話になっていましたが、自分も可能なかぎりは働くといってました。幸い奨学金も受けられるようになって、これで心配がなくなりましたといってたんですが」

「電話でもお話ししましたが、現在彼は消息を断っています。彼の居場所について、何か心当たりはありませんか」

「いやあ、ありませんねえ」小柄な国語教師は顔を歪めるだけだった。

この教師からは有益な情報を得られそうにない、と草薙は判断した。

「古芝君が親しくしていた人はいませんか。クラスメートとか」

「うーん、そうですねえ」谷山は名簿を開いた。「よく一緒に遊んでいたといえば、このあたりかなあ」何人かの名前を指差した。頼りない言い方だが、草薙は一応手帳にメモを取った。

「古芝君は物理サークルに入っていましたよね。顧問の先生はどなたですか」

「物理サークル？　ああ……ええと、誰だったかな。訊いてみましょう」ちょっと失礼といって谷山は携帯電話でどこかにかけ始めた。ぼそぼそと誰かと会話を交わし、電話を切った。「わかりました。アマノさんという物理の先生です。今、こっちに来てくださるそうです」

ありがとうございます、と草薙は礼をいった。谷山は頼りにはならないが、親切な人柄のようだ。

間もなく天野教諭が現れた。前頭部が禿げ上がっているのを補うかのように、後ろの髪を肩まで伸ばしていた。年齢は四十代半ばといったところか。こちらは谷山とは対照的に、ひょろりとした長身だ。

「顧問といっても、特に何もしてないんです。計測器や機材の管理責任者というだけで。部員も少なくて、古芝君の代は彼一人だったはずです」天野は申し訳なさそうにいった。

部員数が少なかったということは湯川から聞いて草薙も知っていた。新入部員募集のデモンストレーションをするために湯川が助太刀したという話だった。

「今、部員は何人ですか」

「ええと、三人ですね。二年生が二人で、一年生が一人です」

「その人たちから話を聞くことはできますか」

「それは構わないと思いますが……今日、来てるかなあ」

ぶつぶつと呟きながら天野は携帯電話を出してきた。生徒に電話をする気らしい。校内で連絡を取るのに携帯電話を使うとは時代が変わったものだ、と草薙は改めて思った。

「生徒と連絡が取れました。二年生の二人がいるようです。今からお会いになりますか」

よろしくお願いします、といって草薙は立ち上がった。

天野が案内してくれたのは、理科第一実験室という札が出ている部屋だった。大きな作業台が八つ並んでいる。主に物理の実験を行う部屋で、化学実験の場合は理科第二実験室を使うのだという。

待っていたのは二人の男子生徒で、石塚と森野といった。どちらも色白で痩せていた。石塚のほうは眼鏡をかけている。

彼等がいた作業台の上にはタブレット型の端末と漫画雑誌が載っていた。物理の実験をしていたようには思えない。

古芝伸吾とは最近会ったか、ということから草薙は質問を始めた。

「最近は会ってないよねえ」森野が石塚に同意を求めた。

「うん。去年のあの時が最後じゃね？」石塚が語尾を上げる。見かけは秀才タイプでも、しゃべり方は今時の若者だ。

「あの時というと？」草薙は訊いた。

「去年の……十月頃だっけ？」

石塚の問いかけに森野は頷く。「だったと思う」

「古芝君がここへ来たの？」

そうです、と石塚は答えた。「私物を取りに来たっていってました」

「私物って？」

「先輩が作った装置です。分解して物置にしまってあったんですけど、邪魔になるだろうからって。結構大きなものだったので、車まで運ぶのを手伝いました」

「車というと、白のワンボックス・バン？」

石塚は少し考える顔になり、「そんな感じだったと思います」と答えた。

どういうことなのか。そのことは今回の事件とは関係がないのか。

「で、それ以来、古芝君はここには来ていないんだね」

たぶん、と石塚は答えた。さらに隣で森野が、「一昨日も、そう答えたんですけど」と躊躇いがちにいった。

「一昨日？　誰に答えたわけ？」

森野は石塚と顔を見合わせた。どちらも当惑した表情だ。

「どういうこと？　話してくれないかな」

話しなさい、と横で聞いていた天野が二人にいった。

森野は頭を掻き、少し唇を尖らせていった。「OBの人がここに来たんです」

「OB？」

「サークルのOBです。その人からも古芝さんのことを訊かれて……」

「それは……どういう人物だった」草薙は訊いた。だが高校生たちの答えを聞く前に、すでにある人物の顔が頭に浮かんでいた。

行き先表示板では『在室』のところに赤い磁石が付いていた。それを確認するとノックをし、返事を待たずにドアを開けた。大股で足を踏み入れ、室内を見回す。湯川が自分の席で足を組んで座っていた。いつもの白衣は脱いでいる。

湯川はゆっくりと椅子を回転させ、草薙のほうに身体を向けた。

「いつも以上に乱暴な登場の仕方だな。来るなら電話の一本ぐらいは寄越すのが礼儀だと思うが」

「居留守を使われたくなかったんでね」

「居留守？　なぜそんな必要がある？」

草薙は、ずかずかと湯川に歩み寄った。「おまえの母校に行ってきた。統和高校に」

湯川は顎を上げた。

「なかなか良い学校だろう。もう少しすれば、桜が満開になる。ただし、秋に毛虫が出るのは閉口したけどね」

その軽口は無視し、草薙は湯川の正面に立ち、見下ろした。

「おまえも行ったそうだな。何をしに行った」

「母校に顔を出すのが、そんなに悪いことかな」

「ちゃんと答えろ。どうして古芝伸吾のことを調べる気になった？」

湯川はため息をつき、見つめ返してきた。

「前にもいったように、たとえ二週間とはいえ彼は僕の教え子だ。行方不明と聞いて、じっとしていられなかった。まあ、そういうことだ」

「じゃあ、なぜ例の装置のことも訊いた？」草薙はいった。「おまえが古芝伸吾に作らせた装置のことだ」

湯川は小さく肩をすくめた。「ノーコメントだといったら？」

草薙は持参してきた袋から一枚のＤＶＤを出し、机のパソコンを見た。

「そのパソコン、ＤＶＤを再生できるんだろ。使わせてもらっていいか」

「何か楽しい映像でも見せてくれるのか」

「とにかく見てみろ」

湯川はパソコンのトレイを開け、草薙から受け取ったＤＶＤをセットした。間もなく、液晶画面に映像が現れた。

場所は例の理科第一実験室だ。作業台の上に、長い金属板を組み合わせたような装置が載っている。さらに草薙には名称も用途も不明の器具が繋がれていた。

やがて一人の若者が作業台のそばに立った。古芝伸吾だった。紺色のジャージ姿で、ゴム手袋を嵌めていた。

「それではこれより発射実験を行います。一日に一度しかできないので、皆さん、どうか見逃さないようにしてください。それから、大丈夫だと思いますが、念のため、先程配った安全眼鏡をしっかりかけてください」

古芝伸吾が話しかけている相手は、どうやら少し離れたところにいるらしい。画面には映っていない。

彼は自分も眼鏡をかけ、装置から離れた。「では、カウントダウン、スタート」声だけが聞こえる。

スリー、ツー、ワン、という掛け声の直後だ。装置の先端から大量の火花が飛び出し、同時に激しい破裂音が響いた。予想していなければ、心臓に悪そうなほど大きな音だ。大きなどよめきが聞こえるが、見学者たちのものだろう。

再び古芝伸吾が現れた。火花が散った先まで行くと、そこにセットしてあったフライパンを手にした。

「はい、このように見事に貫通させられました」

そのフライパンがアップになった。中央に直径一センチほどの穴が開いていた。

以上が映像のすべてだ。物理サークルのパソコンに保存してあったものを、コピーさせてもらったのだ。

「どう思う?」草薙は湯川を見た。

物理学者は眼鏡の中央を指で押し上げた。

「素晴らしいの一言に尽きる。実験は完璧に成功している。入部者募集のデモンストレーションはうまくいったようだな」そういってパソコンのトレイを開け、DVDを草薙のほうに差し出した。

「レールガンというそうだな」DVDを受け取りながら草薙はいった。

「その通り。原理を物理サークルの連中から教わったか」

「一応はな」草薙は口元を曲げた。「フレミングの左手の法則だろ」

「そう、ローレンツ力だ。金属製の二本のレールの間に伝導体を挟み、瞬間的に大電流を流せば、発生する磁場との相互作用で伝導体は発射される。原理は至ってシンプルだ」

「そのレールガンを古芝伸吾は部室の物置から持ち出している。昨年の秋に。そのことをどう考える？」

草薙の問いに湯川は答えない。じっと窓の外を見つめている。

「倉庫の壁に突然穴が開いたこと、バイクが炎上したこと、屋形船の窓ガラスが割られたこと、これらはすべて古芝伸吾の仕業だとは考えられないか」

草薙がさらにいうと、湯川はゆっくりと彼のほうに顔を巡らせた。

「何ともいえない。君ならよく知っていると思うが、根拠もなく無責任な仮説を口にするのは好きじゃない」

「じゃあ、代わりに俺がしゃべってやろう。俺の仮説を」草薙はいった。「前に俺がここへ来て古芝伸吾の話をした時、おまえは彼が事件に関与しているわけがないといった。おそらくそれは本心だろう。その時点では、そう確信していた。ところがその後、例の怪現象に関する話を聞いているうちに、おまえの頭に閃くことがあった。それが古芝伸吾のレールガンだ。気になったおまえは母校を訪ね、レールガンがまだ保管されているかどうかを確認することにした。――どうだ、この俺の仮説は？」

湯川は、ゆらゆらと頭を振った。

「どうもこうもない。それは仮説ではなく、君の勝手な想像だ。他人の想像に口を挟んでも仕方がない」

「レールガンを使ったと考えれば、怪現象の説明がつくんだな」

「レールガンの可能性もある、とだけ答えておこう」

「それだけ聞けば十分だ」草薙は踵を返した。

ただし、と湯川がいった。

「古芝君が殺人事件に関わっている可能性はゼロだという考えに変わりはない。彼を追っても無駄だ」

草薙は振り向いた。「ではなぜ、学校からレールガンを持ち出した？　夜中に何度も発射させた理由は？」

「それが彼の仕業だと決まったわけではないだろ。仮にそうだとしても、彼に訊いてみないことには目的はわからない」

草薙は再び湯川を見つめた。迷ったが、この男には話しておこうと思った。

「一刻も早く、古芝伸吾を見つけだす必要がある。俺の考えでは、彼が姿を消したのは復讐のためだ」

「何？」湯川が眉をひそめた。

草薙は古芝秋穂の死について、さらに不倫相手だった大賀仁策に見殺しにされた可能性があることなどを話した。

「長岡さんは大賀仁策について調べるうち、古芝秋穂さんの死に疑問を抱き、彼女の弟に接触しようとしたんだと思う。そんな長岡さんが、なぜレールガンの威力を示す映像を撮影したのか。俺の推測だが、長岡さんは古芝伸吾の目的を察知したんだと思う。それはすなわち復讐だ。電話一本かけるだけで助かったはずの姉を見殺しにした大賀仁策を、レールガンで撃ち殺そうとしているんだ」

湯川は眼鏡を外し、机の上に置いた。険しい目を草薙に向けてきた。「ありえない」

「なぜそういいきれる？　古芝伸吾が好青年だからか。ではレールガンを持ち出した理由は何だ？　倉庫の壁を射抜いたわけは？　レールガンの威力を試すためじゃないのか」草薙は友人の胸を指差した。「警視庁捜査一課の一員として帝都大の湯川准教授に依頼する。これから俺と一緒に捜査本部へ行き、レールガンについて解説してもらいたい。おまえが古芝伸吾に作らせた武器のことを話してもらいたい」

「断る。それにレールガンは武器ではない。実験装置だ」

「人を殺すために使えば、それは武器だ」

「だから彼はそんなことはしないといっている」

二人は睨み合った。無言で視線を戦わせた。

先に目をそらしたのは草薙のほうだった。

「おまえの協力が得られないのならば仕方ないな。レールガンの説明は科捜研の人間にでも頼もう。映像があるから、何とかなるだろう。ただし――」深呼吸を一つしてから続けた。「今回の事件が解決するまで、おまえとは友人としては接しない。ここへ来る時があるとすれば刑事としてだ」

湯川はゆっくりと頷いた。「覚えておこう」

草薙は身体を反転させ、真っ直ぐにドアに向かった。今度は湯川から声が掛かることはなかった。

ノートパソコンの画面でレールガンの映像を目にし、間宮は顔をしかめた。

「若い奴ってのは厄介だな。馬鹿は馬鹿で困るが、優秀すぎるのも考えものだ。こんなものを作っちまうんだからなあ」

「科捜研の人間に見てもらいましたが、この状態でも十分に殺傷能力はあるそうです。しかも現在は、さらに改良が加えられ、威力を増している可能性があります」草薙は例の三つの怪現象を示す写真を間宮の前に並べた。「古芝伸吾は『クラサカ工機』に入社し、金属加工の技術を身に着けました。もしかしたら、最初からレールガン改良が目的の就職だったのかもしれません」

「大学を辞めたのも、か」

「おそらく」

間宮は机の上で頬杖をつき、吐息を漏らした。

「一年近くも前から復讐を決意していたというのか。恐ろしい執念深さだな」

「父親を亡くして以来、古芝伸吾にとって姉の秋穂さんは唯一の肉親であり親代わりでした。ホテルで死亡した状況を考えると、大賀代議士を殺したくなるほど憎んでも不思議ではありません」

「その大賀代議士だが……」間宮は周囲を見回してから、小さく手招きした。ほかの人間には聞かれたくないらしい。事件に大賀仁策が関わっているかもしれないということは、間宮の直属の部下など、ごく一部の人間にしか知らされていない。

草薙は顔を寄せた。「代議士に確認したんですか」

「刑事部長が動いたそうだ。だが、古芝という記者のことは覚えているが個人的な繋がりはなかったと本人はいっている、というのが事務所からの回答らしい。何か証拠があるわけではないし、そんなふうに否定されたらどうしようもない。刑事部長から課長へは、なるべく代議士の名前を出さずに捜査を進めろと指示があったそうだ」

「何ですか、それは。どうしろっていうんです」

「俺たちが担当しているのは長岡修さん殺しだ。これから起きる事件について調べているんじゃない」

「そりゃそうですが」

間宮は背筋を伸ばし、草薙を見据えてきた。

「古芝伸吾が復讐を企てているとして、それが今回の事件にどう関係していると思う?」

草薙は机の上に並べた写真を見た。

「レールガンの威力を示す映像を撮っているということは、長岡さんは古芝伸吾の計画に気づいていた可能性が高いです。では長岡さんは、どうするつもりだったでしょうね」

「ふつうなら警察に通報するか、大賀代議士の関係者に知らせるかだろうな」そういいながら間宮は首を縦に振り始めていた。「古芝伸吾としては、そんなことをされたら大変だ。これまでの苦労が水の泡になる。あるいはそれをネタに、長岡が古芝伸吾を強請《ゆす》ったか。いずれにせよ、古芝伸吾が長岡を殺す動機はあるというわけか」

強請りという言葉が出ると同時に、長岡のことも呼び捨てになった。

「そういう可能性はあります」

よし、と間宮は立ち上がった。

「そのセンを中心に捜査方針を練り直すことを管理官に提案してみよう」

資料をまとめて、足早に間宮が部屋を出て行く。その後ろ姿を見送りながら、草薙は口の中に苦いものが広がるのを感じていた。

刑事は事件解決のためには、あらゆることを疑わねばならない。だから古芝伸吾が犯人である可能性について上司に話したことは後悔していない。実際、現時点では最も怪しい人間だと思っている。それでもやはり後味の悪さが残るのは、湯川のことが頭にあるからにほかならなかった。古芝君が殺人事件に関わっている可能性はゼロだという考えに変わりはない――彼の言葉が脳裏に蘇る。

古芝伸吾がどういう人間か、会ったことがないので草薙にはわからない。だがあの湯川があれほどまでにいうのだ。真に誠実な人物なのだろう。そんな人間が殺人などという残酷な犯罪に手を染めるものなのか。

この問いに、草薙は即答できる。答えは、染めることもある、だ。実際、そういう人間を何人も見てきた。彼自身が手錠をかけたこともある。

しかし――と思う。湯川は特別だ。彼の人を見る目を信用してもいいのではないか。

草薙は首を振った。余計なことを考えるなと自分にいい聞かせた。心情によって動いてはならない。事実を積み上げていくのが捜査の基本だ。

ただ、湯川のことはやはり気になった。あの物理学者は、これからどうするだろうか。

内海薫の姿が目に入った。彼女はパソコンに向かっているところだった。

「今、ちょっといいか」近づいていき、声をかけた。

「何でしょうか」

草薙は咳払いを一つし、後輩女性刑事を見下ろした。

「おまえに重大な任務を与えたい」

12

グラウンドではサッカーの試合が行われていた。だが公式戦の類いではなさそうだ。それどころか練習試合ですらないようだった。その証拠に、パスを横取りされた選手が苦笑いを浮かべながら走っていたりする。単なるサッカー好きたちの草試合、というのが正解だろう。当然、応援する者もいない。

だが観客が一人だけいた。白衣姿でベンチに腰を下ろし、ぼんやりと眺めている。真剣に見ている様子ではない。漫然とボールを目で追っているだけのように見えた。

薫は横から近づいていき、声をかけた。「サッカーの御経験は？」

湯川が、ちらりと彼女に目を向けた。表情は変わらない。

「高校の体育の授業でやったのが最後だな。ボールを蹴る感触も忘れてしまった」

「統和高校はスポーツが強かったんですか」

物理学者は、ふっと笑った。

「一言でいえば、全然だったな。ただしバドミントン部は弱くなかった」

「湯川先生がいたから?」

「それはどうかな」

「隣に座ってもいいですか」

「どうぞ御自由に。僕のベンチじゃない」

失礼します、といって薫は座った。木製のベンチは、ひんやりと冷たかった。

「草薙にいわれてやってきたのか」

「そうです。湯川先生の様子を探れといわれました」

湯川は首を傾げ、肩をすくめた。

「おかしなことをいうやつだ。警察が物理学者の動向を探ってどうなる?」

「では湯川先生は何もしないおつもりですか。教え子に殺人犯の疑いがかかっているというのに」

湯川の顔が強張るのがわかった。彼はそのままグラウンドに目を向けた。

「彼は人殺しなんかしない。そんなことはできない」

「だから何もしなくてもいい、ということですか」

湯川は答えない。だがその横顔を見るかぎり、薫の言葉を肯定しているわけではなさそうだった。

「レールガンのことを少し調べてみました。銃刀法違反には問われないそうですね」

「法律で定義されている銃とは、ガス体の膨張を利用したもののことだ。電磁エネルギーだけを使うレールガンは違法じゃない」

「そのようですね。ところで最近起きた怪現象は、レールガンで説明がつきますか」

湯川は少しいい淀んでから、「つけることはできる」と答えた。「弾丸が見つからなかったそうだが、それは通常の銃器の弾丸を探そうとしたからだろう。別のものを探していたら、もしかしたら見つかったかもしれない」

「別のものというと？」

「レールガンにおける発射体のことをプロジェクタイルという。通常は数グラムの非伝導物質が使われる。電磁エネルギーによって生じたプラズマに押される形で、秒速数キロの速度で発射される。命中した瞬間に、その膨大な運動エネルギーは熱に変換され、プロジェクタイルは消滅する。もしかすると痕跡ぐらいは残るかもしれないが、弾丸を探しているかぎりは見つけられない」湯川の滑らかな口調は、薫がよく知っているいつもの科学者のものになっていた。彼自身、怪現象はレールガンによるものだと確信しているのかもしれない。

「すごい威力があるんですね。でも、武器としての実用化は難しいそうですね」ネットで得た知識に基づいて薫はいった。

「難しいなんてものじゃない。殆ど夢物語だ」湯川は即答した。「古芝君の映像を見たならわかると思うが、装置をセットするには畳一枚分の広さが必要で、総重量は百キロ近くになる。おまけに巨大なコンデンサに充電をするには大電力が必要だ。それだけ大げさなことをして、鉄板一枚を貫通させるのがやっと。しかも発射は一回きりだ」

「一回……そういえば映像の中でもそういってましたね」

「一回の発射でレールの表面はずたずたになる。次に発射するには、それをミクロン単位の精度で仕上げ、組み立て直さないといけない。どう考えても武器にはならない」

「でも一人を殺すだけなら一回の発射で十分なんじゃありませんか」

湯川の目がじろりと薫のほうを向いた。

「何としてでも彼を殺人犯にしたいようだな」

「したくないからいってるんです。彼を止めなければなりません。それができるのは、先生だけかもしれない」

「僕には何もできない」

「だったら、警察にも何もできないことになります。古芝君とレールガンのことを誰よりもよく知っているのは先生なんですから」

湯川の目が悲しげに揺れるのを薫は見た。彼は眼鏡を外し、指先で目頭を揉んだ。溜めていた息をふうーっと吐き出し、眼鏡をかけ直した。

「彼にとってお姉さんはたった一人の肉親であり恩人だった。それだけ大事な人間を見殺しにされたならば、その怒りは尋常なものではないだろう。彼は純粋で真面目な人間だが、だからこそ思い込んだら後戻りがきかなくなる。もし彼が大賀代議士殺しを目論んでいるとすれば、それは復讐したいという願望からではなく、姉のために復讐しなければならないという義務感からだろう。その場合、彼を止めるのは極めて難しい。おそらく、自分はどうなってもいいと思っているに違いないからね」

「止めるんです。何としてでも」内海は言葉に力を込めた。「それが古芝君を救うことになります」

「もし彼を止められる人間がいるとすれば……それは僕ではないと思う」

「じゃあ、誰なんですか」

湯川は立ち上がり、薫のほうを向いた。

「調べてほしいことがある。たぶんそれほど時間はかからないはずだ」


約二時間後、薫は湯川と共に新宿にある某会社の応接室にいた。会社名は『暁重工』という。クレーンやブルドーザ、建築重機などを製造販売している会社だ。古芝伸吾の亡き父である恵介が、生前この会社で働いていた。伸吾が卒業した中学に問い合わせ、教えてもらったのだ。

薫は時計を見た。この部屋に通されてから五分あまりが経つ。古芝恵介さんのことをよく知る人に会いたい、と窓口となった総務部の人間にはいってあった。

「君は、クン付けで呼んでるね」不意に湯川がいった。

えっ、と薫は訊いた。

「古芝君、と。古芝、と呼び捨てではなく」

「それは、だって」薫は唇を舐めてから続けた。「まだ容疑者でも何でもないんですから」

「復讐を企むことは罪にならないのか」

「なります。殺人予備罪です。でも証拠がありません。フリーライター殺害事件にしても」

「草薙は、復讐計画を知られたので古芝君がフリーライターを殺した、とでもいいたそうな口ぶりだった」

「そのセンで捜査が進められているのは事実です」

「ふん、馬鹿馬鹿しい」

「私もそう思います」湯川が意外そうに見たので、薫は続けた。「犯人は被害者の手帳やタブレット端末、ボイスレコーダーなどを持ち去っています。ところがパソコンのそばに置いてあったメモリーカードはそのままでした。倉庫の壁が破壊された映像は、その中に入っていたんです。もし古芝君が犯人なら、それを回収しないわけがありません」

「君のいう通りだ。そしてそれ以前に、彼はそんな馬鹿なことをする人間じゃない。復讐計画を隠すために殺人を犯したのなら、突然行方をくらましたりはしないはずだ。警察に目をつけられてしまうからね」

「草薙さんも、そのあたりのことは承知しておられると思います。でも捜査においては、すべてを疑う必要があるんです」

「わかっている。彼もまた馬鹿ではない」

その時ノックの音がした。ドアを開けて入ってきたのは二人の男だった。一人は五十歳前後に見えた。もう一人は、ずっと若い。三十代後半だろう。

名刺交換をし、挨拶を交わした。年嵩の人物は宮本といった。海外事業部に籍を置いていて、古芝恵介とは何度か一緒に仕事をしたという。

若いほうは田村と名乗った。総務部の所属で、オブザーバーとして同席したいとのことだった。

薫たちの訪問の目的は、行方不明になっている古芝伸吾を探すため、ということにしてある。何の事件の捜査に関わるかは、無論明かしていない。

「伸吾君の行き先について何か心当たりはないかと内海刑事から訊かれ、僕がこちらの会社のことを思い出したんです」湯川が切り出した。「彼はお父さんを尊敬していましたからね。お父さんのような技術者になるのが夢だったはずです」

だから、と薫が後を引き継いだ。

「古芝恵介さんについて、どんなことでも結構ですから、できるだけ詳しく教えていただきたいんです。古芝君の消息に繋がるかもしれませんので」

宮本は頷きつつも眉根を寄せた。

「そういうことなら、たしかに私が適任者かもしれません。古芝さんとは一番付き合いが長かったですから。息子さんの話を聞いたこともあります。成績が良くて、ずいぶんと期待しているようなことをいっておられました。ただ、さほど細かいことは知らないので、どこまでお役に立てるかは自信がないのですが」

「古芝恵介さんは、どういう方でしたか」湯川が訊いた。

「一言でいうと、バイタリティの固まりでしたね。おまけに正義感が強かった。海外赴任中に事故で亡くなったのですが、そもそもそういう仕事についたのも、そんな性格が影響してのことでした。ああ、そうだ――」宮本が何かを思い出した顔になった。「息子さん、海外に行ってるという可能性はないんですか」

「海外というと?」薫が訊いた。

「カンボジアです。古芝さんが亡くなった場所はカンボジアなんです。あるプロジェクトに関わってましてね。だから息子さんがもしお父さんを偲ぶとしたら、カンボジアに行くんじゃないかと思いまして」

薫は湯川と顔を見合わせた。思いがけない地名が出てきた。湯川も予想外のようだ。

そうだ、と宮本が膝を叩いた。

「古芝さんが書かれたレポートがあります。それをお読みになったほうが、古芝さんがどういう人だったか、私なんかが説明するよりもよくわかると思います。今、コピーを取ってきますよ」

そういって腰を上げた。

「いや、ちょっと、宮本さん」慌てた様子を見せたのは、今まで黙って聞いていた総務部の田村だ。「それはまずいんじゃないですか。レポートを社外の人に見せるのは」

宮本は苦笑して手を振った。

「心配しなさんな。社外秘の部分はマジックで消しておくよ。それにずいぶん前のレポートだ。今さら外に出したところでどうってことはない。――少し待っていてください」最後は薫たちにいい、部屋を出ていった。

田村は空咳をし、背広の内ポケットを探るしぐさなどをしている。ばつが悪いのかもしれない。

十分ほどして宮本が戻ってきた。手に数枚のコピー用紙を持っていた。

「カンボジアでのプロジェクトに関するものです。なかなか熱の籠った文章でしてね、これを読んでいただければ古芝さんの人となりがよくわかると思います」

拝見します、といって湯川が受け取った。文面にさっと目を走らせた彼の顔が険しいものになった。

「何か？」薫は訊いた。

「君も後で読んでみるといい」

残念ながら、と宮本は眉尻を下げた。「私にできるのは、この程度のことです。お力になれなくて申し訳ないのですが」

「いえ、十分です」湯川がいった。「このレポートだけでも大きな収穫です。古芝君のお父さんは素晴らしいプロジェクトに関わっておられたようだ」

「息子さんはカンボジアにいるんじゃないか、と私がいう理由もわかるでしょう?」

「ええ、たしかに」湯川は腰を上げた。「行こう、内海君」

あのう、と田村が遠慮がちに口を開いた。

「それをどこかに転載されるようなことはありませんよね。その場合には連絡をいただきたいのですが」

「わかりました、必ず御連絡します」薫は明言した。

『暁重工』を後にし、二人で近くのコーヒーショップに入った。そこで薫は改めて古芝恵介のレポートを読んだ。そこには某プロジェクトへの熱い思いが語られていた。

「たしかにこれを読むだけでも、古芝氏が正義感の強い人だったということはよくわかりますね」カフェラテのカップを手に薫はいった。「それにしても、あの田村という総務部の人、少し神経質すぎますよね。これが社外に出たって、どうってことないと思うんですけど」

「彼の立場になってみたらいい。突然刑事がやってきて、数年前に事故死した社員について尋ねてくるんだ。会社の責任を問われるんじゃないかと勘繰るのがふつうだ。彼は我々の会話を録音していたみたいだしね」

「録音？　本当ですか」

「気がつかなかったか。時々スーツの内側に手を入れていただろう？　たぶんボイスレコーダーが正常に作動しているかどうかを確かめていたんだと思う」

「そうでしたか。ケータイをいじってるのかと思ってました」

「会社にはいろいろな人間が来るだろうからね。信用できない相手と会う時、いや多少信用できる相手だとしても、会話を記録するというのが彼等の習慣なんじゃないか」

「かもしれませんね。世知辛い話だと思いますけど。それにしても、録音していいですかって一言訊いてくれればいいのに」

「断られた場合のことを考えたんじゃないか。予備のボイスレコーダーを持ってなかったんだろう」

「予備って？」

「一台はスイッチを入れた状態で懐に隠し持っておく。そのうえでもう一台を相手に見せ、録音の許可を求める。仮にだめだといわれた場合は、見せたほうを片付ける。懐のレコーダーは作動しているから、密かに録音はできるというわけだ」

「そういえば、殺された長岡さんも、ボイスレコーダーを常に二台は持ち歩いていたとか」

「フリーライターなら当然だろう。見えるところに一台、見えないところに一台をセットしておくのがセオリーだ。見えているほうのレコーダーをわざと止め、相手を油断させて秘密をしゃべらせる、なんてこともできるからね」

「なるほど」そう呟いた時、薫の頭に閃くものがあった。あっと声を発していた。

「どうした？」湯川が訊く。

「私たちは大きな見落としをしていたのかもしれません」

携帯電話を取り出しながら腰を上げ、ちょっと失礼します、といって外に出た。

13

「ボイスレコーダー？　そんなものはなかったぞ」後輩刑事の指摘に、草薙は答えた。

「あったはずなんです。被害者はフリーライターです。仕事絡みで犯人と会っていたのだとしたら、ボイスレコーダーで会話を記録しようとしたはずです」電話から聞こえてくる内海薫の声は甲高い。

「そりゃあそうかもしれないが、現場にはなかった。手帳やタブレット端末と同様、犯人が持ち去ったんだろう」

「そうかもしれません。でもほかにある可能性も十分考えられると思います」

「どういうことだ」

「相手に存在を知らせていないボイスレコーダーもあったのではないでしょうか。上着の内ポケットに入れておくとか。でも被害者はトレーナー姿で上着は着ていませんでした」

「自分の部屋の中だから、上着は着ないだろう」

「そう、自分の、部屋の中です」内海薫は言葉を嚙んで含めるようにいった。「だから相手が来る前に、好きな場所にボイスレコーダーを隠せます」

はっとした。若手女性刑事のいわんとしていることが草薙にもわかった。

「もう一つ部屋のどこかに隠してあるというのか」

「その可能性はあると思います」

突飛な考えとはいえなかった。むしろこれまで思い至らなかったことのほうが不思議だ。

電話を耳に当てたまま、ホワイトボードの前まで移動した。そこには現場の写真が何枚も貼られている。それらに視線を走らせた。

一枚の写真に目を留めた。ダイニングテーブルが写っている。その上に載っているのは、ウーロン茶のペットボトル、紙コップ、週刊誌、デジタル式目覚まし時計――。

大きな音をたてて舌打ちした。なぜこんなところに目覚まし時計があるのか。ふつうは寝室の枕元に置くはずだ。

岸谷っ、と後輩の名を呼んだ。「鑑識に連絡だっ」

草薙の着眼は正しかった。問題の目覚まし時計を調べたところ、バッテリーの切れた小型ボイスレコーダーが見つかったのだ。

管理官の多々良や係長の間宮、そして多くの捜査員たちが注目する中、音声が再生された。だが再生が始まると同時に、皆の顔に失望の色が浮かんだ。

「これ、もう少しどうにかならないのか」堪りかねたように多々良がいった。

時計の中に仕込まれていたせいで、ボリュームを最大にしても、音声をうまく聞き取れないのだった。男の声が話しているということだけは辛うじてわかるが、長岡修の声なのか犯人の声なのかは判別できない。当然、会話の内容も摑めなかった。

科捜研に依頼すればノイズを奇麗に取り除き、音声を増幅できるはずだ、というのが鑑識の見解だった。

「わかった。ではその結果を待つしかないな」雑音ばかりが聞こえる音声に顔をしかめていた多々良が、切り上げるようにいった。

鑑識課員がボイスレコーダーを停止させようとした時だった。ぼそぼそと聞き取りにくい声ばかりが続いていたが、突然、破裂音のようなものが聞こえてきた。鑑識課員は手を止めた。

その場にいた全員の目がボイスレコーダーに集まった。その時、またしても破裂音が聞こえてきた。

「何だ、この音は」多々良がいった。

どこかで聞いたことがある、と思ったのは草薙だった。次の瞬間、思い出していた。こほんこほん――これは咳の音だ。彼は勢いよく立ち上がった。その弾みでパイプ椅子が倒れた。

14

勝田幹生は諦めが早かった。長岡修の部屋からボイスレコーダーが発見されたことを話し、声紋を比較したいので協力してほしいというと、あっさりと犯行を自供したのだ。

「もっと早く、こんな日が来るだろうと思っていました。案外、捜査に手間取ったんですね」薄笑いを浮かべながら、こんなふうにうそぶいた。

動機は何か、と草薙は取調室で訊いた。勝田は、おどけた顔を作った。

「もちろん、テクノポリスです。あの計画を邪魔されたくなかったんです」

「あなたは反対派じゃなかったんですか」

草薙の質問に対し、「いろいろと事情があるんですよ」といって吐息をついた。

勝田の供述によれば、最初は本当にスーパー・テクノポリス計画には反対だったという。別の土地に移り、一から農業を始めるのは容易なことではない。実家で作った無農薬野菜を使っているというのが店の売りだけに、一時的にせよ別のところから仕入れるのは抵抗があった。何より、材料費が余分にかかる。

だが数年前から店の経営状態が急激に悪化し、悠長なことをいっていられなくなった。借金が嵩み、早急に手を打たないと店を手放すしかなくなってしまうという窮地にまで追い詰められてしまったのだ。

そんな時、ある人物が近づいてきた。その男は詳しい身分を明かさなかったが、推進派側の人間であることはたしかだった。イシハラと名乗ったが、たぶん偽名だろう。

イシハラは勝田の窮状を把握していた。自分の指示に従ってくれるのなら、あなたの店を再建する手助けができるのだが、といった。

提示された金額は魅力的なものだった。足りないのなら、もう少し何とかしてもいいとイシハラは付け足した。

指示の内容は簡潔だった。反対派をまとめてほしい、というのだった。当時、計画に対して様々な意見が入り乱れていたが、反対派は結束していなかった。

勝田は奇異な感じがした。反対派がまとまったら、推進派としては厄介なのではないか。するとイシハラは朗らかに笑い、こういった。

「勝田さん、戦争を思い浮かべてくださいよ。本隊のないゲリラがあちらこちらに散らばってたんじゃ、一網打尽というわけにはいかない。今回の件も同じです。反対派が、あっちでぎゃあぎゃあ、こっちでわあわあいってる状態では、話を進めにくくて仕方がない。どうせ最後は金ですべてを解決させるんだから、システムを確立したほうがいい。しかもこちらに都合の良いシステムをね」

早い話が勝田に反対派を仕切らせ、その彼を自分たちの意のままにコントロールしようということらしかった。

珍しい話じゃありませんよ、とイシハラは何でもないことのようにいった。

「この手の計画を実行する時、よく使われる手です。反対運動、大いに結構。そういうことがあったほうが議論を尽くしたっていう感じがする。問題は引き際です。反対派だって、いつかは刀を鞘に収めなきゃいけない。そんな時、空気を読めない人間がリーダーだと、話が長引くだけで双方にとって良いことなんて一つもない。だから勝田さん、あなたのような人が必要なんです」

だが自分に反対派のリーダーなどが務まるだろうかと不安になった。

「大丈夫です。私のほうで段取りします。勝田さんは、いわれた通りにしてくだされぱいいんです。何も心配はいりません」

自信たっぷりにいわれ、勝田の気持ちは固まった。ほかに選択肢がなかったのも事実だ。

それから間もなく、勝田は反対派グループを旗揚げした。それまでばらばらに活動していた人々をまとめ、活動内容を整理していった。そんな彼を皆はリーダーシップがあると評価してくれたが、内心では舌を出していた。彼はただイシハラからいわれた通りにしていただけだったのだ。

反対集会に討論会、様々な形で反対運動を続けていった。それらの活動は実のあるもののように思われた。このまま反対の機運が高まっていけば、本当にスーパー・テクノポリス計画は頓挫するのではないかと思ったほどだった。

だが無論、実際はそんなことにはならなかった。

勝田は反対派グループを取り仕切るだけでなく、メンバーたちに関する情報をイシハラに流していた。強硬で積極的だったメンバーが、櫛の歯が欠けるように一人また一人と離脱していった。個々に懐柔されていったに違いなかった。

長岡修は、勝田が気をつけねばならない人間の一人だった。表向きは中立の立場で、反対派グループに属しているわけではない。だがスーパー・テクノポリス計画の欠点を誰よりもよく知っていた。どんな利権がどのように絡まり合っているのかを把握し、一部の人間だけが旨い汁を吸う計画ではないかと疑っていた。特に厄介なのは、彼が大賀仁策個人をも標的にしていることだった。この計画が大賀抜きでは決して進まないことを熟知していたからだろう。

勝田は反対派リーダーの仮面を被ったままで長岡修と接触し、彼の手の内を探ることにした。もちろんそれもイシハラからの指示だった。

長岡はスーパー・テクノポリス計画に絡む様々な灰色の部分に気づいていたが、それらのうちのどれ一つについても、それがクロだという証拠を摑めずにいた。ところが最近かけてきた電話で、こんなことをいった。

「大賀仁策のことで、すごいネタを摑みました。転がし方次第では、第一線から姿を消させられるかもしれません」

興奮している口調だった。詳しく話したいので近々会えないか、と尋ねてきた。

勝田のほうに拒む理由はない。むしろ、一刻も早く話を聞きたかった。すごいネタとはどんなものなのか。たかがフリーライターに、大賀ほどの大物を失脚させることなどできるものだろうか。

他人には万一にも聞かれたくないということなので、長岡の自宅で会う約束をして電話を切った。その後すぐにイシハラに連絡を取った。指示を仰ぐためだった。

「そいつはいけませんね」話を聞き、イシハラはいった。「どういうネタにせよ、大賀先生に火の粉がかかるのはまずいです。勝田さん、あなたのすべきことは、とにかく長岡にそのネタを公表させないことです」

「どうしましょうか。長岡は自信満々で、今すぐにでもどこかの週刊誌あたりに話を持っていきそうな勢いです」

「だから、それを思い留まらせるのがあなたの役目です。こういう時のためにあなたに投資しているのですから、期待を裏切らないでください。地元に戻って仲間と作戦を練るから方向性が決まるまでは迂闊に発表しないでくれとか、何とでもいいようはあるはずです。とにかく時間稼ぎが必要です。我々が対応する時間を作ってください。わかりましたね」

わかりましたと答えたが、勝田は甚だ自信がなかった。長岡を説得できなければ、どうしたらいいのか。

確たる方針が決まらぬまま、長岡の部屋を訪ねることになった。顔を合わせると挨拶もそこそこに、長岡はタブレット型の端末を出してきた。そして何も説明せず、いきなり音声データを再生した。

　聞こえてきたのは二人の男のやりとりだった。電話での会話らしい。一方は若い男のようだが、聞いたことのない声だった。だがもう一人の声を聞き、勝田は身を固くした。大賀仁策に違いなかったからだ。

　驚きのあまり、会話の内容は頭に入ってこなかった。そのことに気づいたのか、長岡はもう一度再生してくれた。

　今度はよくわかった。警察官を名乗る若い男がコシバアキホという女性について尋ねている。それに対して年配の男、おそらく大賀仁策と思われる人物が、余計なことをするな、と叱責しているのだ。

　何ですかこれは、と勝田は長岡に訊いた。長岡は、にやりと笑った。そして驚愕するようなことを話し始めた。

　コシバアキホというのは昨年の四月に都内のホテルで急死した女性だが、大賀の担当記者であり、じつは愛人でもあったらしい。彼女は助かる見込みがあったが、一緒にいた大賀が見捨てて逃げたために助からなかった可能性が高いという。

　音声データは、コシバアキホの弟が大賀に電話をかけて録音したものらしい。彼女の携帯電話から大賀の番号を突き止めたと思われた。

　このようなものをどうやって手に入れたのかと勝田は訊いた。それに対して長岡は、特殊なルートだとしかいわなかった。

「捏造されたものなんかじゃありません。コシバアキホさんの弟さんに極めて近い人物から入手したものです。本当は、その弟さんから直接話を聞ければいいのですが、現時点では事情があってそれは難しいんです。でも大丈夫です。証拠はほかにもあります。たとえば、コシバアキホさんが亡くなった日、大賀が確実にその部屋にいたという証拠とかね。部屋番号までわかっている。記事にするには十分です」

長岡の話を聞きながら、勝田は混乱し始めていた。すごいネタとは女性スキャンダルのことだったのか。まるっきり予想外だった。金に絡む話だろうと決めてかかっていた。それだけに、どう対応していいのかわからなかった。

いつ公表する気なのか、と訊いてみた。長岡の回答は、準備が出来次第、というものだった。

「標的が標的だけに、慎重に事を起こす必要があります。今、どこの編集部に話を持っていくべきか検討しているところです。途中で腰が引けるようなところには任せられないですからね」

この件については、ほかの誰にも話していないのだと長岡は添えた。

勝田は焦った。何とかして、ここで止めなければならない。記事が出たらイシハラから責められるだろう。これまでに払った金を返せといわれるかもしれない。

時間稼ぎ——そう、何とか引っ張らねば。

記事を出すのは少し待ってもらえないか、といってみた。地元の仲間たちと相談したいから、と。すると長岡は意外なことを聞いたように瞬きした。

「何を相談する必要があるんですか。大賀のスキャンダルが世に出れば、あなた方にとっては強力な追い風になるはずだ。それにこれはスーパー・テクノポリス計画に直接関係している話じゃない。あくまでも大賀個人のことです。本来あなたには関係がないのですが、善意からお話ししたのです」

　しかし、と勝田は声を裏返らせた。こちらにも都合があるから、勝手なことはしないでもらいたい。

「どういう都合ですか？　どこが勝手なのですか。おかしなことをいいますね」そういった後で長岡は、じっと勝田の顔を見つめた。「どうしました？　なぜそんなに怖い顔をしているんですか。何か都合の悪いことでもあるんですか。あなたのそんな様子を見ていると、あの噂のことが気になってしまいますね。あの奇妙な噂のことが」

　奇妙な噂？

「あなたの地元で耳にしたんですよ。勝田幹生は推進派に寝返るつもりじゃないかってね。いや、じつは元から推進派のスパイだったんじゃないかという説さえある」

　勝田は狼狽を顔に出さないようにするのが精一杯だった。そんな馬鹿な、そんなことがあるわけがない、と懸命に弁明したが、長岡をごまかせたかどうかはわからない。

「ええ、俺だってデマだと信じていますよ。だから、今回みたいな大事なこともお話ししたんです」

　長岡の言葉を聞き、嘘だ、と直感した。この男は勝田の正体に薄々気づいていたのだ。気づいたうえで大賀のスキャンダルについて話し、勝田がどう出るかを探ろうとしている。

　このままでは帰れない、と思った。何とかしなければ。この男を止めなければ。

　話している途中から、勝田が目の端で捉えていたものがあった。それはネクタイだ。事務机の前にある椅子の背もたれに、脱ぎ捨てられたワイシャツとネクタイが無造作に掛けられている。

長岡が背中を向ける時があった。コーヒーを淹れようと席を立ったのだ。今しかチャンスがないと思った。これを逃せば、自分は破滅する——。

ネクタイを手にし、後ろから襲いかかった。首にネクタイを回し、後ろで交差させ、全力で引っ張った。長岡は呻き声をあげ、両膝を床についた。勝田は絞めながら背中にのしかかった。九十キロ超の体重を預けた。

長岡は懸命に抵抗した。身体を揺すり、勝田の身体を振り落とそうとした。だが勝田としては逃がすわけにはいかなかった。ここで失敗したら、万事休すだ。

どれぐらい絞め続けていたのか、正確には覚えていない。気づけば長岡が動かなくなっていた。四つん這いだったはずが、俯せの状態で両足が伸びていた。

勝田はおそるおそる顔を見た。長岡の目は見開かれたままで、開いた口から大量の涎《よだれ》が垂れていた。呼吸をしている気配はなかった。

しばらく床に尻をついて座り、ぼんやりしていた。人を殺したという感覚はなかった。自分で事を起こしておいて、何が起きたのか理解していない、そんな状態だった。

我に返ったのは、異臭を感じたからだ。尿の臭いだった。長岡の股間が濡れていた。

ようやく自分のすべきことに気づいた。勝田は立ち上がり、そばのティッシュに手を伸ばした。何枚か引き抜くと、自分が触れたと思われるところを拭き始めた。拭いた後のティッシュはゴミ箱には捨てず、自分のバッグに放り込んだ。それすらも手がかりになるような気がしたからだ。口を付けたコーヒーカップもバッグに入れた。唾液が検出されたらまずい。凶器に使ったネクタイも、長岡の首から慎重に外してバッグにしまった。

そばに鞄があったので、指紋を付けないように気をつけながら中をまさぐった。手帳とデジカメが見つかった。タブレット型端末と共に、それらもバッグに入れた。テーブルの上には長岡が、「一応記録をとらせてもらいます」といってセットしたボイスレコーダーが置いてあった。それもももちろんバッグに突っ込んだ。もう一つ別にボイスレコーダーが隠してあることなど考えもしなかった。

バッグを抱えると、なるべくどこにも触れないように用心しながら部屋を出た。

恐ろしさがこみ上げてきたのは、帰りの列車の中でだった。事切れた後の長岡の目が網膜に焼き付き、いつまでも消えなかった。

地元に戻り、自分の店で魚を調理しようとした時のことだ。魚の目を見た瞬間、猛烈な吐き気が襲ってきた。その場で蹲《うずくま》り、嘔吐しながら、たぶんだめだろう、きっと捕まるだろうな、とぼんやりと考えた。

15

インターネット上の記事を虱潰《しらみつぶ》しに調べたが、長岡修殺しに関するものは見当たらなかった。捜査がまるで進展していないからなのか、進展はしているが情報を公開できる段階ではないからなのかはわからない。したがって、警察が自分の計画を把握していることも十分に考えられる、と古芝伸吾は思った。

ノートパソコンを助手席に置き、腕時計に目を落とした。午後十一時を少し過ぎたところだ。

さっき時計を見た時から十分も経っていない。ため息をつき、顔をこする。胃が少し痛むのは、空腹のせいか。十時間以上、何も食べていないのだ。コンビニで買ってきたサンドウィッチと缶コーヒーがあるが、食欲などまるでなかった。

秋穂の手料理が懐かしかった。彼女は決して料理が上手ではなかったが、忙しい時でも弟のために作ってくれた。煮込みハンバーグは得意料理の一つだった。

「いくらファミレスでバイトをしてるからって、店のものばっかり食べてちゃだめだからね。あいうのは殆どが冷凍でしょ？　やっぱりきちんと料理したものでないと栄養のバランスが悪くなるんだから」そんなことをいいながらハンバーグを皿いっぱいに盛りつけたことがあった。伸吾が大学に入り、バイトを始めたばかりの頃だ。

「ハンバーグばっかりのほうが、よっぽど栄養が偏るだろ」

「うるさい。あたしのハンバーグは特別。姉の愛情という特別スパイスが入ってるんだから。文句をいわずに食えっ」

あの時のことを思い出すと涙が溢れた。あれから一週間後、彼女は帰らぬ人となった。

ドアを開け、運転席から外に出た。周囲に人影がないことを確認してからスライドドアを開け、中に足を踏み入れた。このワンボックス・バンの後部は、すべてラゲッジスペースにしてある。そしてそこに高校時代に作った装置が積み込まれていた。

その銃身は、約一メートルあった。総重量は百キロを超える。だから車がないと移動は不可能だ。計画を立てた時からそのことはわかっていたから、まずは自動車の免許を取得することにした。それが第一歩だった。

新入部員勧誘用のパフォーマンスとしてレールガンを選んだのは、一年生を驚かせてやりたいという気持ちからだが、チャレンジ性が高くて面白そうだと思ったのも事実だ。レールガンの仕組み自体は簡単で、高校生でもそれなりのものは作れる。だが作り手によって、そのレベルに大きな差が出ると聞いていた。伸吾は、湯川というプロの科学者の力を借りれば、どんなものが作れるのかを確かめたかった。

結果は予想以上だった。レールガンの場合、コンデンサに蓄えられた電気エネルギーを、いかに損失なく弾丸を発射するエネルギーに変換するかという点が肝なのだが、湯川はそれを実現するためのアイデアやノウハウをいくつも持っていた。聞けば、世界最高水準のレールガンに関する資料を集めたのだという。伸吾は驚いた。たかが高校生のイベントにそこまでやるのか、と。それに対する湯川の言葉はこうだ——最高レベルを目指さない理由がない。

素晴らしい人に教わっているのだ、と伸吾は改めて感激した。

完成したレールガンは、数メートル先のフライパンを簡単に射抜いた。その威力と衝撃音は新入生たちの関心を引くには十分だった。ただしイベント終了後、顧問の教師から、今後は余程のことがないかぎりレールガンの使用は控えること、と釘を刺された。万一怪我人でも出たら大変だというのだ。伸吾は仕方なく従うことにしたが、ろくな指導もしないくせに文句だけはいうんだなと腹の中で毒づいていた。

レールガンは分解された状態で物置にしまわれ、その後日の目を見ることはなかった。そしてそのまま高校生活の良い思い出の一つになるはずだった。あの悪夢のような日を迎えるまでは——。

警察の遺体安置室で秋穂を見た時のことは、たぶん一生忘れられないだろうと伸吾は思っている。そんな表現を使うのは、じつは忘れてしまいたいからだ。それほど無惨で哀れな姿だった。

秋穂の顔は白いというよりも灰色に近かった。目は落ち窪み、頬には丸みがなくなっていた。政治部の記者として潑剌《はつらつ》と走り回っていた面影は、すっかり消え失せていた。人間の顔が、たった一晩でこれほどまでに変わってしまうものだろうか、と呆然とした。

警察に呼ばれたのだから、何らかの事件に巻き込まれたのだろうと思い込んでいた。ところがその後に聞かされた話は、伸吾の想像外のものだった。

子宮外妊娠による卵管破裂、そのために大量出血し、ショック死したとみられる——。

伸吾は当惑した。一体誰の話をしているのだ。妊娠？　姉が？　秋穂が？　全く知らないことだった。交際している男性がいることさえ聞いていなかった。

秋穂が一人で都内のホテルに、しかもスイートに泊まるわけがない。連れが、おそらく男性が一緒にいたはずだと思われた。その人物は何者なのか。秋穂が倒れた時、何をしていたのか。そして今、どこで何をしているのか。

話を聞かせてくれた刑事は、もちろん相手の男を捜すつもりだといった。瀕死の人間を見捨てて逃げたのだとしたら、保護責任者遺棄致死罪に該当するからだという。

ただし、と刑事は辛そうな顔で続けた。立証は難しいかもしれない、と。

「男を見つけだせたとしても、秋穂さんが倒れたのは自分が部屋を出た後だと主張されたら、それまでだからなあ」職人を思わせる顔つきの刑事は口元を曲げていった。

仮に罪には問えなくても、何らかの形で責任を取らせたかった。秋穂を妊娠させたのも、その男に違いないからだ。警察が男を見つけてくれることを期待した。

だが秋穂の死から数日後、刑事は秋穂の所持品を返しにやってきた。事件性はないということで、捜査は打ち切られたというのだ。

「納得できないと思うけど、俺たちは上の指示には逆らえないからね」刑事は申し訳なさそうにいった。

本当に納得できなかった。財布に携帯電話に化粧ポーチ――刑事から返された品物を見ていると、悔しさと悲しさで涙が溢れた。

こうなったら自分の力で相手の男を見つけだしてやろうと決心した。まずは携帯電話の中身を徹底的に調べてみた。その結果、気に掛かる一つの文字が見つかった。それは『J』というものだ。誰かの略称だと思われた。発信にも着信にも履歴が残っている。そして秋穂がホテルに泊まった日の夜十一時過ぎには、『1820です。』と記したメールが送信されていた。

閃いた。これはホテルの部屋番号ではないのか。チェックインを済ませると、相手の男に部屋番号を書いたメールを送信する。男はそれを見てから直接部屋へ行く、というわけだ。

確認してみようと思い、ホテルに出向くことにした。どうせなら詳しいことも訊いておきたかった。フロントに行き、正直に名乗った。遺体を見つけた人に会いたいのだがと頼んでみた。

フロントクラークの女性は親切だった。そういうことならと、そのベルボーイと別室で話ができるように取り計らってくれたのだ。

松下というベルボーイは伸吾よりも少し年上のようだった。秋穂を見つけた時の状況を、丁寧な言葉遣いで淡々と話してくれた。それによっていくつかのことがわかった。一つ、テーブルの上にビール瓶と二つのグラスが置かれていた。どちらのグラスにもビールが注がれていた。二つ、秋穂は着衣姿だった。ストッキングさえも穿いたままだった。三つ、部屋は殆ど使われていなかった。タオルもすべて未使用だった。ベッドもベッドカバーが付いたままだった。

そして四つ、部屋番号は１８２０だった。

ベルボーイに負けないくらいに丁寧な言葉で礼を述べ、伸吾はホテルを後にした。収穫は大きかった。

グラスが二つあったということから、秋穂が一人きりではなかった、つまり相手の男も部屋にいたのは確実だ。無論、その時点では秋穂は生きていた。ただしベッドカバーの話などから、性交渉には至っていなかったと思われる。秋穂が服を着たままだったことも、それを示している。

深夜にホテルのスイートで密会し、セックスをすることなく、男が出ていったとは考えられない。もしそうしたのだとしたら、何か突発的な出来事が起きた場合だ。

秋穂の体調が急変したのを見て、男は逃げた。そう考えるのが妥当だった。子宮外妊娠による卵管破裂とまではわからなかったかもしれない。だが大量の出血を見たはずなのに、男は救急車を呼ぶことさえしなかった。

怒りで身体が震えた。そんなことが許されていいわけがない。父の死後、秋穂は両親に代わって伸吾の生活を支えてくれた。大学に進めたのも、彼女の尽力のおかげだ。どんなに苦しい時でも、決して弱音を吐かなかった。泣き言をいうのは、いつも伸吾のほうだった。そんな弟を叱り、励ましてくれたのも秋穂だ。

何が何でも男を見つけだそうと決心した。その男をどう裁くかは、見つけてから考えようと思った。

　手がかりはすでにある。部屋番号から、『J』がその男だと判明している。では『J』の正体をどうやって暴くか。わかっているのは携帯電話の番号とメールアドレスだけだ。警察ならば、それだけで簡単に身元を確認できるのだろうが、連中はすでに手を引いている。だがそんなふうに考えた時、一つのアイデアが浮かんだ。

　伸吾は『J』に電話をかけた。もちろん秋穂の携帯電話を使うようなことはしない。相手が警戒して、電話に出ないおそれがあるからだ。

　もしや解約されているかもしれないと思ったが、電話は無事に繋がった。息を整えながら呼び出し音を聞いた。鼓動が速まるのを抑えられなかった。

　やがて相手が出た。「はい、どなた?」威圧感のある太い声だった。

　乾いた唇を舐めてから伸吾はいった。「こちら、警視庁の者です」

「警視庁?　私に何の用かな」落ち着いた口調は変わらない。警察と聞いても、全く狼狽していない様子だった。

「じつはお尋ねしたいことがあるのです。古芝秋穂さんを御存じですね。この番号は、あの方の携帯電話に残っていたのですが――」

　そこまで話したところで、おいっ、と相手の男がいった。「貴様、誰だ」

「ですから、警視庁の」

「名前をいえといってるんだ。どこの警察署だ。刑事課か」

　この声は――。

どこかで聞いたことがあると伸吾は思った。自分の知っている人間だ。しかし今はそれを考えている場合ではない。

「刑事課の者ですが……」咄嗟に思いついたことをいった。

電話の向こうから大きな舌打ちの音が聞こえてきた。

「署長にも余計なことはするなといったはずだぞ。二度と電話をかけてくるな。わかったな」そういい放つと相手は一方的に電話を切った。

伸吾は電話を握りしめたまま、しばらく動けなかった。気がつくと全身から冷や汗が出ていた。警察だといえば、相手が萎縮するだろうと踏んでいた。嘘は通用しないと思い、簡単に本名を明かすに違いないと思った。ところが予想は大きく外れた。萎縮するどころか、警察を完全に見下ろした物言いだった。

じつは電話の会話はすべて録音していた。伸吾はそれを何度も聞き直した。声の主を思い出すためだった。聞くたびに引っかかる台詞があった。

署長にも余計なことはするなといったはずだぞ――。

これはどういう意味なのか。余計なこととはどういうことか。

間もなく伸吾は答えを知ることになった。教えてくれたのはテレビの国会中継だった。食堂でカレーライスを食べていると、突然あの声が耳に飛び込んできたのだ。

画面を凝視した。その中で発言しているのは、元文部科学大臣の大賀仁策だった。

不意にすべての謎が解けた。秋穂は大賀の担当記者だった。どこへ行くにも同行し、取材をしていた。声に聞き覚えがあると思ったはずだ。秋穂はよく自宅でボイスレコーダーを聞いていた。

そこから聞こえてくるのは、殆ど大賀の発言だったのだ。

大賀が秋穂の相手だったのか。

たしかにそれなら、警察が相手でも臆したりはしないだろう。それどころか警察に圧力をかけ、すべてを隠蔽したのだ。

大賀は妻子持ちで、女性に人気がある。不倫相手が出血多量で重体に陥っているというのに、何もせずに逃げたとわかれば、イメージダウンは避けられない。

憎しみの炎が何倍にも大きくなった。大賀は保身のために秋穂を見捨てたのだ。そしてそのことを何ら反省していない。

涙が出た。そんな男に身を捧げたのかと思うと、秋穂が哀れでならなかった。

さらに気づいたことがあった。伸吾の奨学金だ。秋穂の尽力により、極めて条件が厳しいはずの奨学金が支給されるようになっていた。たしか彼女はいった。大臣クラスから手を回してもらうから絶対に大丈夫だ、と。

目眩《めまい》がした。何ということか。自分が大学生活を送れているのは、姉を死なせた男のおかげなのか。自分は、あの男に感謝せねばならないのか。

気が狂いそうだった。絶叫するのを辛うじて堪えた。そのかわりにうずくまり、自分が為すべきことを考えた。ろくに食事も摂らず、何日間も考え続けた。そうすることで正気を保っていた。

出した答えは復讐だった。それ以外には何も思いつかなかった。

大学は辞めることにした。何も知らなかったとはいえ、あの男に行かせてもらっていたと思うと自己嫌悪に陥った。

問題は復讐の方法だ。何しろ相手は大物代議士だ。殆どの場合、部下たちが一緒にいる。ナイフで襲いかかったとしても、大賀の身体には指一本触れさせてもらえないだろう。とはいえ伸吾に銃器を入手する手段はない。

レールガンに思い至ったのは、ごく自然な流れだった。ほかに道はなかった。

しかし実行が容易でないことはわかっている。精巧なものに仕上げるには、それなりの工作機械や場所が必要だ。

復讐という目的のため、伸吾は金属加工を生業としている会社に就職することにした。それが『クラサカ工機』だった。給料は驚くほど安かったが、小さな町工場にしては最新型の工作機械が揃っていた。

仕事は楽しかった。元々機械いじりや何かを作るのが好きだ。単純に金属を削るだけでも夢中になれた。自分は湯川のような研究者ではなく現場で働くタイプだったのだなと改めて思った。だが浮かれることはなかった。頭の中には常に大賀仁策の顔があった。それがレールガンによって吹っ飛ばされる様子を何度も想像した。

『クラサカ工機』は主に単品加工の注文を請け負う会社だ。だからほかの従業員がどんな仕事をしているのか、わからないことのほうが多い。伸吾は皆の目を盗み、レールガンに必要なものを作った。また一日の業務が終わると、工作機械の操作を練習したいといって、特別に残ることを社長から許可してもらえた。社長の家は工場から離れている。何をしていてもばれたりはしない。

十月になると、本格的な実験に取りかかれるようになった。二ミリの鋼板を射抜いた時には身体が震えた。

だがもっと震えたのは、実験をしている現場をある人物に見られた時だ。

そのことがよかったのかどうか、今はまだわからない。すべてが終わるまで、答えは出せない。

16

薫の話を聞き終えた後も、湯川の翳りを帯びた表情に変化はなかった。椅子に座り、じっと窓の外に顔を向けている。その手にはインスタントコーヒーの入ったマグカップがあったが、先程からずっと口元には運ばれていない。

湯川先生、と薫は彼の背中に声をかけた。「よかったですね。とりあえず古芝君の疑いが晴れて」

湯川は彼にしては緩慢な動きで振り返った。コーヒーを一口飲み、冷めてしまったせいか顔をしかめ、マグカップをそばの作業台に置いた。

「フリーライター殺しについていってるのなら全く無意味だ。何度もいっているように、その件について古芝君を疑ったことなど一度もない」

「ええ、古芝君は無関係でした」薫はいった。「ただ、今もお話ししましたように、勝田の供述の中には古芝君に関係していると思われることが出てきます。長岡修さんは、大賀代議士が古芝秋穂さんの死に関わっていたことを示す証拠を、いくつか持っていたようです。それらは元々古芝伸吾君が持っていたと思われます。意味もなくそんなものを持っている人間はいません。古芝君は大賀代議士がお姉さんを死に至らしめたと確信し、憎んでいると考えるのが妥当です」

「ではそんな大切な証拠を、古芝君はなぜフリーライターに渡したんだろう？」

「渡したのは古芝君ではないと思われます。一人、それらしき人物がいます。今頃は草薙さんたちが会いに行っているはずです」

湯川は下唇を少し突き出し、そうか、と素っ気なくいった。

「警視庁からの依頼です」薫はいった。「明日の朝早く、出来れば今夜から、私と一緒に行っていただきたいところがあります」

「デートの誘いか。場所は？」

「光原市です」

湯川の顔が一層曇った。眼鏡を外し、乱暴に投げ出した。「スーパー・テクノポリスか。そんなところへ何をしに行けと？」

「来週から第一期の工事に入ります。明日、地鎮祭が行われるんです。それに大賀代議士も出席する予定です」

湯川が鋭い眼差しを向けてきた。「それで？」

「レールガンは機動性がないんでしたよね。車に積んで移動するしかなくて、たった一回発射したらおしまい。でも、射程距離は銃よりもはるかに長い。地鎮祭が行われる場所は、周囲に何もないところです。遠くから狙うには、うってつけです。儀式にはそれなりに時間がかかるので、ゆっくりと照準を合わせられます」

「つまり地鎮祭の最中に古芝君は大賀代議士を撃ち殺そうとしているんじゃないか、といいたいわけだな」

「馬鹿げた説だと思いますか。物理的に不可能だと」

湯川は薫を睨みながら前髪をかき上げ、いや、と首を振った。「物理的には可能だ」

「だから一緒に行ってもらいたいんです。私たちにアドバイスをお願いします」

湯川は手を横に振った。

「そんな必要はないだろう。レールガンを積載できそうな車を片っ端からチェックすればいい。人海戦術を使えば済む話だ」

「もちろんそうです。だから地元の県警とも連携して警備に当たることになっています。でも何が起きるかはわかりません。古芝君は頭の良い青年なんでしょ？　簡単に見つかるような方法は取らないかもしれない」

「たしかに頭の良い若者だが……」湯川は苦しげに顔を歪め、拳で作業台を叩いた。「犯罪に関しては不器用であってほしい。うまくやることは困難だと気づいて、断念してもらいたい」呻くような声だった。彼がこんな声を出すのを薫は聞いたことがなかった。

「彼を思い留まらせてください」薫はいった。「それができるのは先生だけなんですから」

湯川は立ち上がった。

「いくつか準備したいことがある。明日の朝、迎えに来てくれ」

17

着メロを聞き、急いで携帯電話を取り出した。しかし表示されているのは、学校の友人の名前だった。とりあえず電話には出る。ちょっとした問い合わせに答え、ついでに雑談を少々。ノリが悪いと思われないように気をつけながら話し、じゃあまた明日ね、と明るい声で締めくくった。

吐息をつき、由里奈は携帯電話を見る。

また連絡するっていったくせに――。

古芝伸吾から最後に連絡があったのは、彼が姿を消してから間もなくのことだった。公衆電話からかかってきた。何か変わったことがあったか、と尋ねてきた。

「会社に刑事さんが来た。あたしもファミレスに連れていかれて、伸吾君のことを話してくれっていわれた」

「それで、どうしたの？」

「何も知らないって答えた。それだけ」

「そうか。ありがとう」

すぐに電話を切ってしまいそうな雰囲気だった。由里奈はあわてて、「ねえ、やっぱりやるの？」と訊いた。

少し間があり、やるよ、と彼は答えた。「そのために今日まで生きてきたんだ」

その言葉に、どきりとした。

「生きてきたって……終わったら死ぬ気なの？」

「……わからない」

「やだよ、そんなの。そんなこといわないで」

「また連絡する」そういって彼は電話を切った。

あの時の会話を思い出すたびに胸が痛くなる。彼はどうなってしまうのだろう。

重い足取りで帰路を歩いた。『クラサカ工機』の前を通り過ぎた時、前方にいる人影に気づいた。二人いる。どちらも男性だ。一方の人物には見覚えがあった。由里奈をファミレスに連れていった草薙という刑事だ。

立ち止まった。緊張のあまり、全身に力が入った。

草薙は煙草を吸っていたが、火を消し、携帯灰皿に吸い殻を入れた。もう一人の男性と共に近づいてきた。

「お帰りなさい」草薙は笑いかけてきた。「どうしても訊きたいことがあってね、疲れているところを悪いんだけど、少しいいかな」

「あたし、何も知りません」

「そうかな。そうじゃないと思うんだけどな」草薙はいった。「君しか知らないことがあるはずだ。もし彼に過ちを犯させたくないなら、知っていることを話してほしい。彼を救えるのは君だけだ。そうだろ?」

由里奈は息を呑んだ。この刑事は、すべてを見抜いているのだろうか。

「長岡修さんを知っているね?」草薙は訊いた。「彼に音声データを渡したのは君だね」

やはりそうだ。もはや、何もかもばれている。だったら隠すことはない。草薙のいう通りだ。彼を救えるのは自分だけかもしれない。

こみ上げてくるものがあった。涙が溢れ出すのを堪えられなかった。

「あたし、彼のことを止めたくて、それで……」声が詰まった。

よし、と草薙は頷いた。「ゆっくり話を聞くよ。暖かいところへ行こう」

そばに止めてあった車に乗せられた。後部座席に座ると、由里奈はハンカチを出した。

「彼、刑務所に入らなきゃいけないんですか」

「そうさせたくないから、君から話を聞くんだ」草薙は答えた。

着いた先は向島警察署だった。由里奈はソファとテーブルのある部屋に通された。草薙のほかに、年配の間宮と名乗る男性が同席した。

「古芝伸吾君について、君の知っていることをすべて話してほしい」草薙はいった。

「そういわれても、どこから話したらいいのか……」

「最初からだ。一から全部話してくれればいい」

「最初から……」

「そう、最初から最後まで」

最初は――あの出会いだ。

夏休み中のことだった。由里奈は家にいた。すると父の達夫から電話がかかってきて、事務員が休みだから電話番をしてくれという。トモちゃんという愛称の事務員は気の良いおばさんだが、子供の具合が悪いとかいってすぐに会社を休む。そのたびに駆り出されるのが由里奈だ。達夫が母に命じない理由はわかっている。何事につけ要領が悪い母では、電話番を任せられないのだ。相手の名前を確認しないままに電話を切ることだってある。

面倒臭いと思いつつ、支度をして事務所へ行った。たまにかかってくる電話の応対をしながら、トモちゃんの机を借りて夏休みの宿題を片づけることにした。三年生になれば宿題はないそうだが、由里奈たち二年生には出される。

　事務所には、いろいろな人間が出入りする。しかし誰も彼女には声をかけてこなかった。電話番の手伝いをしているだけだということを知っているからだ。

　その若い従業員も、初めはそうだった。事務所に入ってきて、誰かを探すように室内を見回した後は、ただ黙って立っていた。だがしばらくすると、「コサイン2エックスは2コサイン2乗エックスマイナス1」という呟きが由里奈の頭の上から聞こえてきた。顔を上げると若い従業員は照れたように頭に手をやり、机の上を指した。

「加法定理……ですよね」

　由里奈は驚いた。彼女が机の上に広げていたのは数学のプリントだが、解法がわからずに困っていたところだった。

「解けます?」彼女は訊いた。

　たぶん、と彼は答えた。

　彼女からシャープペンシルを受け取ると、彼は立ったままでさらさらと数式を書き始めた。考えている気配すらない。何かを写しているだけのように見えた。

「これで合ってると思うけど」書き終えてから彼はいった。

　すごーい、と由里奈は手を叩いた。「数学、得意なんですか」

「まあ、わりと」彼は恥ずかしそうに微笑んだ。

「ほかにもわからない問題があるんですけど、教えてもらえます?」

「いいですよ」彼は小さく頷いた。

それ以後、昼休みなどに勉強を教えてもらいに工場へ行くようになった。彼――古芝伸吾は、思った以上に優秀だった。由里奈には問われていることの意味すらわからない問題でも、さっと一瞥しただけで解いてしまう。

「あいつはすごいよ。大学に行ったほうがいいと思うけど、本人が働きたいっていうんだから仕方ないわな」達夫も伸吾のことをこんなふうに絶賛した。さらに彼が努力家であることも褒めた。達夫によれば、彼は一刻も早く仕事に慣れるため、業務後に一人で工場に残り、機械操作や金属加工の練習をしているのだという。そういえば、遅くに鍵を返しに来ることがよくあった。

そんな伸吾の様子を覗いてみようと思ったのは、昨年の秋のことだ。彼が鍵を返しに来るのが、それまで以上に遅くなっていた。時には午後十時を回ることもあった。あまり無理するなよ、と達夫もいっていた。

彼がどんなことをしているかに興味があったわけではない。彼と二人きりになりたい、というのが狙いだった。こっそりと家を抜け出し、工場に向かった。途中でコンビニに寄り、温かいお茶とおにぎりを買った。差し入れのつもりだ。

勉強を教えてもらううちに、由里奈は古芝伸吾に惹かれるようになっていた。彼はどんなに難解な内容でも、できるだけわかりやすく説明しようと言葉を選んでくれる。彼女が理解できるまで、粘り強く教えてくれる。わからないからもういいと彼女が匙を投げようとすると、諦めちゃだめだと軽く窘《たしな》めた後、もう一度一から説明してくれる。それらの行為が彼の優しさからくることに彼女は気づいた。親以外で、これほど自分のことを大切に扱ってくれた人間はいない、と思った。

会社に行ってみると、ふだんはあまり使われていない工場から明かりが漏れていた。由里奈は扉の隙間から中の様子を覗いた。

作業着姿の伸吾が見えた。だが彼は機械操作もしていなければ、金属加工もしていなかった。彼の前にあるのは、これまでに由里奈が見たことのないものだった。

金属の長い板、太いケーブル、複雑そうな電気機器、そんなものが無秩序に組み合わされていた。いや無論秩序はあるのだろうが、由里奈にはそう見えた。

やがて伸吾は、その不思議な物体から離れた。安全眼鏡をかけている。それで、何か危険なことを始めるのだと察した。

次の瞬間——。

衝撃音と共に物体から火花が溢れた。その音は由里奈の身体を硬直させ、閃光は目眩を起こさせた。彼女は持っていたコンビニの袋を落とした。

物音に気づいた伸吾が振り返った。由里奈は逃げようとした。だが足がすくんで動けない。ようやくコンビニの袋を拾い上げた時、扉が開けられた。

そこに彼女がいたことに、伸吾も驚いた様子だった。ほんの何秒間か、二人は見つめ合った。

「あの……あの、あたし」由里奈はコンビニの袋を差し出した。「これ、差し入れ……」

その手を伸吾に摑まれた。彼は彼女を工場内に引き入れると、周囲を見回してから扉を閉めた。

その後、じっと足元に視線を落としていた。

「伸吾……クン」由里奈は呼びかけた。この頃には名前で呼ぶようになっていたのだ。

「お願いがある」伸吾は彼女に目を向けた。「今ここで見たことは、誰にもいわないでほしい。社長にも、社員にも、御家族にも、友達にも」

由里奈は懸命に呼吸を整えた。「ここで何をしてるの？」

「それは……いえない」彼は目をそらした。

「どうして？」

「君は知らなくてもいいことだ」

「知ってもいいでしょ。話して」由里奈は伸吾の前に立った。「この機械は何？　どうしてこんなものを作ってるの？」

「……実験だ」

「実験？　何の実験？　どうして人に話しちゃいけないの？」

由里奈の質問に、伸吾は苦しげな色を見せた。その瞬間、確信した。彼にはとてつもない秘密がある。彼ほどの優秀な人間がこんな町工場に来たのは、その秘密のせいなのだ。

話して、と彼女はいった。「あたしにだけ話して」

「聞かないほうがいい」

「どうして？」

「どうしてもだ。もし君が人に話すというのなら、俺はここを出ていくしかない」

由里奈は混乱した。彼に去られるのは嫌だ。

わかった、と答えた。「誰にもいわない。でも、いつかは話してくれるよね」

伸吾は眉間に皺を寄せて考え込んだ後、うん、と小さく頷いた。

「時々見に来てもいい？」

「家の人に見つかったらまずいよ」

「大丈夫。窓から抜け出せば気づかれないから。今日だって、そうしてきたんだから」そういって改めてコンビニの袋を差し出した。

伸吾は薄く笑いながら袋を受け取った。

その後、何度か彼の「実験」に立ち会った。わかったのは、恐ろしく手間と時間がかかるということだった。彼は複雑な装置をばらばらにして自分の車に隠していたが、それらを組み立てるだけでも一時間以上を要した。しかもいくつかの部品には精密な手入れが必要で、金属部分の研磨に数時間をかけることさえあった。おまけに「実験」は、一晩でたった一度しかできない。失敗したら、その日はそれでおしまいだ。

装置の名前を教えてくれたのは十二月に入ってからだ。レールガンというらしい。由里奈は得心した。長い金属製のレールから弾丸のようなものが発射される様子は、その名前に相応《ふさわ》しかった。

同時に由里奈は、ずっと気になっていたことを口に出さずにはいられなかった。彼女は訊いた。

「これを使って、誰かを撃つの？」

伸吾は返事をしなかった。だが答えたも同然だった。

「そうなんだね？」彼女は、もう一度訊いた。

伸吾の身体からふっと力が抜けるのがわかった。告白してもらえる、そう確信した。

そうだ、と彼は答えた。「仇を討つんだ」

「仇？」

「お姉さんって、病気で亡くなったんじゃなかったの？」

「姉貴の仇だ」

伸吾は首を振った。「殺されたんだ。殺されたも同然だ」

彼は姉の古芝秋穂が死んだ時の状況を詳しく話し、男に見殺しにされたのだと断言した。さらにノートパソコンに保存してある、いくつかの証拠を由里奈に見せてくれた。音声データや、古芝秋穂の携帯メールなどだ。音声データは、伸吾と男性のやりとりを記録したものだった。伸吾は警察官を名乗っていた。

「相手の声、どこかで聞いたことがない？」

伸吾に問われたが、由里奈にはわからなかった。すると彼が教えてくれた。衆議院議員の大賀仁策だ、と。名前だけは知っていたので、さすがに驚いた。まさかと思った。

「俺だって、本当はこんな面倒なことはしたくない。簡単に近づける相手なら、ナイフを握って突っ込んでいく。だけどそんなことはできないから、こいつを使うしかないんだ」そういってレールガンを見てから振り返った。「警察に通報する？」

由里奈は、かぶりを振った。「そんなこと、するわけないでしょ」

「なぜ？」

「なぜって……伸吾君に捕まってほしくないもん」

すると彼は沈んだ笑みを浮かべた。「目的を果たしたら、俺は自首するよ」

「……それでも、警察には知らせない。そのほうがいいでしょ」

伸吾は目を伏せ、ごめん、と呟いた。

由里奈は思わず彼に抱きついていた。「どうして謝るの？　謝らなくていいよ」

彼の腕が彼女の身体に巻き付いてきた。

年が明けると、伸吾は本格的な発射実験に取り組み始めた。屋外で試射し、その威力や照準性能を確認するのだ。無論、それは簡単なことではない。人に見られない時間帯、つまり深夜に行う必要があった。

達夫たちが寝静まった後、由里奈は工場の鍵を手に、家を抜け出した。伸吾は車の中で待っていた。鍵を受け取ると、彼は工場内でレールガンを組み立て、フォークリフトでワンボックス・バンの荷台に載せた。それから二人で深夜のドライブだ。実験場所は昼間のうちに伸吾が決めていた。条件がいくつかある。標的まで十分に長い距離を取れること、人目につかないことなどだ。

最初の夜は、茨城まで足を延ばした。周囲を田んぼに囲まれた空き地で、星空が美しかった。

実験の準備はすべて伸吾が一人で行った。由里奈は、危険だから決して手を触れないようにといわれていた。といっても大体のセッティングは工場で終えてある。発電機を使い、コンデンサに充電するのが主な作業だ。発電機が小型なので何十分も待つ必要があったが、その時間が由里奈には楽しかった。伸吾とゆっくり話ができるからだ。彼は能弁ではなかったが、物知りで、いろいろなことを教えてくれた。特に科学について語る時には口調が熱くなった。その時だけは復讐のことを忘れているように見えた。

充電が終わると彼の顔に険しさが戻った。

その時の標的は数百メートル先の看板だった。薬の名前がカタカナで書いてある。そのうちの一文字を狙うのだと彼はいった。

周囲に人目がないことを確認してから、彼は無造作にスイッチを入れた。レールガンは工場内での実験時と同じように強烈な火花と轟音を放った。光の筋は目で追うにはあまりに速く、どこに命中したのかまるでわからなかった。

伸吾は後片付けをすると、車を発進させた。どこに当たったのか確認しなくていいのかと訊くと、「明日の昼間、見に来るよ」という答えが返ってきた。翌日は工場が休みだったのだ。

次の週に顔を合わせると、伸吾は苦笑を浮かべた。

「参ったよ。五メートルも左に外れてた」

「威力は?」

「それはばっちり」彼は親指を立てた。

その後も何度か試射実験を行った。伸吾が修正を加えるたびに、レールガンの命中精度は上がっていった。同じ場所で繰り返すのは危険なので、実験のたびに場所を変更した。

「本番でも、こんなに遠いところから狙うの?」

「そうだ。何しろ、簡単には近づけない相手だからね」

「でも向こうが建物の中とかにいたら狙えないんじゃないの?」

「それはそうだ。だから屋外にいる時を狙う」

「そんな時ってあるの?」

「ある。だだっ広い中で、あいつが一人で立っているという状況がね。ホームページの情報によれば、だけど」

「ホームページ?」

うん、と頷いてから、「由里奈ちゃんは、そんなこと考えなくていいよ」と笑った。

時にはアクシデントもあった。川の向こう側の堤防を狙うつもりだったのに、遠隔スイッチがうまく作動せず、全く予期しない時に発射してしまったのだ。間の悪いことに、標的の手前を屋形船が通りかかっていた。レールガンの性能から考えて、打ち出されたプロジェクタイルが命中したのは間違いなかった。

その時にはさすがの伸吾も焦ったようだ。現場から逃走する車の中で、怪我人が出なかっただろうかとしきりに心配していた。

心配になったのは由里奈も同じだった。だが被害者が出ることを心配したのではない。レールガンは人殺しの道具だということを改めて思い知ったのだ。それを使う伸吾は殺人犯になる。やめてほしい、と初めて思った。こんなことはもう終わりにしてほしい。復讐のことなんか忘れて、ふつうの生活を送ってほしい。

しかしそれを口には出せなかった。そんなことをしたら、もう一緒にはいられなくなると思ったからだ。とはいえ、彼を殺人犯にしたくないという気持ちは強まる一方だ。

道端で長岡修から声をかけられたのは、そんなふうに悩んでいる時だった。知らない顔だったので無視しようと思ったが、次の一言で足を止めた。

「あんな深夜に、古芝君と二人で何をしてるの?」

絶句した彼女に、長岡は笑顔で名刺を出してきた。そして、ごめんなさい、と謝った。

「わけがあって、古芝君のことを見張ってたんだ。仕事を終えて工場から出てきたと思ったら、食事を済ませ、しばらくしてまた工場に戻った。すると今度は君が現れ、二人でどこかへ出かけていった。変だと思うのが当然でしょ？」

由里奈は相手を上目遣いに見た。「わけって何ですか」

長岡は真顔になり、「彼のお姉さんに関することだ」といった。「君も何か聞いてるんじゃないの？　彼のお姉さんの死について」

彼女が黙っていると、「どこかゆっくりと話せるところへいこう」と彼はいった。

喫茶店で向き合うと、長岡は自分のことを話し始めた。ある公共事業に疑念を持っていること、様々な不正を告発しようと思っていること、その手始めとして、ある代議士の女性スキャンダルを暴くつもりであることなどだ。

「その代議士が誰か、相手の女性が誰なのか、君は知っているね？」

長岡から問われ、由里奈は首を縦に動かしていた。

「彼から聞いたんだね」

「そうです」

「彼は確信しているのかな。姉さんが亡くなったのは、あの人物のせいだということを」

「しています。だって、証拠だってあるし」

「証拠？　本当かい？」長岡は身を乗り出してきた。

「本当です。だってあたし、見せてもらいましたから。それに確信してなかったら――」そこまでしゃべったところで口を閉ざした。その先を話していいものかどうか迷った。

「何？　確信してなかったらどうなんだ。彼は何かをやろうとしているのか？」

問い詰められ、由里奈は後悔した。余計なことをいわなければよかった。だが一方で、もしかしたらチャンスかもしれないと思った。彼を思い留まらせることができるかもしれない。

「その記事、すぐに出るんですか」彼女は訊いた。

「記事って？」

「だからその、女性スキャンダルの記事です。すぐに発表するんですか」

長岡はゆっくりと首を横に振った。

「今はまだできない。証拠がないからね。でももし君が見た証拠というものが手に入るなら、話は別だ。すぐにでも発表できる」

由里奈の頭の中を様々な考えが駆けめぐった。大賀仁策の悪事が公表されれば、伸吾の怒りも幾分かは治まるのではないか。それにもし大賀が逮捕されたなら、殺すチャンスもなくなるはずだ。

「すぐに記事にして公表すると約束してくれるなら、証拠を見せてあげてもいいです」

「本当？」

「なるべく早く記事にしてください。あまり時間がないから」

さすがに長岡は怪しむ顔になった。「一体、どういうこと？」

由里奈は深呼吸をした。この長岡という人物を信用するしかないと腹を決め、伸吾の復讐計画について打ち明けた。

三日後、同じ喫茶店で二人は会った。由里奈はＵＳＢメモリーをテーブルに置いた。その中には伸吾のパソコンからこっそりコピーした、音声データをはじめ、例の証拠が入っている。

「たしかに預かった」そういって長岡はメモリーをしまった。「昨夜の実験、見せてもらったよ」

「どう思います?」

「うん……すごいね」長岡の感想は短かった。それ以外の言葉は浮かばない、というふうに聞き取れた。

前日の夜、レールガンの試射実験を行ったのだった。標的は東京湾の埋め立て地にある倉庫の壁だ。対岸の堤防から狙い撃ちした。そのことを由里奈は長岡に教えておいたのだ。長岡は倉庫のそばに立ち、壁が射抜かれる場面を撮影したという。

「あんなもので撃たれたら、ひとたまりもないだろうね」

「やめさせたいんです。どうしても」

由里奈の言葉を受け止める長岡の眼差しは真摯だった。

「わかっている。あとは僕に任せてくれればいい」

よろしくお願いします、と由里奈は頭を下げた。彼だけが頼りだった。

ところが思いがけないことが起きた。その長岡が殺されたのだ。由里奈は恐ろしくなった。彼に渡した例の証拠が関係しているように思えてならなかった。

相談できる人間は一人しかいない。叱責されることを承知で伸吾に打ち明けた。「伸吾君を殺人犯にはしたくなかった」という理由もいい添えた。

彼は怒らなかった。むしろ、苦しめて悪かった、君がそんなふうに悩んでいたことに気づかなかった、と詫びてくれた。

「長岡さんは、まず俺から姉貴のことを聞き出そうとしたんだ。だけど俺が何も答えなかったものだから、由里奈ちゃんに目をつけたんだろうな。尾行されていたとは知らなかった。迂闊だったよ」

さらに、このままではまずいな、といった。

「警察はいずれ俺に目をつける。行動を監視されるようなことになったら、計画は水の泡だ。何とかしなくちゃいけない」

「どうするの？」

彼は少し考えてから、姿を消すしかない、といった。

「今夜、最後の試射実験をする。朝までにレールガンを整備し直したら、どこかに身を隠すよ。とりあえず会社には病欠ってことにしておいてさ」

「行く当てはあるの？」

「何とかなるさ。俺、結構金は持ってるんだ。姉貴が生命保険に入っててくれたから」

由里奈は最も気にかかっていることを訊いた。「もう、会えないの？」

「さあ」伸吾は首を傾げた。「わからない」

その夜に行った最後の試射実験は失敗に終わった。いや、性能確認という意味では成功だったのだが、決して人目につかないこと、という大前提を守れなかった。川を挟んで対岸の堤防に置いた段ボール箱を狙うつもりだったのだが、周辺の照明があまりに暗く、実際に試射を行う頃には殆ど何も見えなくなっていた。それでもそこは立ち入り禁止の区域内で、誰もいないだろうと思って試射したところ、突然炎が上がったのだ。何が起きたのか、あまりに距離がありすぎてわからなかった。じつはそこにバイクが止めてあり、それに命中したのだということを、翌日の夕刊で知った。誰かに傷を負わせたわけではなさそうなので、由里奈は安堵した。だがその気持ちを伸吾と共有することはできなかった。その朝から彼は会社を休んでいたからだ。

最後の試射実験を終えて工場に帰った時、伸吾は初めてキスをしてくれた。

「いろいろとありがとう」由里奈の目を見つめて彼はいった。

「絶対に、また会えるよね」

「うん、会えるといいな」

「会えるって約束して」

伸吾は約束してくれなかった。寂しげに微笑んだだけだ。

18

ノックの音がした。椅子に座ったまま、どうぞ、と答えた。ドアが開き、鵜飼が抜け目のなさそうな顔を覗かせた。

「刑事部長は、お帰りになったようですね」

ああ、と大賀は答えた。

「弱ってたよ。俺が、はっきりと断ったからな」

「やはり出席を見合わせてほしいという話でしたか」

「どこか屋内で挨拶してもらえないかってことだった。馬鹿げた話だ。地鎮祭は外でやるものと決まっている。だったら、挨拶も外だ」

「それでいいと思います」

「犯人がわかってるなら、しっかりと警備すればいいじゃないかといっておいた。天下の大賀仁策が、たかが若造一人を恐れて逃げ回れるかともな」

「おっしゃる通りです」

「明日は予定通りでいく。それでいいな」

「わかりました。手配は済んでおります。予定通りにお迎えにあがります」

「うん、よろしく頼む」

では、と頭を下げ、鵜飼がドアに向かいかけた。それを、おい、と呼び止めた。

「あの時の判断は、間違っちゃあいないよな」

鵜飼の細い目が、ほんの少しだけ見開かれた。

「当たり前です。先生は最善の道をお選びになりました。だからこそ、今日まで何の問題も起きなかったのです。そして明日からも大丈夫でしょう」

大賀は頷いた。「それを聞いて安心した」

「どうか、ゆっくりとお休みくださいませ」丁寧に頭を下げ、鵜飼は部屋を出ていった。

大賀は机の引き出しを開けた。そこにチョコレートを忍ばせてある。一つ摘みだし、包装紙を剝がして口に入れた。酒は好きだが、甘いものにも目がなかった。

古芝秋穂とは約二年間の付き合いだった。大賀が強引に口説いたのだ。担当記者だからいつでも顔を合わせられたが、密会するのは月に一度か二度だった。使うホテルは三つあった。そのうちの一つが、あのホテルだった。

あの夜は最初から秋穂の様子がおかしかった。顔色が悪く、辛そうにしていた。ビールを一口飲んだところで腹痛を訴え始めた。尋常な苦しみ方ではなかった。

大賀が電話をかけた先は、秘書の鵜飼だった。事情を手短に話し、どうすればいいかと尋ねた。すぐに部屋を出てください——それが鵜飼の答えだった。

「病院に連絡しなくていいのか」

「してはいけません。ホテルのフロントにも電話をかけないでください」

「なぜだ」

「そんなことをしたら、先生はそこにいなければならないからです」

「電話をかけてから出ていけばいいんじゃないか」

「だめです。電話をかけておきながらその場にいなかったとなれば、後で万一相手が先生だとばれた時、申し開きができません。先生は異変には気づかず、その部屋を出たのです。古芝さんの具合が悪くなったのは、先生が出た後です。だから先生は、どこにも電話をかけなかった。そういうことにするのです」

鵜飼のいっていることはわかった。秋穂との関係を隠すには、部屋にはいないほうがいい。もし関係がばれたとしても、逃げだしたことだけは絶対に知られてはならない。

「しかしこの女、死ぬかもしれんぞ」

「もしそうなった場合は」鵜飼は淡々とした口調でいった。「仕方がないでしょうね。何しろ彼女は一人だったわけですから。そばに誰もいなかったのですから」

わかった、といって大賀は電話を切った。鵜飼にいわれたように、すぐに部屋を出た。

秋穂が亡くなったことは後日知った。子宮外妊娠のことを聞き、複雑な思いに駆られた。彼女は妊娠のことなど一言もいわなかった。たぶん気づいていなかったのだろう。

警察が捜査を始めそうだという話が耳に入ってきたので、手を回すことにした。大したことではない。所轄の署長は知り合いだ。手を引いてくれと頼むだけでよかった。理由などいわずに済んだ。

それからしばらくして妙な電話がかかってきた。警視庁の者だと名乗り、秋穂との関係を探ろうとした。電話口で恫喝したら、二度とかかってこなくなったが。

古芝秋穂のことは忘れかけていた。今は新しい愛人がいる。

秋穂に弟がいることは聞いていた。奨学金のことで相談されたような気がする。その弟が復讐を企てているらしい。

大賀は笑った。顔も見たことのない若者にいってやりたかった。

あのヒトラーが復讐を恐れていたと思うか、と。

19

玄関のドアが開き、主婦らしき女性が顔を見せた。草薙は警視庁のバッジを示した。

「お忙しいところを申し訳ありません。パトロールに御協力願えますか」

「何でしょうか」中年女性が不安げに訊く。

「お宅の車庫にとめてあるお車を拝見させていただきたいんです。中をちょっと見せてもらってもいいでしょうか」

「うちの車をですか。それは構いませんけど」

ありがとうございます、と礼をいい、後ろで待機していた岸谷に目配せした。岸谷は小走りで車庫のほうへ行った。

「何のパトロールなんですか」中年女性が尋ねてきた。「テクノポリスと関係があるんですか」

さすがに地元住民だけに、今日何が行われるのかはわかっているようだ。

「まあ、そんなところです」草薙は曖昧に答えてから、一枚の写真を取り出した。「こういう人物を見かけたことはありませんか」

古芝伸吾の写真だった。中年女性は、見たことないです、とかぶりを振った。

岸谷が戻ってきた。「問題なしです」

草薙は女性のほうに向き直り、お手間を取らせました、と頭を下げた。

門を出て、岸谷と並んで歩きだした。隣の家の車庫を覗くと、そこにあったのは4ドアのセダン車だ。問題なし、と口の中で呟いて通り過ぎる。レールガンを運ぶには大きな荷台が必要だ。先程の家の車はミニバンだったので、中を見せてもらうことにしたのだ。

スーツの内側で携帯電話が震えた。見ると間宮からだった。通話ボタンを押し、はい、と返事した。

「どんな具合だ」

「こちらのエリアは、ほぼ終わりました。特に異状はありません」

「そうか。ほかのエリアも完了しつつあるがレールガンは見つかっていない」

「検問は続いているんですか」

「地鎮祭が終わるまで続けてもらうことになっている。おまえたちはそっちが終わったら、Dテントまで移動して待機していてくれ。あとのことは追って連絡する」

「わかりました」

電話を切り、草薙は岸谷にも間宮からの指示を伝えた。

「これだけの警備をしていることは古芝にもわかっているでしょう。犯行は断念するのではないですか」

「そうあってほしいが油断は大敵だ。何しろ、あの湯川の教え子だからな」

草薙たち警視庁の捜査員五十数名が、大賀仁策の地元である光原市に乗り込んできたのは、昨夜遅くのことだった。県警本部の大会議室において、合同対策会議が行われた。

倉坂由里奈の証言から、古芝伸吾が大賀の命を狙っているのは間違いなかった。問題は、いつどこで実行するつもりなのかということだが、やはり地鎮祭だろうということになった。スーパー・テクノポリスの第一タワー建設地で行われることになっており、大賀仁策も出席することが決まっている。地鎮祭の後には挨拶も予定されているらしい。

大賀の事務所には警視庁の上層部から、地鎮祭への出席を見合わせてもらいたいと申し入れたようだ。だがそれに対する答えはノーだった。「命を狙われる覚えなどないし、逃げ隠れするのは性分に合わない」と大賀本人は語っているらしい。それを聞いた時には、愛人が死にかけている現場から逃げたのは誰だ、と草薙は思った。

県警と連携し、今朝早くから草薙たちも現場周辺を調べて回っている。古芝伸吾を目撃した人物や、不審車両を探すのが目的だ。車両については、個人宅の車庫にある車も念のために調べるよう指示が出されている。警察が把握していない古芝伸吾の親戚や知人の家があり、そこに身を潜めている可能性もあるからだ。

万一古芝伸吾を見つけたらその場で逮捕せよ、というのが上からの指示だった。罪名は器物損壊と殺人予備罪だ。逮捕状は倉坂由里奈の証言に基づいて請求された。

草薙は岸谷と共にDテントに向かった。地鎮祭が行われる場所を中心として半径約一キロ圏内に、警察官の詰め所が六箇所設けられている。Dテントは、そのうちの一つだ。

テント内には警視庁の知った顔があった。草薙とは同期だ。別の部署だが、応援に駆り出されたのだろう。

「やりすぎだよ。これじゃあ犯人は寄りつかない。もう少し警備を甘くして、おびきよせりゃあいいのに」同期の男は不満そうにいった。

「万が一にもレールガンを発射されたらまずいと上は考えているんだ。何しろ、どれほどの威力なのかは不明だからな」

「そんなにすごいものなのか。たかが高校生が作った玩具《おもちゃ》だろ」

作ったのは高校生でも、作らせた人間は天才物理学者なんだよ、といいたいのを草薙は我慢した。

それから間もなく、地鎮祭が終わったという連絡が入った。草薙はテントから出て、双眼鏡で様子を窺った。広い草原の真ん中で、大勢の関係者や報道陣を前にし、大賀が挨拶をしている。

草薙は周囲を見渡した。不審な車両はないようだ。

大賀がマイクの前から離れた。着席していた関係者たちも立ち上がった。大賀がそばに止めてあったベンツに乗り込むのが見えた。

岸谷がテントから出てきた。「連絡がありました。全員、県警本部に戻るようにとのことです」

わかった、と草薙は答えた。地鎮祭が無事に終了したとなれば、こんなところにいる理由がなかった。

だが車に分乗して県警本部に戻る途中のことだ。緊急の連絡が無線で入ってきた。『サニー・グラウンド』に移動せよ、というのだった。『サニー・グラウンド』とは光原市郊外にある野球場らしい。

草薙は間宮に電話をかけ、どういうことかと尋ねた。

「どうもこうもない。大賀代議士の予定が変わった。というより、警察が知らされてない予定が入っていた。駅に向かう前に、『サニー・グラウンド』に寄るっていうんだ。始球式をするとかいってる」

「始球式?」

「今日、少年野球大会の決勝があるそうだ。そこで始球式をするのが恒例らしい。しかもただの始球式じゃない。大賀代議士がピッチャーで、市長がバッターボックスに立って、一打席かぎりの真剣勝負をやるんだってよ。大賀代議士と市長は高校時代に野球部で一緒だったそうだ。全く、こっちの気も知らないで」

「それは公表されているんですか」

「市のホームページにある市長のブログには、『今年もライバルとの対決が楽しみ』とだけ書いてあって、それが誰かは明記されていない。しかし去年の新聞記事を調べれば、代議士だとわかるらしい」

古芝伸吾はそれを見たのだな、と草薙は思った。

「その野球場というのは観客席があるんですか」

「ない。そんな高級な球場ではなさそうだ。ネットが張られているだけで、外から誰でも観戦できる。その地域は高低差が大きく、グラウンド内を見下ろせる場所がいくつもあるんだってよ」

「それって、まずいじゃないですか」

「だからあわてて警備をすることになったんだ。とにかく急いで移動してくれっ」間宮は怒鳴るようにいうと、草薙の返事を待たずに電話を切った。

20

助手席では湯川がしきりにパソコンを操作していた。信号待ちの時に横から覗くと、航空写真のようなものが表示されている。それは何かと問うと、グーグルアースだとの答えが返ってきた。『サニー・グラウンド』周辺の地形や建物の配置などを確認しているのだという。

「始球式とは、いいところに目をつけた。こんなことを褒めたくはないが、さすがは古芝君だといわざるをえないな」

「捜査陣の裏をかいたということですか」

「それだけじゃない。じつは地鎮祭の最中を狙うつもりではないかという話を聞いた時から、僕は違和感を持っていた。たしかに周囲に何もない場所で行われる地鎮祭は、狙撃するには格好の状況に思える。しかし正確な位置が事前にわかっているわけではない。大賀代議士がどこに座るか、挨拶をするにしてもマイクがどこに置かれるか、その時になってみないとわからない。レールガンはライフルじゃない。臨機応変には標的の位置を変えられない。一キロ前後の距離に照準を合わせるには、相当の準備が必要だ。おそらく最低でも一時間は要する。厳重な警備が行われる中でそんなことをしていたら、忽《たちま》ち見つかってしまうだろう。つまり狙撃を成功させるには、標的となる人物が必ずその位置に来るということがわかっていて、事前にそこへ照準を合わせておくことが必要となる」

「野球場の始球式なら、それが可能だと?」

「可能だろう。野球のピッチャーは必ずマウンドのプレート上に立つ。大賀代議士の身長を把握していれば、頭の位置も推定できる」

話を聞いているうちに、ハンドルを握る薫の手のひらに汗が滲んできた。

「参考までに伺いますが、レールガンの発射物が人の頭に当たったらどうなりますか」

「さあね」湯川は気のない返事をした。「そんなことは考えたこともない。何度もいうようだが、レールガンは実験装置であって武器じゃない。もちろん君のいいたいことはわかっている。使う人間によっては武器になる、だろ? 科学技術には、常にそういう側面がある。良いことばかりではない。使い方を間違えれば、禁断の魔術となる。そういうことも彼には教えたつもりだったが……」

「古芝君は、その言葉を忘れたんでしょうか」

湯川は首を振った。「そうでないことを祈るだけだ」

その時だった。傍らに置いた携帯電話が鳴りだした。薫は車を道路脇に止め、電話に出た。相手は間宮だった。

「古芝伸吾の車が見つかった。外から確認しただけだが、中に積んであるのはレールガンだと思われる。本人の姿は見当たらない。すぐに湯川先生と一緒に来てくれ。詳しい場所はメールで送る」

「了解しました」

電話を切り、湯川に事情を話した。彼は首を傾げた。

「外から確認したということは、バンのハッチは閉じられたままなのか。その状態では発射はできない。古芝君は一体どうする気なのか……」

メールが届いた。地図が添付されている。球場の近くらしい。

「とにかく行ってみましょう」薫は車を発進させた。

21

現場は高台にある住宅地の一角だった。空き地になっていて、数台の車が止められている。そのうちの一台が白のワンボックス・バンだった。ナンバーを確認したところ、古芝伸吾のものに間違いないと判明した。長い金属板を備えた装置が窓ガラス越しに見えた。

草薙は車の脇に立ち、視線を遠くに向けた。斜め下に『サニー・グラウンド』がある。マウンドまで、真っ直ぐに見通せた。距離は約五百メートルというところか。

「まさに絶好のポジションだ」思わず呟いた。

「危ないところだった。地鎮祭は無事終了ということで安心して引きあげて、その後の始球式で射殺されたなんてことになったら、刑事部長の首が飛ぶ程度じゃ済まなかった」間宮が隣に来て、煙草の煙を盛大に吐き出した。

「問題は古芝伸吾ですね。どこに隠れているのか」

「犯行を断念したということなら話が早いんだがな。いずれにせよ、俺たちがここにいるかぎり、奴はレールガンには近づけない」

間宮が地面で煙草の火を消し、吸い殻を指先で摘んだ。草薙が携帯灰皿をポケットから出した時、一台の車が近づいてきた。運転席に内海薫の姿があった。

車が止まり、内海薫と湯川が降りてきた。

「先生、お忙しいところをわざわざすみません」間宮が駆け寄り、挨拶した。

湯川は頷き、草薙のほうを見た。目が合った。

「その車か」湯川が訊いてきた。

そうだ、と答えて草薙はスライドドアを開いた。ロックされていたのだが、ついさっき解錠したのだ。

湯川は草薙が差し出した手袋を嵌め、車に近寄った。車内にある装置を眺める横顔に、大きな変化はなかった。

どうだ、と草薙は訊いた。「間違いないか」

「たしかにレールガンだ」湯川はいった。「僕の指導の下で、古芝君が高校時代に作ったレールガンに間違いない。コンデンサにトランス、スライダックにも見覚えがある。あの時のままだ」

よしっ、と間宮が力強い声を発し、携帯電話を取り出した。上司に報告するらしい。

草薙は野球場を指差した。「ここから狙い撃ちすることは可能か?」

湯川は冷めた目を球場に向けた。「やろうと思えば可能だろうな」

「だけどこのままじゃだめだよな。装置がセットされていないことは、素人で理系オンチの俺でもわかる。古芝はどうする気なんだろう」

「さあね」湯川はショルダーバッグから双眼鏡を取り出し、遠くの景色を眺め始めた。野球場とは別の方向で、まるで事件には関心がないといわんばかりだ。

「何を見ている?」

「別に」湯川は双眼鏡から目を離した。「僕の仕事は終わったのなら、もう帰ってもいいかな。古芝君が逮捕されるところを見たくない」

「ああ、それはまあ構わんが……」

「僕を駅まで送ってくれないか。そこからは一人で帰る」

湯川にいわれた内海薫が、意見を求めるように草薙を見た。

「送ってやれ」

はい、と答え、内海薫は車に向かって歩きだした。湯川も彼女に続く。その背中に向かって、

「湯川、悪かったな」と草薙は声をかけた。「だけどおかげで古芝伸吾を殺人犯にしなくて済んだ。これでよかっただろ?」

湯川は振り返った。その顔に薄い笑みが浮かんだ。口元は緩んでいるが、目には悲しげな光が滲んでいた。

「彼のことは僕が一番よくわかっている」そういって車に乗り込んだ。

何なんだ、一体――走り去る車を見送りながら呟いていると間宮がやってきた。

「見張りの警官を残し、ほかの者は古芝捜しに加われという指示だ。始球式は三十分後に行われる。レールガンを失った古芝としては、大賀代議士を殺すには本人に近づくしかない。球場周辺を重点的に見回るぞ」

了解、と草薙は答えた。

22

駅に着くまで、湯川はずっと無言だった。古芝伸吾の犯行が未然に防がれたことを安堵しつつも、やはり傷ついているのだろうと薫は想像した。

駅前のコンコースで湯川は車から降りた。「送ってくれてありがとう」沈んだ声でいい、彼は歩きだした。

薫は車を出そうとした。その時、助手席の足元に布のようなものが落ちているのが見えた。拾ってみると眼鏡のレンズ拭きだった。湯川が落としたらしい。

なくて困るものでもないのかもしれないが、薫は車から降りて彼の跡を追った。まだそれほど遠くには行っていないはずだ。

すると構内に入ったはずの湯川の姿が見えた。タクシーに乗り込むところだった。これからどこへ行く気なのか。考えている暇はなかった。薫は大急ぎで車に戻った。タクシーがコンコースを出ていく。少し距離を置いて、追跡を始めた。

やがて前方に巨大なショッピングセンターが現れた。タクシーは、その前で止まった。湯川が降り、建物に向かって歩き始めるのが見えた。

薫は彼を追い抜いてから車を止め、外に出た。「先生っ」

湯川が立ち止まった。彼女を見て、しまったとばかりに唇を噛んだ。

薫は彼を睨みつけた。「どういうことですか」

「何でもない。ショッピングセンターに来ただけだ」

「何のためにですか。駅からわざわざタクシーに乗って、一体何を買うんですか」

「君には関係がない」

「だったら私も一緒に行きます」

「来なくていい」

「行きます。勝手についていきます。先生はお気になさらず、買い物を楽しんでください」

湯川の眉間に深い皺が刻まれた。目に焦りの色があった。

「何かあるんですね、ここで」薫はいった。「話してください」

「それはできない。頼むから一人で行かせてくれ」

「そういうわけにはいきません」薫は携帯電話を取り出した。「説明していただけないのなら、草薙さんに連絡します」

湯川が苦しげに顔を歪ませた。「時間がないんだ。もうすぐ始球式が始まるんだろ」

「なぜそんなことを心配するんですか。レールガンは、もう使えないのに」

すると湯川は目をそらし、首を振った。「そうじゃないんだ」

「そうじゃない？　それ、どういう意味ですか。教えてください」

「すまない。何が起きても僕が一人で責任を取る。すべての責任を取る。だから黙って行かせてくれ」

湯川が強引に歩きだそうとした。薫は彼の腕を摑んだ。

「だったら、私も一緒に行きます。私も責任を取ります」

「無茶なことを……」

「無茶をいってるのは先生です。私の性格は御存じでしょう？　ここで引き下がると思いますか」

湯川は苦悶の色を浮かべ目を閉じた。

23

少年たちが守備練習をしているのが金網越しに見えた。草薙は間宮と共に球場の駐車場にいる。つい先程、大賀仁策たちが到着し、そばの事務所に入っていった。そこで彼等の着替えが終わったら、始球式が始まるのだろう。

「古芝は現れないかもしれんなあ」間宮が、のんびりとした声を出した。「武器を取り上げられたんじゃ、打つ手がないだろう。今頃は県外に出てるんじゃないか」

「そうかもしれませんね」

「少し大袈裟に考えすぎていたかもしれんな。いくら秀才だったといっても、犯罪者として手強いとはかぎらん。所詮は高校を出たばかりの若造だ。まあ、あれだけのものを高校生の時に作ったのは大したものだと思うがな」

そうですね、と答えながら草薙は何か引っ掛かるものを感じた。

高校生の時に作った——。

いや、そうではないはずだ。原型は高校生の時に作ったかもしれないが、そこにいろいろな改造を加えたはずだ。そのために古芝伸吾は『クラサカ工機』に就職したのだ。そのことは倉坂由里奈も証言している。

はっとした。湯川の言葉が不意に蘇った。

「僕の指導の下で、古芝君が高校時代に作ったレールガンに間違いない。コンデンサにトランス、スライダックにも見覚えがある。あの時のままだ」

あの時のまま——。

そんなわけがない。いくつかの改造が施されているのなら、湯川はあんな言い方はしなかったはずだ。

「係長、内海から連絡はありましたか」草薙は間宮に訊いた。

「いや、ない。そういえば遅いな」

草薙は携帯電話を取り出し、内海薫にかけた。電話はすぐに繋がった。はい、と彼女にしては珍しく沈んだ声で返事をした。

「草薙だ。今、どこにいる？」

だが彼女はすぐには答えない。何かを躊躇っている気配がある。

「湯川は？　湯川はどうした。駅まで送ったのか。奴は東京に戻ったのか」

「私は今……湯川先生と一緒にいます」

「湯川と？　おい、どういうことだ、説明しろ。どこにいるんだっ」

「場所は、球場から東に一キロほど行ったところにあるショッピングセンターです」

「ショッピングセンター？　そんなところで何をしている？」

少し間があり、内海薫は答えた。「古芝伸吾が現れるのを待っています」

草薙は電話を耳に当てたままで駆けだしていた。間宮に呼び止められたが、答えている暇などなかった。

24

ノートパソコンのモニターに、ユニホームを着た少年たちが映っている。軽快な動きを見せていた彼等だったが、守備練習終了の合図が出されたらしく、全員がボールをキャッチャーに戻し始めた。いよいよ試合が始まるらしい。だがその前に滑稽な儀式がある。大賀仁策と市長による一打席かぎりの対決。

馬鹿げたことだ、と唾棄したくなるような話だ。これから子供たちが真剣勝負をするというのに、大の大人が余興を楽しんでどうするのか。

もっとも今日ばかりは、このくだらない行事を歓迎するしかない。あの大賀仁策が、秋穂を見殺しにした極悪人が、マウンドという格好の標的場所に立ってくれるのだ。

伸吾は腕時計を見た。予定より五分ほど遅れているようだ。どうせ大賀が遅刻をしたのだろう。あの男は人を待たせることを何とも思わない。ホテルで秋穂を待たせることも多かったはずだ。なぜ姉はあんな男に惹かれたのか。考えても仕方のないことだが、やはり悔しくてたまらない。

ベンチから二人の男が現れた。どちらもユニホーム姿だった。一方は大賀仁策だ。左手にグローブを嵌めている。右手を軽く振りながら、マウンドに向かって歩き始めた。

伸吾はキーボードを操作した。画面の映像が拡大されていく。ここに映し出されているのは、レールガンの照準器から送られてくる映像だ。

高台に置いたワンボックス・バンは、おそらく発見されているだろう。そうでなければ、このショッピングセンターの立体駐車場にも警官たちが来ているはずだった。バンに積んであるレールガンがダミーだとは、ふつう誰も思わない。

大賀仁策の顔が大写しになった。画面の中央には白い円が表示されている。この円の中に大賀の頭部が入った瞬間が、伸吾にとって運命の時だった。実際の円の直径は三十センチ。正直なところ、本当に命中するかどうかはわからなかった。計算上は当たるはずだというしかない。今、自分にできることはこれだけなのだ。

大賀が近づいてきた。間もなく頭部が円の中に入ろうとしている。

伸吾は唾を呑み込んだ。発射プログラムはすでに立ち上げてある。リターンキーを押せばプロジェクタイルが発射される。キーに指を近づけていった。

ところが次の瞬間、突然映像が消えた。

伸吾は慌てた。何が起きたのかわからなかった。レールガンをモニターしているプログラム自体が動作しなくなっている。

本体に異状が発生したと考えるしかなかった。伸吾は車から外に出た。レンタカー店で借りたライトバンだ。それに乗って、立体駐車場の一階にいたのだ。

近くのエレベータに乗り、屋上まで上がった。一番端の駐車スペースに、幌のついたトラックが止まっている。これまたレンタカーだ。

伸吾は荷台によじ上った。そこには彼の執念の結晶が積み込まれていた。

レール長、二メートル。総重量約三百キロ。世界最高水準と自負するレールガンだ。その先端は一キロ以上先の野球場に向けられている。

見たところ、異状はないように思われた。伸吾は焦った。早くしないとチャンスを逃してしまう。

その時だった。聞いたことのない電子音が流れてきた。音のほうを見ると、携帯電話が置いてあった。それまた見覚えのないものだった。伸吾はおそるおそる拾い上げ、着信表示を見て目を剝いた。湯川、となっていたからだ。

呼吸を整え、電話に出た。「はい」

「レールガンを使い、一キロ先にある約三十センチの標的を狙撃できるかどうか――なかなか興味深い実験だ。その標的が人間の頭でなければ、の話だが」湯川の快活な声が聞こえてきた。

「申し訳ないが本体のプログラムを書き直した。レールガンの制御権はこちらにある」

伸吾は電話を手にしたまま荷台から外に出た。急いで周囲を見回した。

隣にある建物の屋上に、湯川がいるのが見えた。若い女性と一緒だ。

「先生、どうして……」

「君のレールガンをじっくりと見せてもらった。見事な出来だ。感心した。二年前、さらなるパワーアップを図るためのアイデアをいくつか授けたが、それらが完璧に反映されている。君は素晴らしい技術者だ」

「ありがとうございます」思わず口にしていた。

「プロジェクタイルが標的に当たらず、無関係な人間を傷つける確率は計算したか」湯川が質問してきた。

「やりました」伸吾は答えた。「〇・〇一パーセント以下です」

「では標的に当たる確率は？」

「それは……無風の場合で七〇パーセント程度でしょうか」

「そんな低確率でもいいのか」

「よくはないです。でもほかに方法が思いつきませんでした」

「断念するという道もあったはずだ。――おっ、代議士の投球練習が終わったようだぞ」湯川がパソコンの画面に目を向けている。「いよいよ市長との対決が始まるらしい」

「先生……」

「私がここへ来たのは、一言でいえば責任を取るためだ」湯川はいった。「事情はわかっている。

君だって聖人君子じゃない。愛する人を見殺しにされた恨みを晴らしたいと思うこともあるだろう。だけど思い出してほしい。レールガンの研究に没頭した時のことを。二人でどんな話をした？　科学の素晴らしさを語り合っただろ。私は君にそんなことをさせたくて科学を教えたんじゃない」

伸吾は俯いた。返す言葉などなかった。

しかし、と湯川は続けた。

「無理に断念させようとは思わない。君がどうしても思いを遂げたいというのなら力を貸そう。君にそのレールガンを作らせたのは私だ。だから私が決着をつける。撃ちたいと思うなら、そういってくれ。代議士の頭部が照準器に入った瞬間、私はレールガンを発射させる」

25

エレベータの扉が開いた瞬間、草薙は駆け出していた。ガラスドアを開け、真っ先に屋上に出た。内海薫の姿が目に入った。その向こうに湯川がいる。

彼に近づこうとすると、内海薫が前に立ちはだかった。行く手を遮るように両手を大きく横に広げた。

「何の真似だ」

「それ以上、湯川先生に近寄らないでください」

「はあ？　ふざけるなよ。何いってるんだ」

「向こう側の建物にトラックが止まっていますよね。そのそばに古芝伸吾がいます」

草薙はいわれたほうを見た。内海薫のいう通りだった。

彼女は続けた。「トラックには本物のレールガンが積まれています。バンに積んであったのはダミーでした。本物は、あの倍の大きさがあります」

草薙は舌打ちした。「やっぱりそうか」

やりとりが耳に入ったのか、湯川が振り返った。

「これはこれは警視庁の草薙警部補。わざわざ来てもらって悪いが、それ以上は近づかないでもらいたい。そんなことをしたらレールガンを発射させる」

「何？　何をいってるんだ、あいつ」内海薫に訊いた。

「レールガンの制御装置を持っているのは湯川先生なんです」

「何だって？」

「いっておくが」湯川が草薙のほうを見ていった。「古芝君にも近づかないでもらいたい。向こう側に捜査員が一人でも姿を見せた場合でも、私はレールガンを撃つ」

「湯川、気はたしかか」

「これまでの生涯で、最もたしかだ」そういって湯川は電話を耳に当てた。「警察が来たが心配はいらない。彼等に邪魔はさせない。それより合図はまだか。大賀代議士と市長の戦いは始まっている。代議士の頭は、しばしば照準内に入る。やるなら早いほうがいい。大賀代議士はなかなかコントロールがよく、早くもツーストライクを取っている。ぼやぼやしていると市長が三振して終わりだ」

草薙は内海薫を睨みつけ、小声で訊いた。「おまえ、いつから知ってた？」

「ここに来て、知りました」

「なぜもっと早く知らせなかった」

彼女は下を向き、黙っている。答え辛そうだ。

「おい」

「任せようと思ったんです」顔を上げた。「湯川先生に」

「本気かよ」

「すみません。処分は覚悟しています」

そういう問題じゃねえよ――草薙は額をぬぐった。肌寒いはずなのに汗が出てきた。

26

「どうした、諦めるのか？」湯川が電話で訊いてきた。「一年近くも準備してきたんだろ。警察に捕まることも覚悟の上だったんだろ。だったら、何を躊躇う必要がある。私のことなら気にするな。これもまた自業自得だ。教え子に正しく科学を教えてやれなかったことに対する罰だ」

恩師の言葉が伸吾の胸を激しく揺さぶった。湯川にそんなことはさせられない。だが今ここでチャンスを逃したら、秋穂の仇を討つことは永久に不可能になるだろう。

今日までの日々が頭の中を駆け巡った。復讐することだけを考えて生きてきた。それ以外は何も望まなかった。もし復讐を遂げられたなら、死んでもいいと思っていた。

「カウントがツーストライク、ツーボールになった」湯川がいった。「さあ、どうする？　そろそろ決断する時だ」

伸吾は顔を上げた。湯川と目が合った。

最後に、と恩師がいった。

「一つだけ教えておきたいことがある。君のお父さんについてだ。会社で話を聞いてきた。君はお父さんが、どういう仕事をしていたのか詳しく知っているか」

「いえ、それは聞いてません」

「だったら教えてやろう。お父さんは地雷撤去の機械を開発し、カンボジアで利用しようとしていた」

「地雷……」

驚いた。初めて聞く話だった。

「開発を提案した時の報告書の前書きにはこうある」湯川がいった。「地雷は核兵器と並んで、科学者が作った最低最悪の代物である。いかなることがあっても科学技術によって人間の生命を脅かすことは許されない。私は科学を志す者として、過去の過ちを正したい。どうだ？　今、君がやろうとしていることは、果たして天国のお父さんを喜ばせるだろうか。――おっと、ファウルだ。これで三つ目だ。市長、なかなか粘ってるな」

伸吾は衝撃を受けた。父がそんな仕事をしていたことなど全く知らなかった。なぜ教えてくれなかったのだろうと思い、一つの考えに辿り着いた。

地雷のことを話したくなかったのではないか。科学を制する者は世界を制す――地雷を思い浮かべた時、この言葉は全く別の意味を持ってしまう。

「ツーストライク、スリーボール。たぶん次の一球で決まる」湯川がいった。「早くしろ。今、代議士の頭部は照準内だ。合図するなら今だっ」

全身から力が抜けて行くのを伸吾は感じた。だが無力感に襲われたわけではない。重くのしかかっていた何かが取り除かれた感覚だった。彼は電話を耳から外した。だらりと両手を下げ、湯川を見つめた。

湯川もこちらを見ていた。その顔には穏やかな笑みが浮かんでいた。

電話を耳に当てろ、というふうに湯川が仕草で示してきた。いわれた通りにした。

「センター前ヒットだ。君の代わりに市長が大賀代議士をやっつけてくれた」

伸吾は口元を緩めた。心の底から笑えたのはいつ以来だろうと思った。

27

ひらひらと舞った桜の花びらが、紙コップの中にうまく飛び込んだ。

「あっ、それって縁起がいいんですよね」岸谷が赤い顔をしていう。スーツ姿しか見たことがないが、今日はジャンパーにジーンズという出で立ちだ。そうしていると、いつもよりも若く見える。

「そうなのか。まあ、縁起が悪いよりはいい」草薙は花びらをビールごと呑み込んだ。

内海薫がビールを注いでくれた。「湯川先生、遅いですね。電話してみましょうか」

「どうせ勿体をつけてるんだよ。ゆっくりと現れたほうがありがたみが出るとでも思ってるんだろ。ほっとけ、ほっとけ」

四月に入っていた。草薙たちの係は非番なので、花見をしようということになったのだ。湯川にも声をかけようといいだしたのは内海薫だ。それには誰も反対しなかった。

レールガン事件以来、草薙は湯川とは会っていなかった。私情が入ってはいけないということで、事情聴取は別の捜査員が担当したからだ。湯川には公務執行妨害の容疑がかけられたが、結局不起訴になっている。

古芝伸吾は器物損壊で起訴された。殺人予備罪については見送られた。妥当な判断ではないかというのが草薙の印象だ。

そして大賀仁策については何も変化がない。スーパー・テクノポリス計画は着々と進行している。女性スキャンダルについてどこかから記事が出るという話もない。

草薙は、今度湯川に会ったら確かめようと思っていることがあった。もし古芝伸吾が合図を出していたら、本当にレールガンを発射していたかどうか、ということだ。

まさかそんなことはしないだろう、というのが間宮たち多数派の意見だ。

「発射させる意味がない。照準内に入らないとかいろいろと理屈をつけて、回避すればいいだけのことだ。頭の良い湯川先生なら、その程度のことはできる」

それに対して、たぶん発射させたと断言するのは内海薫だ。

「私はそばで見ていました。先生の目は本気でした。もしその結果として代議士を殺すことになったとしたら、潔く刑に服したと思います。でも後悔はしない。そういう人です」

常識で考えれば間宮たちの意見のほうが妥当だ。だが湯川のことをよく知っている草薙としては、内海薫のいっていることもよくわかる。

レールガンについては科捜研で詳しく調べてもらった。その完成度には天才的なものがあるという話だった。発射していたら、おそらく的中し、大賀仁策の頭はスイカのように破裂していただろうと推測されている。

早く会って話を聞きたいなと思っていたら、メールが届いた。見ると湯川からだった。次のような文面だ。

『急遽、ニューヨークに行くことになった。しばらく戻らない。仮に怪事件が起きたとしても、アメリカまでは来ないでほしい。ではまた』

草薙は苦笑し、返信するかどうかを迷った後、結局何も返さないことにした。そのほうが、またすぐに会えるような気がしたからだ。

一陣の風が吹き、花びらが雪のように落ちてきた。

東野圭吾
一九五八年、大阪府生まれ。
大阪府立大学工学部電気工学科卒業。
八五年、『放課後』で江戸川乱歩賞を受賞しデビュー。
九九年、『秘密』で日本推理作家協会賞、
二〇〇六年、『容疑者xの献身』で直木賞、
一二年、『ナミヤ雑貨店の奇蹟』で
中央公論文芸賞受賞。
『聖女の救済』『ガリレオの苦悩』
『真夏の方程式』『虚像の道化師』
などガリレオシリーズのほか、
『白夜行』『手紙』『新参者』『麒麟の翼』
『マスカレード・ホテル』など著書多数。

禁断《きんだん》の魔術《まじゅつ》　ガリレオ8

二〇一二年十月十五日　第一刷発行
二〇一二年十一月一日　第三刷発行

著者　東野《ひがしの》圭吾《けいご》
発行者　村上和宏
発行所　株式会社　文藝春秋
〒102-8008　東京都千代田区紀尾井町三—二三
電話　〇三—三二六五—一二一一
印刷所　凸版印刷
製本所　加藤製本
組版　萩原印刷

万一、落丁・乱丁の場合は送料当方負担でお取替えいたします。
小社製作部宛、お送り下さい。定価はカバーに表示してあります。

ISBN978-4-16-381690-6